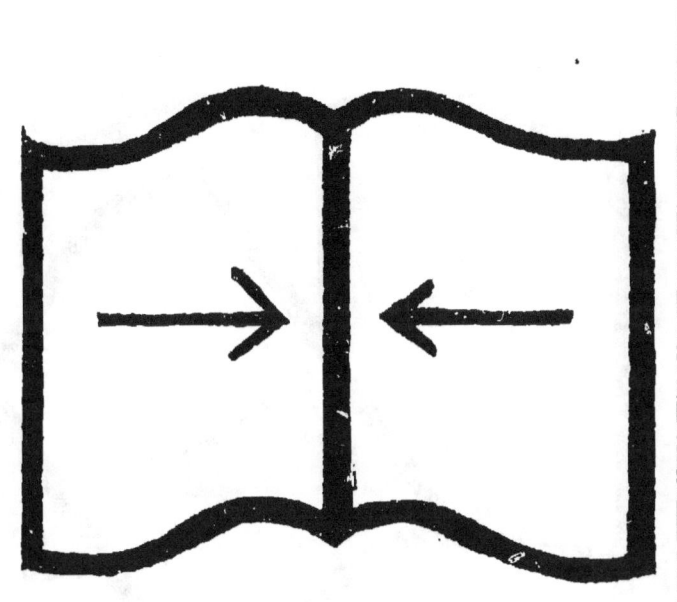

RELIURE SERREE
Absence de marges
intérieures

VALABLE POUR TOUT OU PARTIE DU
DOCUMENT REPRODUIT

Couverture inférieure manquante

PRIX 0,60

LES **MAITRES DU ROMAN**

Cent Ans après

OU L'AN 2000

ROMAN D'EDWARD BELLAMY

Traduit de l'anglais par PAUL REY

Avec une Préface par M. THÉODORE REINACH

PARIS

E. DENTU ÉDITEUR

3. PLACE DE VALOIS PALAIS-ROYAL

Cent Ans après

OU L'AN 2000

PARIS

IMPRIMERIE DE LA SOCIÉTÉ DE TYPOGRAPHIE

NOIZETTE, DIRECTEUR

8, rue Campagne-Première, 8

Cent Ans après

OU L'AN 2000

ROMAN D'EDWARD BELLAMY

Traduit de l'anglais par PAUL REY

Avec une préface par M. THÉODORE REINACH

PARIS

E. DENTU, ÉDITEUR

LIBRAIRE DE LA SOCIÉTÉ DES GENS DE LETTRES

3, PLACE DE VALOIS, PALAIS-ROYAL

—

1891

AVERTISSEMENT

Il est d'usage, dans certaines provinces, que celui des grands-parents ou des amis de la famille qui a négocié un mariage serve de parrain — ou de marraine — au premier enfant du jeune couple. C'est sans doute par une imitation de cette coutume touchante qu'on m'a fait l'honneur de me demander quelques lignes de préface pour ce petit roman américain, dont la traduction, entreprise sur mes instances, a reçu à l'origine l'hospitalité de la *Revue Britannique*.

Cent ans après, en anglais *Looking backward*, a été l'un des plus grands succès de librairie de ces dernières années. En Angleterre et dans les États-Unis, il s'en était vendu, dès le mois d'octobre dernier, plus de 400.000 exemplaires : on trouvait ce petit volume caché dans les pupitres de tous les collégiens et sous les ronds de cuir de tous les employés de bureau. L'ouvrage n'a pas tardé à passer les mers : la maison Tauchnitz vient de le recevoir dans sa collection ; il en a paru des traductions en allemand et en italien ; enfin chez nous, Mme Bentzon en a présenté une analyse substantielle aux lecteurs de la *Revue des Deux Mondes*.

Un pareil succès, il faut le dire, n'est pas dû exclusivement au mérite littéraire de l'œuvre, si remarquable qu'il soit à certains égards ; il s'explique encore,

1

et surtout, par les idées que remue ce petit livre, par les passions qu'il flatte, par les perspectives qu'il entr'ouvre. L'auteur, M. Edward Bellamy, est d'ailleurs, coutumier du fait. Deux de ses romans précédents *Dr Heidenhoff's process* et *Miss Ludington's sister*, avaient déjà forcé l'attention du public par la singularité des paradoxes et par la mise en scène habile des dernières découvertes ou des dernières illusions de la science. Car, chez M. Bellamy, la fiction romanesque n'est guère que l'enveloppe sous laquelle se dissimule la leçon, le rêve ou la chimère ; le roman lui sert, comme le dialogue à Platon (j'espère qu'il ne m'en voudra pas de cette comparaison), à vulgariser certaines idées, à lancer certaines doctrines, vraies ou fausses, mais toujours actuelles et piquantes, qu'il s'agisse de physiologie, de spiritisme, ou, comme dans le cas présent, de socialisme. En un mot, M. Bellamy est un romancier à thèses, et *Looking-backward* est son *Utopie*.

Je viens de prononcer le mot d'utopie, nom propre devenu un nom générique. En effet, que de fois, depuis la célèbre fantaisie de Thomas Morus, le roman a prêté son cadre commode à la critique de la société actuelle et au tableau idéal de la société future ! Tout le monde connaît, au moins de nom, la *Cité du soleil* de Campanella, l'*Oceana* de Harrington, l'*Icarie* de Cabet. Dans la plupart de ces ouvrages, ou plutôt dans cet ouvrage unique, sans cesse oublié et sans cesse refait, le procédé consiste à conduire le lecteur dans un pays imaginaire, île inconnue ou planète inaccessible, où règne l'âge d'or. M. Bellamy a préféré un autre artifice, dont l'idée lui a, d'ailleurs, été suggérée par le *Rip Van Winkle*, de Washington Irving, et l'*Homme à l'oreille cassée* d'Edmond About. Au

lieu de nous transporter dans l'espace, il nous fait
voyager dans le temps. Il suppose qu'un jeune homme
de Boston, Julian West, endormi d'un sommeil
magnétique, en l'an de grâce 1887, se réveille en l'an
2000 (je laisse au lecteur le plaisir de voir comment),
au milieu d'une société nouvelle, que son hôte, le
vénérable docteur Leete, se charge de lui expliquer.
La description de cette société forme le véritable sujet
de *Looking backward* — qui, par parenthèse, s'appelle-
rait plus justement *Looking forward*; — la légère intrigue amoureuse, qui se mêle à la trame didactique du
roman, ne sert qu'à distraire le lecteur, qui risquerait
d'être fatigué par l'abondance des détails techniques
où se complaît le cicerone de la nouvelle Atlantide.

Comment sera constituée cette société de l'avenir?
Sur quelles bases reposera son organisation? On peut,
selon notre romancier, les ramener à deux principales:

1° Suppression ou limitation étroite du capital individuel, par l'abolition de l'héritage, du numéraire et du
salariat, par la concentration, entre les mains de
l'Etat, de toutes les branches de l'industrie et du commerce;

2° Application aux professions civiles du principe du
service militaire universel et obligatoire.

Reprenons rapidement ces deux points.

En vertu du premier principe, les particuliers, ne
pouvant plus léguer leurs biens à leurs enfants, n'ont
plus aucun intérêt à accumuler des capitaux destinés à
mourir avec eux. Comment y parviendraient-ils, d'ailleurs, puisque l'Etat monopolise toutes les sources de
la richesse, qu'il est l'unique mineur, l'unique fabri-
cant, l'unique vendeur en gros et en détail, et sans
doute aussi l'unique propriétaire foncier? La nation

tout entière forme une vaste société coopérative de production et de consommation. L'État ouvre à chaque citoyen, ou, si l'on veut, à chaque actionnaire, un crédit uniforme, chiffré en dollars, correspondant à sa part du produit annuel de la nation. Muni de cette carte, qu'on estampille au fur et à mesure des achats, le citoyen se procure dans les magasins publics tout ce qui est nécessaire à ses besoins largement calculés. Grâce à la suppression des chômages, des grèves, des armées permanentes, et de mille rouages coûteux et encombrants de l'ancienne machine sociale, la fortune publique aura augmenté, d'ici cent ans, dans des proportions si considérables, que tous les citoyens pourront jouir d'une agréable aisance. Bien entendu, le luxe individuel aura disparu; en revanche, le luxe public, les plaisirs et les magnificences dont tout le monde a sa part, atteindront des proportions inouïes; les galeries des beaux-arts, les théâtres, les grands magasins, les grands restaurants (où l'usage sera de prendre un repas sur deux) éclipseront toutes les institutions analogues du dix-neuvième siècle. On se chauffera à l'électricité et le téléphone distribuera, à domicile, la musique la plus exquise et les sermons les plus édifiants. Car il est remarquable, soit dit en passant, que le législateur de la Salente américaine, qui démolit tant de choses, ne touche ni à la religion ni à la famille. Un cerveau anglo-saxon peut bien se représenter une société sans riches ni pauvres, sans *stock exchange*, sans *policemen*, et même sans pianos, mais non pas sans le *sweet home* et sans le sermon du dimanche.

Nous venons de voir la distribution des richesses; passons à leur production, c'est-à-dire à l'organisation du travail. Elle découle tout entière de cet axiome :

que la société moderne est une armée où chaque sol-
dat-citoyen doit une certaine somme de labeur pour
mériter sa place au soleil. Ce principe du travail obligatoire s'applique, en l'an 2000, avec une rigueur
inflexible ; il ne comporte ni exemptions, hormis celles
qui résultent de l'incapacité physique, ni remplace-
ment d'aucune sorte. Jusqu'à vingt et un ans, tous les
jeunes gens sont instruits, indistinctement, aux frais
de l'État ; cette éducation est purement libérale, mais
elle comporte déjà l'étude théorique des différentes
industries. A vingt et un ans, on entre dans l'armée du
travail, et l'on y reste jusqu'à quarante-cinq. Pendant
les trois premières années, le jeune conscrit est employé, au gré de ses supérieurs, à diverses besognes
manuelles, notamment à celles de domestique, qui ne
sont plus considérées comme avilissantes ni inférieu-
res ; beaucoup de membres de l'Institut ont débuté par
être garçons de café. Ensuite, le jeune homme opte,
selon ses aptitudes, pour une profession industrielle
ou libérale quelconque, dont il lui reste à faire l'apprentissage ; des moyens spéciaux — privilèges hono-
rifiques, réduction des heures de travail, etc. — sont
destinés à remédier à l'encombrement de certaines
carrières, ou à la difficulté de recruter certaines autres.
Dans chaque corps de métier, le soldat industriel
avance, comme dans l'armée militaire d'aujourd'hui,
d'après ses notes et ses états de service. Les officiers
subalternes sont désignés par le général de chaque
corps ; les grades supérieurs, depuis celui de général
jusqu'à celui de président de la République, sont don-
nés à l'élection ; mais, dans l'intérêt de la discipline,
les membres de l'armée active ne sont ni électeurs ni
éligibles ; le droit de suffrage et l'accès aux fonctions

publiques sont réservés aux travailleurs retraités,
c'est-à-dire aux citoyens qui ont passé quarante-cinq
ans. A cet âge, en effet, le citoyen est définitivement
libéré du service industriel, sauf les cas exceptionnels
où il peut être rappelé sous les drapeaux ; désormais il
touche, sans travailler, sa carte de crédit annuel. Mais
il va sans dire que des retraités aussi jeunes ne sont
pas nécessairement des fainéants ni des invalides. Au
contraire, l'heure de la retraite marque, pour les
esprits d'élite, le commencement des plus nobles occupations, le libre épanouissement des facultés qui ont pu
être comprimées jusque-là dans les cadres d'une hiérarchie rigoureuse.

Tel est, dans ses grandes lignes, le tableau de la société idéale, ou plutôt de la société future, tracé par
M. Bellamy. Il va sans dire que, dans cette rapide
analyse, j'ai dû passer sous silence bien des détails
importants. Comment fonctionneront la police et les
lois ? Quels moyens emploiera-t-on pour forcer les pa-
resseux au travail et les dissipateurs à l'économie ?
Qui décidera les vocations ? Qui règlera la rémunération des artistes, des littérateurs, des professeurs et
des savants ? Comment seront organisées les relations
du commerce international ? A toutes ces questions et
à bien d'autres, on trouvera des réponses dans le petit
volume de M. Bellamy (dans l'édition anglaise, un index facilite les recherches), et si le lecteur n'est pas
satisfait des solutions proposées, il sera libre d'en
imaginer d'autres, au gré de sa fantaisie. Car le débat,
si débat il y a, doit porter sur les principes, et non
sur les détails et les applications du système. Il s'agit
de savoir si la société future doit être fondée sur la
liberté ou sur un esclavage plus ou moins déguisé ; si,

dans le domaine économique, étant donnée la nature
humaine actuelle — d'aucuns disent éternelle — le
mobile de l'honneur et de l'ambition pourra jamais
se substituer entièrement à celui de l'intérêt personnel; si, dans le domaine intellectuel, l'individualisme,
avec ses inégalités et ses caprices, mais avec ses jouissances délicates, les éclairs du génie, le charme de la
variété et de la spontanéité, est réellement destiné à
disparaître devant l'uniformité dans le médiocre et les
platitudes dorées de l'art officiel.

Le problème est complexe et la réponse sera peut-
être différente, suivant qu'on se demande « s'il vaut
mieux que cela soit ainsi » ou « s'il en sera vraiment
ainsi ».

Certes, la société actuelle n'est pas bonne. Il n'est
pas d'âme un peu bien située qui ne souffre au spectacle des misères et surtout des vices dont elle foisonne.
Notre auteur la compare à une diligence monstrueuse
et encombrée, où de trop rares privilégiés, casés, à
force de jouer des coudes, sur l'impériale ou dans le
coupé, se font traîner par les attelages des prolétaires,
suant, soufflant, se cabrant sous le fouet du sinistre
cocher, la faim. L'image est un peu poussée au noir;
on admettra qu'elle n'est pas tout à fait fausse. Mais
où est le remède? Si l'on fait entrer tout le monde dans
la voiture, il faudra qu'elle éclate ou qu'elle s'arrête.
Si, au contraire, on attelle tout le monde, il ne restera
plus personne pour jouir des beautés du paysage. Tout
ce qu'on peut faire, c'est de réparer la route et de multiplier les relais. Morelly, Rousseau, prêchaient le retour à l'état de nature; mais, en supprimant la civilisation, on diminue la somme des jouissances totales
de l'humanité, on abaisse son degré de perfection,

sans augmenter la quote-part des jouissances individuelles. L'école russe, qui représente aujourd'hui la tra-
dition de Jean-Jacques, mais plus fortement imprégnée
de christianisme, ne recule pas devant ces conséquences; l'école américaine, au contraire, prétend conserver et même accroître l'héritage précieux de civilisation que nous ont légué les siècles passés. Mais elle n'a-
boutit (le livre de M. Bellamy en fait foi) qu'à construire
une société mortellement uniforme, enrégimentée,
hiérarchisée à outrance, bref une Amérique qui ressemble étrangement à la Chine. La vie, le progrès, la
liberté, toutes les idées chères à nos cerveaux euro-
péens façonnés par la Grèce, la Renaissance et la
Révolution française, tout cela manque dans la pré-
tendue société idéale de l'an 2000, et, pour tout dire,
à moins d'être né épicier ou commis, on s'y ennuiera
à périr.

Mais, pour n'être pas aussi séduisant que le croit
son auteur, il n'en résulte pas que ce tableau soit tout
à fait chimérique. Sans doute, il ne suffira pas de cent
ans pour achever la révolution sociale dont M. Bellamy
s'est fait le prophète; mais cette révolution, ou plutôt
cette évolution, est dans l'ordre des choses possibles,
je dirai même probables. A certains indices — encou-
rageants selon les uns, menaçants selon les autres —
il semble bien que nos sociétés modernes marchent à
grands pas vers le nivellement des conditions comme
vers le nivellement des intelligences. Les apparences
contraires, même l'inégalité croissante des fortunes,
ne doivent pas faire illusion à cet égard; de fait, l'agglo-
mération des capitaux, des instruments de travail, des
moyens d'action, entre les mains d'un nombre de plus
en plus restreint de gros milliardaires ou de compa-

gnies puissantes, facilite et présage leur concentration complète aux mains de l'Etat. C'est ainsi que, dans l'ordre politique, l'absorption des petits seigneurs par les grands, en réduisant le nombre de têtes à abattre, a préparé le triomphe de la royauté en France, de l'idée unitaire en Allemagne. D'autres symptômes ne sont pas moins significatifs. L'éducation de plus en plus répandue et de plus en plus utilitaire, le progrès des sciences appliquées, le triomphe du confort, du luxe et de l'art à bon marché, le règne du journal à un sou, le tramway, le suffrage universel, tout cela, c'est déjà du *bellamisme* en action, et le rêve n'est pas si loin de la réalité qu'il semble au premier abord. Nous avons déjà presque toutes les laideurs de la société future; il ne nous en manque que les beautés : la réconciliation des classes, la paix perpétuelle, le crime aboli, la justice, l'humanité et le désintéressement fleurissant dans tous les cœurs... Puisse cette partie de la prédiction de M. Bellamy n'être pas la dernière à s'accomplir!

THÉODORE REINACH.

Paris, 31 décembre 1890.

CENT ANS APRÈS

OU L'AN 2000

Boston, 28 décembre 2000.

I

J'ai vu le jour dans la ville de Boston, en l'année 1857.
« 1857, dites-vous? C'est une erreur ; il veut sans
doute dire 1957. »

Je vous demande pardon, mais il n'y a pas d'erreur.
Il pouvait être environ quatre heures de l'après-midi,
le 26 décembre, le lendemain de Noël, en 1857 et non
en 1957, quand je respirai pour la première fois le vent
d'Est de Boston, et je puis vous assurer qu'à cette
époque reculée, il possédait les mêmes qualités
piquantes et pénétrantes qui le caractérisent en l'an de
grâce actuel 2000. Maintenant, si j'ajoute que je suis
un jeune homme d'environ trente ans, je ne peux en
vouloir à personne de crier à la mystification. Je
demanderai cependant au lecteur de lire les premières
pages de mon livre, pour se convaincre du contraire.

Tout le monde sait que, vers la fin du dix-neuvième
siècle, la civilisation, telle que nous la connaissons

aujourd'hui, n'existait pas encore, bien qu'on sentît déjà fermenter les éléments qui devaient la produire. Aucun événement n'avait encore modifié les antiques divisions de la société. Le riche, le pauvre, l'ignorant, le lettré, étaient aussi étrangers l'un à l'autre, que le sont aujourd'hui autant de nations différentes. Moi, personnellement, je jouissais de ce qui représentait le bonheur pour les hommes de cette époque : la fortune et l'éducation. Je vivais dans le luxe; je ne me souciais nullement de me rendre utile à la société; je trouvais tout naturel de traverser la vie en oisif pendant que les autres travaillaient pour moi. C'est ainsi qu'avaient vécu mes parents et mes grands-parents; je m'imaginais donc que mes descendants, à leur tour, n'auraient qu'à faire comme moi pour jouir d'une existence facile et agréable.

Vous me demanderez, comme de juste, pourquoi la société tolérait la paresse et l'inaction chez un homme capable de lui rendre service; à quoi je vous répondrai que mon grand-père avait accumulé une fortune qui servit d'apanage à tous ses héritiers. La somme, direz-vous, devait être bien grande, pour n'être pas épuisée par trois générations successives? Erreur! Dans le principe, la somme n'était pas forte. Elle a même beaucoup augmenté, depuis que trois générations en ont vécu. Ce mystère, qui consiste à user sans épuiser, à donner de la chaleur sans consumer de combustible, semble tenir de la magie; mais, quelque invraisemblable que cela paraisse, cela résulte tout naturellement du procédé d'alors, qui consistait à reporter sur le voisin la charge de votre entretien. Ne croyez pas que vos ancêtres n'aient pas critiqué une loi que nous trouverions, aujourd'hui, inadmissible et injuste. Une discussion, sur ce point, nous mènerait trop loin. Je dirai seulement que l'intérêt sur les placements de fonds était une espèce de taxe à perpétuité, prélevée, par les capitalistes, sur le produit de l'argent engagé dans l'industrie. De tout temps, les législateurs ont essayé de limiter, sinon d'abolir, le taux de l'intérêt. A l'époque dont je parle, fin du dix-neuvième siècle, les gouvernements, en présence d'une organisation sociale arriérée, avaient renoncé à la réalisation de ce projet, qu'ils considéraient comme une utopie.

Pour exprimer ma pensée plus nettement, je comparerai la société à une grande diligence à laquelle était attelée l'humanité, qui traînait son fardeau péniblement à travers les routes montagneuses et ardues. Malgré la difficulté de faire avancer la diligence sur une route aussi abrupte, et bien qu'on fût obligé d'aller au pas, le conducteur, qui n'était autre que la faim, n'admettait point qu'on fît de halte. Le haut du coche était couvert de voyageurs qui ne descendaient jamais, même aux montées les plus raides. Ces places élevées étaient confortables, et ceux qui les occupaient discutaient, tout en jouissant de l'air et de la vue, sur le mérite de l'attelage essoufflé. Il va sans dire que ces places étaient très recherchées, chacun s'appliquant dans la vie à s'en procurer une et à la léguer à son héritier. D'après le règlement, on pouvait disposer librement de sa place en faveur de n'importe qui ; d'un autre côté, les accidents étaient fréquents et pouvaient déloger l'heureux possesseur. A chaque secousse violente, bon nombre de voyageurs tombaient à terre ; il leur fallait alors s'établir eux-mêmes au timon de la diligence sur laquelle ils s'étaient prélassés jusqu'alors. Quand on traversait un mauvais pas, quand l'attelage succombait sous le poids du fardeau, quand on entendait les cris désespérés de ceux que rongeait la faim, que les uns, épuisés de fatigue, se laissaient choir dans la boue, que d'autres gémissaient, meurtris par la peine, les voyageurs d'en haut exhortaient ceux qui souffraient à la patience, en leur faisant entrevoir un meilleur sort dans l'avenir. Ils achetaient de la charpie et des médicaments pour les blessés, s'api-

toyaient sur eux; puis, la difficulté surmontée, un cri
de soulagement s'échappait de toutes les poitrines. Eh
bien, ce cri n'était qu'un cri d'égoïsme! Quand les
chemins étaient mauvais, le vacillement de ce grand
coche déséquilibrait quelquefois, pour un instant, les
voyageurs des hauts sièges, mais quand ils réussissaient
à reprendre leur assiette, ils appréciaient doublement
leurs bonnes places, ils s'y cramponnaient, et c'était
là tout l'effet produit par le spectacle de la misère
la plus poignante. Je repète que si ces mêmes voyageurs avaient pu s'assurer que ni eux ni leurs amis ne
couraient aucun risque, le sort de l'attelage ne les eût
guère inquiétés.

Je sais que ces principes paraîtront cruels et inhu-
mains aux hommes du vingtième siècle; mais voici les
deux raisons qui les expliquent : d'abord, on croyait le
mal irrémédiable, on se déclarait incapable d'améliorer la route, de modifier les harnais, la voiture même,
la distribution du travail ou de l'attelage. On se lamen-
tait généreusement sur l'inégalité des classes, mais on
concluait que le problème était insoluble. Le second
empêchement à tout progrès était cette hallucination
commune à tous les voyageurs d'en haut, qui consistait à voir, dans ceux qui traînaient la voiture, des
gens pétris d'une autre pâte qu'eux. Cette maladie a
existé, il n'y a aucun doute, car j'ai moi-même voyagé,
dans le temps, sur le haut du coche et j'ai moi-même
été atteint du délire commun. Ce qu'il y a de plus curieux, c'est que les piétons, qui venaient de se hisser
sur la voiture et dont les mains calleuses portaient
encore les traces des cordes qu'ils tiraient tout à l'heure,
étaient les premières victimes de cette hallucination.
Quant à ceux qui avaient eu le bonheur d'hériter de
leurs ancêtres un de ces sièges rembourrés, leur infa-
tuation, leur conviction d'être substantiellement dis-
tincts du commun des mortels, n'avaient plus de
limites.

En 1887, j'atteignais ma trentième année et j'étais fiancé à miss Edith Bartlett. Elle voyageait, comme moi, sur le haut du coche, c'est-à-dire, pour parler désormais sans métaphore, que sa famille était riche. A cette époque, où l'argent était tout-puissant, cette qualité eût suffi pour attirer autour d'une jeune fille un essaim d'admirateurs; mais Edith Bartlett joignait aux avantages de la fortune la grâce et la beauté.

J'entends d'ici mes lectrices protester :

« Jolie, peut-être, mais gracieuse jamais, avec les modes d'alors! Quand la coiffure formait un échafaudage d'un pied de haut; quand l'extension de la jupe, vers le bas de la taille, au moyen d'artifices mécaniques, défigurait les formes plus qu'aucun stratagème de couturière, comment faire pour être gracieuse là dedans ? »

Mes lectrices ont raison; je puis seulement répondre que si les femmes du vingtième siècle sont d'aimables et vivantes démonstrations de l'heureux effet produit par des draperies bien appropriées aux formes feminines, mon souvenir de leurs aïeules me permet de maintenir qu'aucune difformité de costume ne peut parvenir à les déguiser entièrement et à rendre franchement laides les jolies !

Nous attendions, pour nous marier, l'achèvement de la maison que je faisais construire dans un des plus beaux quartiers de Boston; car il faut savoir que la vogue comparative des différents quartiers de la ville dépendait, non de leurs avantages naturels, mais du rang social des habitants. Un homme riche, bien élevé, demeurant parmi ceux qui n'étaient pas de son bord, ressemblait à un étranger isolé au milieu d'une race jalouse. D'après le calcul des architectes, on devait être prêt pour l'hiver 1886. Cependant, le printemps arriva, la maison n'était pas achevée, et mon mariage fut ajourné à une époque indéterminée. Ce retard

fait pour exaspérer particulièrement un fiancé très
épris, était dû à une série de grèves, c'est-à-dire à une
cessation de travail concertée de la part des brique-
tiers, des maçons, des charpentiers, des peintres et
autres corps de métiers employés à la construction de
la maison. Quant aux causes spécifiques de ces grèves,
je ne me les rappelle pas. Elles étaient si habituelles
qu'on ne se donnait plus la peine d'en scruter les
raisons particulières. Dans quelques départements
industriels, la grève était devenue, pour ainsi dire,
l'état normal depuis la grande crise de 1873. En vérité,
c'était chose exceptionnelle de voir une classe quelconque d'ouvriers travailler de son métier pendant
plus de quelques mois sans interruption.

Le lecteur, qui suit les dates auxquelles je fais allusion, reconnaîtra, dans ces perturbations de l'industrie, la première et intéressante phase de l'immense
mouvement qui devait aboutir à l'établissement du
système social industriel moderne, avec toutes ses
conséquences. Aujourd'hui, ceci paraît très clair,
même à un enfant, mais, à cette époque, nous vo-
guions dans les ténèbres et nous étions loin de nous faire
une idée nette de ce qui se passait autour de nous.
Une seule chose était évidente : c'est qu'au point de
vue industriel le pays faisait fausse route. Les relations entre l'ouvrier et le patron, entre le travail et le
capital, étaient disloquées. Les classes ouvrières
paraissaient subitement comme infectées d'un profond
mécontentement et d'un ardent désir de voir leur sort
s'améliorer. L'ouvrier demandait une plus haute paye,
la réduction des heures de travail, un meilleur loge-
ment, une éducation plus complète, une part dans les
raffinements et le luxe de la vie ; requêtes qu'il était
impossible d'accorder, à moins que le monde ne devînt
beaucoup plus riche qu'il ne l'était de ce temps-là.
Les ouvriers avaient une idée de ce qu'ils voulaient ;
mais ils étaient tout à fait incapables de savoir com-

ment y parvenir. L'enthousiasme avec lequel ils se
groupaient autour de quiconque semblait pouvoir
éclairer leur chemin, faisait une réputation inattendue
à beaucoup de soi-disant guides, dont très peu possé-
daient la moindre notion de la route. Mais, quelque
chimériques qu'aient pu paraître les aspirations des
classes laborieuses, le dévouement que les travailleurs
montrèrent à s'entr'aider dans les grèves qui étaient
leur arme principale, les sacrifices qu'ils surent s'imposer pour les faire aboutir, ne laissaient aucun doute
sur le sérieux terrible de leurs revendications.

Quant au résultat final de l'agitation ouvrière (c'est
l'expression dont on se servait pour caractériser le
mouvement auquel je viens de faire allusion), l'opinion
des gens de ma classe différait selon le tempérament de
chacun. Les gens ardents prétendaient, avec beaucoup d'apparence de raison, qu'il était impossible que
les nouvelles espérances des classes laborieuses fussent réalisées, tout simplement parce que le monde
n'avait pas de quoi les satisfaire. C'était seulement
parce que les masses travaillaient très durement et
vivaient de privations, que la race humaine ne mourait
pas de faim ; aucune amélioration considérable de leur
condition n'était possible tant que le monde, pris dans
son ensemble, demeurerait si pauvre. Le conflit, disait-
on, n'était pas entre les capitalistes et les travailleurs,
car les premiers ne faisaient que maintenir la barrière de fer qui encerclait l'humanité. Tôt ou tard, les
ouvriers comprendraient (ce n'était qu'une question
de cerveaux plus ou moins durs), et se résigneraient à
endurer ce qu'ils ne pouvaient guérir.

Les moins ardents admettaient tout cela. Certainement, les aspirations des travailleurs étaient impossi-
bles à satisfaire, pour des raisons naturelles ; mais il y
avait lieu de craindre qu'ils ne se rendraient pas
compte de cette vérité avant d'avoir mis la société en
pièces. Ils avaient pour eux les suffrages et la force, et

2

leurs chefs les encourageaient à s'en servir. Quelques-
uns de ces observateurs pessimistes allèrent si loin,
qu'ils prédirent un cataclysme social à brève échéance.
L'humanité, disaient-ils, ayant atteint le dernier gra-
din de l'échelle de la civilisation, était sur le point de
faire un plongeon dans le chaos, après quoi, elle se
relèverait, sans doute, ferait le tour et recommencerait
à grimper. Des expériences répétées de ce genre, dans
les temps historiques et préhistoriques, expliquaient,
peut-être, les proéminences et les gibbosités énig-
matiques du crâne humain. L'histoire de l'humanité,
comme tous les grands mouvements, devait être circu-
laire et retourner à son point de départ. L'idée du
progrès indéfini, en ligne droite, était une chimère
de l'imagination sans analogie dans la nature. La para-
bole de la comète était peut-être encore une meilleure
image de la marche de l'humanité. Partie de l'*aphélie*
de la barbarie, la race humaine n'avait atteint le
périhélie de la civilisation que pour se plonger, une
fois de plus, au bas de sa course, dans les ténèbres du
néant. C'était là, sans doute, une opinion extrême,
mais je me souviens que des hommes sérieux, dans
mon entourage, en devisant des signes du temps, s'exprimaient dans des termes très semblables. Dans l'opinion commune des penseurs, la société approchait
d'une période critique, d'où pouvaient résulter de
grands changements. Les crises ouvrières, leurs causes, leur étendue, leurs remèdes, dominaient tous les
autres sujets dans les conversations sérieuses, comme
dans les feuilles publiques.

Rien ne démontrait mieux la tension nerveuse des
esprits, que l'alarme produite par les clameurs d'une
poignée d'hommes qui s'intitulaient anarchistes et se
proposaient de terrifier le peuple américain, de lui
imposer leurs idées par des menaces de violence;
comme si une nation puissante, qui venait de réprimer
la rébellion de la moitié de sa population, pour main-

tenir son système politique, allait se laisser imposer, par la terreur, un nouveau système social!

En ma qualité d'homme riche, ayant un grand intérêt dans l'ordre existant des choses, je partageais naturellement les craintes de ma classe. Les griefs particuliers que j'avais, à cette époque, contre la classe ouvrière, dont les grèves retardaient mon bonheur conjugal, aiguisaient encore la vivacité de mon antipathie.

II

Le 30 mai 1887 tombait un lundi. C'était un des jours de fête annuelle de la nation à la fin du dix-neuvième siècle; on l'appelait *Jour de décoration* et l'objet de la fête était d'honorer la mémoire des soldats du Nord qui avaient pris part à la glorieuse guerre pour la préservation de l'unité nationale. Les survivants de la guerre, escortés par des processions militaires et civiles, musique en tête, avaient l'habitude, à cette occasion, de visiter les cimetières et de déposer des couronnes de fleurs sur les tombes de leurs camarades. La cérémonie était très solennelle et très touchante.

Le frère aîné d'Edith Bartlett était tombé pendant la guerre et au « Jour de décoration » la famille avait coutume de faire un pèlerinage au mont Auburn où il reposait.

J'avais demandé la permission d'être de la promenade et, au retour en ville, à la tombée de la nuit, je restai à dîner chez les parents de ma fiancée. Dans le salon, après dîner, je ramassai une feuille du soir, et j'appris qu'une nouvelle grève dans le bâtiment allait probablement retarder encore davantage l'achèvement de ma malheureuse maison. Je me souviens encore très bien de mon exaspération ainsi que des imprécations, aussi énergiques que le permettait la présence des dames, que je proférai contre les ouvriers en général et

les grévistes en particulier. Je rencontrai, naturellement, beaucoup de sympathie de la part des personnes qui m'entouraient, et les remarques qui furent
échangées au cours de la conversation à bâtons rompus
qui s'ensuivit, sur la conduite immorale des agitateurs
ouvriers, durent faire tinter les oreilles de ces messieurs. On tombait d'accord que les affaires allaient de
mal en pis, qu'on glissait sur une pente rapide et
qu'on ne pouvait pas prévoir ce qui nous attendait à
bref délai.

« Ce qu'il y a de plus triste, dit, je me le rappelle,
Mᵐᵉ Bartlett, c'est que les classes laborieuses du monde
entier semblent perdre le tête en même temps. En Europe, c'est encore pire qu'ici ; bien certainement, je
ne voudrais pas y vivre ! L'autre jour, je demandai à
M. Bartlett où nous pourrions bien émigrer si les choses terribles dont les socialistes nous menacent venaient à se réaliser. Il me répondit qu'il ne connaissait
aucun endroit du monde où la société pût être considérée comme stable, excepté le Groënland, la Patago-
nie et l'empire chinois.

— Ces diables de Chinois, repartit quelqu'un, savaient
bien ce qu'ils voulaient lorsqu'ils refusèrent de laisser
pénétrer chez eux notre civilisation occidentale. Ils
savaient, mieux que nous, où elle les mènerait. Ils
voyaient bien ce que ce n'était que de la dynamite
déguisée. »

Après cette observation, je me souviens d'avoir pris
ma fiancée à part et d'avoir essayé de lui persuader de
nous marier tout de suite et de voyager en attendant
que la maison fût enfin prête à nous recevoir. Édith
était ravissante ce soir-là ; la robe de deuil, dont elle
était revêtue à l'occasion de l'anniversaire de la mort
de son frère, faisait ressortir la pureté de son teint. Je la
vois encore, telle qu'elle m'apparut alors. Quand je pris
congé, elle me reconduisit jusque dans l'antichambre
et je lui donnai, comme d'habitude, un baiser d'adieu.

Aucun incident particulier, aucun pressentiment ni chez moi, ni chez elle, ne distinguèrent cette séparation de tant d'autres qui l'avaient précédée.

Ce que c'est que de nous !

Il était de bonne heure, pour des fiancés, quand nous nous quittâmes ; mais ce n'était pas de ma part un manque d'attention. Je souffrais beaucoup d'insomnies, quoique ma santé fût bonne d'ailleurs, et je me sentais absolument épuisé ce soir-là pour avoir passé, la veille et l'avant-veille, deux nuits blanches. Édith le savait ; c'est elle qui insista pour me renvoyer vers neuf heures, et me supplia de me coucher aussitôt.

La maison que j'habitais avait abrité trois générations de la famille dont j'étais l'unique représentant direct. C'était une grande vieille construction tout en bois, très élégante à l'intérieur, mais vieux jeu et située dans un quartier tout à fait délaissé par le beau monde depuis qu'il avait été envahi par les maisons de rapport et les usines. Ce n'était certainement pas une demeure où je pusse songer à conduire une jeune femme, surtout une jeune femme d'éducation aussi raffinée qu'Édith. J'avais mis l'écriteau sur la maison et je n'y passais plus que la nuit ; je prenais tous mes repas au cercle. Un seul domestique, un brave nègre, du nom de Sawyer, vivait avec moi et faisait mon service. Il n'y avait dans la maison qu'un seul local dont j'avais peine à me séparer : c'était une chambre à coucher que j'avais fait construire dans les fondations. Dans ce quartier central, plein d'un tintamarre incessant, si j'avais habité au premier étage, je n'aurais jamais pu fermer l'œil de la nuit. Cette chambre souterraine était absolument inaccessible aux bruits du monde extérieur. Quand j'entrais et que je refermais la porte, je sentais autour de moi le silence de la tombe. Pour défier l'humidité, les murs épais de ce sous-sol ainsi que le plancher étaient enduits d'un ciment hydraulique, et, afin que cette chambre pût servir en même temps de forteresse contre les voleurs et l'incendie, je l'avais fait recouvrir d'une voûte en pierre herméti-quement scellée, tandis que la porte extérieure, en fer, était revêtue d'une épaisse couche d'amiante. Un petit tube communiquant avec un ventilateur situé sur le toit assurait le renouvellement de l'air.

Il semble qu'avec des précautions aussi minutieuses, le locataire de cette chambre dût pouvoir commander le sommeil à volonté; cependant, il m'arrivait rare-ment, même dans ce tombeau, de dormir deux nuits de suite. J'étais si coutumier du fait, qu'une nuit d'insomnie ne me gênait guère; mais quand j'en avais passé une seconde, dans mon fauteuil au lieu de mon lit, je n'en pouvais plus; aussi, la troisième nuit, dans la crainte de quelque accident nerveux, j'avais re-cours à un moyen artificiel : je faisais appeler mon médecin, le Dr Pillsbury.

C'était plutôt un ami qu'un médecin; un de ceux qu'on appelait à cette époque un « irrégulier » ou un empirique. Il s'intitulait « professeur de magnétisme animal ». Je l'avais rencontré au cours de quelques investigations d'amateur, relatives au magnétisme. Je crois qu'il n'entendait pas grand'chose à la médecine, mais il était certainement très fort en mesmérisme. Si agité que je fusse, au physique et au moral, le Dr Pills-bury, après quelques passes magnétiques, réussissait infailliblement à m'endormir du sommeil le plus pro-fond, qui durait jusqu'à ce qu'on me réveillât par un procédé mesmérien appliqué en sens inverse. Les pro-cédés pour réveiller étant beaucoup plus simples que ceux pour endormir, le docteur avait consenti, sur ma demande, à les enseigner à mon domestique.

Mon fidèle Sawyer était le seul homme au monde qui sût que le docteur Pillsbury venait me voir et pour-quoi. Il va sans dire qu'Edith devenue ma femme, je lui aurais, un jour ou l'autre, révélé mon secret. J'avais hésité jusqu'ici; car, dans ce sommeil artificiel, il y avait incontestablement un soupçon de danger, et je savais qu'elle y ferait des objections. Le sommeil pouvait devenir trop intense, se changer en léthargie rebelle aux procédés magnétiques et se terminer par la mort. Toutefois, des expériences répétées m'avaient démontré qu'en prenant les précautions nécessaires, le risque était à peu près nul, et j'espérais, un jour, en convaincre Edith.

Ce soir-là, donc, après avoir quitté ma fiancée, je rentrai directement chez moi et fis aussitôt appeler le docteur. En l'attendant, j'entrai dans ma chambre souterraine, j'enfilai une robe de chambre confortable, et je me mis à lire le courrier du soir que Sawyer avait déposé sur mon bureau.

Une des lettres était de mon architecte et confirmait ce que j'avais déjà lu dans les journaux. De nouvelles grèves, disait-il, allaient retarder indéfiniment la construction de ma maison. Ni les patrons, ni les ouvriers, ne consentaient à céder d'une semelle, avant une lutte prolongée. L'empereur Caligula souhaitait que le peuple romain n'eût qu'une tête afin de pouvoir la trancher d'un coup; je fis à l'adresse des ouvriers américains des souhaits à la Caligula. Le retour de mon nègre accompagné du médecin interrompit mes sombres méditations.

Il paraît que Sawyer avait eu du mal à m'amener le docteur, qui faisait ses préparatifs pour quitter la ville cette nuit même. Depuis sa dernière visite, il avait entendu parler d'une situation avantageuse, qu'on lui offrait dans une ville assez éloignée, et il avait décidé de profiter aussitôt de ces ouvertures. Lorsqu'un peu inquiet de cette confidence, je lui demandai à qui je pourrais dorénavant m'adresser pour obtenir le sommeil, il m'indiqua le nom de plusieurs magnétiseurs de Boston, en m'assurant qu'ils étaient aussi forts que lui.

Quelque peu soulagé par cette réponse, je donna

ordre à Sawyer de me réveiller le lendemain matin à neuf heures. Je me couchai sur le lit, vêtu de ma robe de chambre, et je me soumis aux passes et aux manipulations du magnétiseur. Vu l'état particulièrement excité de mes nerfs, je mis un peu plus de temps qu'à l'ordinaire à perdre conscience, mais, à la fin, je me sentis doucement envahi par une délicieuse somnolence.

III

« Il va ouvrir les yeux. Peut-être ne devrait-il voir qu'un de nous à la fois.

— Alors promets-moi de ne pas lui dire. »

La première voix était celle d'un homme, la seconde celle d'une femme. Tous deux parlaient à voix basse.

« Si j'allais voir comment il va, reprit l'homme.

— Non, non, promets-moi d'abord, insista l'autre.

— Laisse-la faire à sa guise, chuchota une troisième voix, également féminine.

— Bien, bien, je te le promets, mais, va-t'en vite, il va se réveiller. »

Il y eut comme un froufrou de robes, et j'ouvris les yeux. Un homme de belle apparence, qui pouvait avoir soixante ans, était penché sur mon chevet; ses traits portaient l'expression d'une extrême bienveillance mêlée d'une vive curiosité. Je ne le connaissais pas du tout. Je me soulevai sur mon coude, et je regardai autour de moi. La chambre était vide. Je n'y étais certainement jamais venu. Je n'en avais jamais vu qui fût meublée de cette façon. Je dirigeai de nouveau mes yeux vers mon compagnon; il sourit.

« Comment vous sentez-vous? fit-il.

— Où suis-je? demandai-je à mon tour.

— Chez moi.

— Comment suis-je venu ici?

— Nous parlerons de cela quand vous serez un peu

plus solide. En attendant, je vous prie de ne pas vous inquiéter. Vous êtes chez des amis et dans de bonnes mains. Comment cela va-t-il ?

— Je me sens un peu chose, répondis-je ; mais, je crois que je me porte bien. Voudriez-vous m'apprendre par quel hasard je suis devenu votre hôte ? Que m'est-il arrivé ? Comment suis-je venu ici ? Je sais que je me suis endormi chez moi.

— Nous aurons tout le temps de nous expliquer là-dessus, répondit mon hôte inconnu, avec un sourire rassurant. Il vaut mieux éviter toute conversation agitante, tant que vous ne serez pas redevenu vous-même. Voulez-vous me faire le plaisir d'avaler quelques gouttes de cette potion ? Cela vous fera du bien. Je suis médecin. »

Je repoussai le verre et me redressai sur mon séant, mais ce ne fut pas sans effort, car j'avais la tête singulièrement lourde.

« J'insiste pour savoir tout de suite où je suis et ce que vous avez fait de moi, repris-je.

— Mon cher monsieur, répondit mon hôte, je vous conjure de ne pas vous agiter. J'aimerais mieux remettre ces explications à plus tard ; cependant, si vous insistez, je vais tâcher de vous satisfaire, à condition que vous avaliez d'abord une gorgée de cette potion qui vous donnera des forces. »

Sur cette promesse, je m'exécutai. Il reprit :

« Ce n'est pas une chose aussi simple que vous avez l'air de croire que de vous expliquer comment vous êtes venu ici. J'ai plus à apprendre de vous à ce sujet que vous de moi. On vient de vous réveiller d'un long sommeil ou plutôt d'une léthargie. C'est tout ce que je puis vous dire. Vous dites que vous vous êtes endormi dans votre propre maison ? Oserai-je vous demander quand cela s'est passé ?

— Quand ?... Quand ?... Mais hier soir, parbleu, vers dix heures. Qu'est devenu mon domestique ? Je lui avais commandé de venir me réveiller à neuf heures du matin.

— Je ne saurais vous renseigner là-dessus, répondit mon hôte avec une singulière expression, mais il est certainement excusable de ne pas paraître. Et, maintenant, pouvez-vous me dire avec un peu plus de précision *quand* vous vous êtes endormi, je veux dire la date ?

— Mais, hier soir, ne vous l'ai-je pas déjà dit ?... A moins que je n'aie dormi pendant une journée entière ? Grand Dieu ! ce n'est pas possible, et cependant j'ai la sensation d'avoir fait un grand somme ! Je me suis endormi le « Jour de décoration ».

— Le jour de décoration ?

— Oui, lundi, le trente.

— Pardon, le trente de quel mois ?

— Mais, de ce mois-ci, parbleu, car je ne suppose pas que j'aie dormi jusqu'au mois de juin.

— Nous sommes en septembre.

— Septembre ! Vous n'allez pas me dire que j'ai dormi depuis le mois de mai jusqu'en septembre !

— Nous allons voir, reprit mon compagnon. Vous dites que vous vous êtes endormi le 30 mai ?

— Oui

— Il vous reste à m'apprendre de quelle année ? »

Je le regardai ahuri et incapable, pendant plusieurs instants, de proférer une parole.

« De quelle année ? répétai-je à mi-voix.

— Oui, de quelle année, s'il vous plaît ? Après cela je pourrai calculer combien de temps vous avez dormi.

— C'était en 1887, répondis-je. »

Mon hôte insista pour me faire prendre une autre gorgée de liquide, puis il me tâta le pouls.

« Mon cher monsieur, dit-il, votre apparence est celle d'un homme cultivé, ce qui n'était pas, de votre temps, aussi ordinaire que du nôtre. Vous aurez donc, sans doute, déjà remarqué, vous-même, qu'aucun évé-

nement en ce monde, n'est, après tout, plus merveilleux qu'un autre. Les effets sont adéquats aux causes,
et les lois naturelles opèrent toujours et partout suivant une logique infaillible. Je m'attends à ce que vous
soyez un peu saisi par ce que je vais vous dire; mais
j'ai la conviction que vous ne laisserez pas troubler
mal à propos la sérénité de votre esprit. Vous avez
l'apparence d'un homme de trente ans à peine, et vous
n'êtes pas dans des conditions corporelles différentes
de celles où l'on se trouve en sortant d'un somme un
peu trop prolongé, et cependant nous sommes aujoür-
d'hui le 10 septembre de l'an 2000, et vous avez dormi
tout juste, cent treize ans, trois mois et onze jours. »

A ces paroles, me sentant quelque peu ébloui,
j'acceptai de mon hôte une tasse de tisane quelconque;
aussitôt après, je m'engourdis et retombai dans un
sommeil profond.

Quand je me réveillai, il faisait grand jour dans la
chambre que j'avais vue pour la première fois éclairée
d'une lumière artificielle. Mon hôte mystérieux était
à mon chevet; il ne regardait pas de mon côté au
moment où j'ouvris les yeux; j'en profitai pour étudier
sa physionomie et pour réfléchir sur ma situation
extraordinaire. Mon étourdissement avait disparu et
mon esprit était parfaitement lucide. L'histoire de ce
sommeil de cent treize ans, que j'avais acceptée d'abord,
dans mon état de prostration, sans résistance,
m'apparut maintenant comme une monstrueuse impos-
ture dont il m'était absolument impossible de deviner
le motif.

Il s'était certainement passé quelque chose d'extraordinaire pour que je me réveillasse ainsi dans cette
maison étrangère avec un compagnon inconnu. Mais,
quand il s'agissait de trouver le comment, mon imagination ne faisait plus que battre la campagne. Étais-je
la victime de quelque complot? Tout en avait l'apparence et cependant, si jamais la physionomie a pu

servir d'indice au caractère, comment admettre que cet homme vénérable, avec son expression si franche et si distinguée, fût capable de tremper dans un projet criminel? Je me demandai ensuite si je n'étais pas, par hasard, la dupe de quelque mauvaise plaisanterie de la part de mes amis, qui auraient découvert, je ne sais comment, le secret de ma chambre souterraine et recouru à cette mise en scène pour me faire comprendre, une bonne fois, les dangers du magnétisme. Cette hypothèse se heurtait à de grandes difficultés. Sawyer ne m'aurait jamais trahi; je ne me connaissais pas d'ami capable d'une pareille fumisterie, et cependant, cette explication, si invraisemblable qu'elle fût, était encore la seule admissible. Dans le vague espoir de surprendre quelque visage familier et moqueur m'épiant derrière une chaise ou un rideau, je promenai mes yeux prudemment autour de moi; quand ils s'arrêtèrent sur mon hôte, il me regardait aussi.

« Vous avez fait un bon petit somme de douze heures, dit-il gaiment. Je vois que cela vous a fait du bien. Vous avez bien meilleure mine. Votre teint est frais, vos yeux clairs. Comment vous sentez-vous?

— Je ne me suis jamais mieux porté, répondis-je en me redressant.

— Vous n'avez pas oublié votre premier réveil, je suppose, et votre surprise quand je vous appris le temps que vous aviez dormi.

— Vous m'avez, je crois, parlé de cent treize ans?

— C'est bien cela.

— Vous admettrez, dis-je avec un sourire ironique, que l'histoire est un peu invraisemblable.

— J'admets qu'elle est extraordinaire, mais, étant données les circonstances, elle n'est ni invraisemblable, ni en contradiction avec ce que nous savons aujourd'hui de l'état léthargique. Quand la léthargie est complète, comme dans votre cas, les fonctions vitales sont entièrement suspendues et les tissus ne se consument pas. On ne peut assigner aucune limite à la durée possible d'un sommeil léthargique quand les conditions externes protègent le corps contre les injures atmosphériques ou autres. Il est vrai que votre cas de léthargie est le plus long dont on ait gardé le souvenir, mais, si le hasard n'avait pas fait découvrir la chambre où vous gisiez, et si elle était restée instacte, il n'y a aucune raison pour que vous ne fussiez pas demeuré indéfiniment dans cet état de vie suspendue jusqu'à ce que le refroidissement graduel du globe eût détruit vos tissus et rendu à l'âme sa liberté. »

Si vraiment j'étais victime d'une farce, il fallait reconnaître qu'on avait eu la main singulièrement heureuse dans le choix de l'acteur principal. Les façons de ce personnage étaient si dignes, son langage si mesuré et si éloquent, qu'on l'aurait volontiers cru sur parole, s'il lui avait plu de soutenir que la lune était un fromage de Hollande. Le sourire dont je soulignai son hypothèse de léthargie, à mesure qu'il la développait, ne parut pas le troubler le moins du monde.

« Peut-être, dis-je, aurez-vous la bonté de me donner quelques détails sur les circonstances mystérieuses où vous fîtes la découverte de ma chambre et de son contenu. J'aime assez les bons contes.

— Aucun conte, dit-il gravement, n'est aussi étrange que cette vérité. Il faut que vous sachiez que, depuis des années, je caressais le projet de faire construire un laboratoire de chimie dans le grand jardin attenant à cette maison. Jeudi dernier, on commençait enfin les fouilles dans la cave; elles furent terminées le soir même, et les maçons devaient venir le lendemain. Mais, dans la nuit de jeudi, il plut à torrents, de sorte que, vendredi matin, ma cave n'était plus qu'une mare où flottaient des débris de mur écroulés. Ma fille, qui était venue avec moi sur les lieux du sinistre, appela mon attention sur un pan de maçonnerie ancienne mis découvert par la chute d'un des murs. J'enlevai un

peu de terre et, reconnaissant que cet appareil faisait
partie d'une grande construction, je résolus de conti-
nuer mes recherches.

« Les ouvriers chargés du déblayement découvrirent
une voûte oblongue à environ huit pieds de profon-
deur et évidemment placée dans l'angle des substruc-
tions d'une très ancienne maison. Une couche épaisse
de cendres et de charbon indiquait que la maison
avait été détruite par un incendie. La voûte, par elle-
même, était intacte, et la couverture de ciment, comme
neuve. Il y avait une porte, mais elle ne voulait pas
céder à nos efforts et, pour entrer, il fallut enlever une
des dalles qui formaient le toit. L'air qui se dégagea
par cette ouverture était stagnant, mais pur, sec et
tempéré.

« Je descendis, une lanterne à la main, et je me
trouvai tout à coup dans une chambre à coucher meublée dans le style du dix-neuvième siècle. Sur le lit gi-
sait un jeune homme, mort, selon toute apparence,
depuis plus de cent ans. Toutefois, l'état extraordinaire
de préservation du corps me frappa ainsi que les confrères que j'avais fait appeler. Nous n'aurions jamais
cru que les procédés de l'embaumement fussent aussi
perfectionnés à pareille époque. Mes collègues, pres-
sés de curiosité, voulurent se livrer immédiatement à
des expériences qui leur eussent livré le secret de ces
procédés. Je les en empêchai, sans autre motif (du
moins vous n'avez pas besoin d'en connaître d'autre
pour le moment) que le souvenir de ce que j'avais lu
sur les progrès extraordinaires qu'avaient réalisés
vos contemporains dans l'étude du magnétisme animal.
L'idée que vous pouviez être tout simplement en cata-
lepsie me traversa l'esprit et il me parut possible que
l'intégrité physique si remarquable de votre corps fût
l'effet non de l'art de l'embaumeur, mais de la force
vitale elle-même.

« Cependant, cette idée me semblait, même à moi,

si excentrique, que je ne voulus pas m'exposer à la
risée de mes collègues ; je les payai donc d'une autre
raison pour ajourner nos expériences. Eux sortis,
j'organisai aussitôt une tentative systématique de résurrection dont vous connaissez l'heureux résultat. »

Quand même l'histoire eût été encore plus incroyable, le récit circonstancié, les manières dignes et per-
suasives, toute la personnalité du narrateur, eussent
ébranlé l'auditeur le plus sceptique. Je commençais à
me sentir très troublé quand, le récit terminé, je m'a-
perçus, par hasard, dans une glace, qui me faisait vis-
à-vis. Je me levai pour me regarder de plus près. Pas
un trait de mon visage n'avait éprouvé la moindre
altération. Je me voyais tel et aussi jeune que le jour
où j'avais soigneusement fait mon nœud de cravate
pour aller voir Edith le « Jour de décoration » 1887,
c'est-à-dire, à en croire cet individu, cent treize ans
auparavant! Dans cet instant l'énormité de la farce
qui se jouait à mes dépens me frappa plus vivement
que jamais. Je bondis avec indignation, j'allais éclater.
Mon hôte aperçut le mouvement.

« Vous êtes, sans doute, surpris, me dit-il, de voir
qu'après avoir dormi un siècle ou plus vos traits n'ont
pas vieilli d'une ligne ; mais votre étonnement n'est
pas justifié. C'est grâce à l'arrêt total des fonctions
vitales que vous avez survécu tant d'années. Si votre
corps avait pu subir la moindre altération pendant
votre léthargie, il y a longtemps qu'il serait décom-
posé.

— Monsieur, lui dis-je, en le regardant en face, je
suis hors d'état de deviner pour quel motif vous venez
me débiter d'un air sérieux des contes à dormir debout.
Mais vous êtes vous-même trop intelligent pour supposer qu'à moins d'être un franc imbécile, on puisse
ajouter foi à de pareilles histoires. Epargnez-moi la
suite de cette stupide machination et, une fois pour
toutes, dites-moi si, oui ou non, vous refusez de m'ap-

prendre où je suis et comment j'y suis venu. Si vous persistez, il faudra que j'aille moi-même aux renseignements et nul·ne m'en empêchera.

— Ainsi vous ne croyez pas que nous sommes en l'an 2000?

— Belle demande!

— Eh bien, puisque je ne réussis pas à vous convaincre, vous vous convaincrez vous-même. Etes-vous assez solide pour me suivre en haut de l'escalier?

— Je me porte mieux que jamais, repris-je en colère, et je saurai le prouver si cette plaisanterie dure encore longtemps.

— Je vous prie, monsieur, répondit mon hôte, de ne pas trop vous enferrer dans cette idée que vous êtes l'objet d'une plaisanterie, sans quoi, une fois convaincu de la vérité de mes assertions, la réaction pourrait être trop violente. »

Le ton préoccupé mais affectueux dont il prononça ces paroles, le calme absolu avec lequel il reçut ma sortie violente, m'intimidèrent singulièrement et je le suivis, en proie à un mélange extraordinaire d'émotions. Il me fit monter deux escaliers, puis un troisième plus court qui aboutissait à une terrasse, située sur le toit de la maison.

« Regardez autour de vous, dit-il, quand nous fûmes sur la plate-forme, et dites·moi si c'est bien la ville de Boston du dix-neuvième siècle. »

A mes pieds s'étendait une grande cité sur des milles et des milles. Dans toutes les directions, de larges avenues, plantées d'arbres et bordées de belles constructions qui, pour la plupart, ne formaient pas des blocs continus, mais étaient dispersées dans des jardins grands et petits. Chaque quartier avait de grands squares ombreux où des statues, des fontaines, brillaient au soleil couchant. De superbes édifices publics, d'une grandeur colossale et d'une architecture magnifique, inconnue de mon temps, dressaient de tous côtés leurs masses imposantes. Assurément, je n'avais jamais vu cette ville, ni rien qui pût lui être comparé. Levant enfin les yeux vers l'horizon, je regardai du côté de l'ouest : ce ruban bleu se glissant sinueusement vers le couchant, n'était-ce point la rivière Charles? Je me retournai vers l'est ; c'était bien le port de Boston encadré entre ses promontoires et ses îlots : pas un ne manquait à l'appel !

Alors je compris qu'on m'avait dit la vérité et la prodigieuse aventure dont j'étais le héros.

IV

Je ne perdis pas connaissance, mais l'effort qu'il me fallut faire pour me représenter ma position me donna le vertige et je me souviens que mon compagnon dut me soutenir à bras-le-corps pour me faire descendre de la terrasse. Il m'amena dans un spacieux appartement situé à l'étage supérieur de la maison ; là, il me fit boire un ou deux verres de vieux vin et partager un léger repas.

« Je pense que vous voilà mieux maintenant, dit-il gaiement ; je n'aurais pas songé à employer des moyens si brusques pour vous convaincre, si votre façon d'agir, quoique parfaitement excusable dans les circonstances présentes, ne m'y avait pas contraint. J'ai entendu dire que les Bostoniens de votre époque étaient de vigoureux boxeurs et n'y allaient pas de main morte ; aussi ai-je craint un instant que vous n'alliez me faire faire ce que vous appeliez un plongeon au dix-neuvième siècle, si je ne brusquais pas les choses ! Je suppose qu'à cette heure vous ne m'accusez plus de vous avoir mystifié ?

— Si vous me disiez, répondis-je profondément troublé, qu'au lieu d'un siècle, mille ans s'étaient écoulés depuis que j'ai aperçu cette ville pour la dernière fois, je vous croirais maintenant sur parole.

— Il n'y a que cent ans, répondit-il, mais plus d'un millénaire dans l'histoire du monde a passé sans avoir été témoin d'une transfiguration aussi extraordinaire. Et maintenant, ajouta-t-il, en me tendant la main avec une irrésistible cordialité, laissez-moi vous souhaiter la bienvenue dans le Boston du vingtième siècle et dans la maison du Dr Leete, car tel est mon nom. »

Je lui serrai la main et déclinai mon nom : Julien West.

« Charmé de faire votre connaissance, monsieur West ! Sachant que cette maison est construite sur l'emplacement de la vôtre, j'espère que vous n'aurez pas de peine à vous considérer chez vous. »

Après ma collation, le docteur me fit préparer un bain et des vêtements de rechange, dont je profitai avec grand plaisir. Les grandes révolutions qui, selon le dire de mon hôte, s'étaient produites depuis un siècle, n'avaient guère affecté la mode, car, à part quelques détails, mon nouveau costume n'offrait rien d'extraordinaire pour moi.

Physiquement j'étais redevenu moi-même, mais le lecteur se demandera, sans doute, où j'en étais mentalement, quelles étaient mes sensations intellectuelles, en me voyant ainsi brusquement tombé dans un nouveau monde. En réponse, je lui demanderai de se supposer transporté, en un clin d'œil, de la terre au paradis ou à l'enfer. Qu'éprouverait-il alors ? Ses pensées retourneraient-elles aussitôt vers la terre, ou bien, la première émotion passée, oublierait-il, au milieu des étonnements d'une existence nouvelle, sa vie d'autrefois, quitte à s'en souvenir plus tard ? C'est ce dernier effet qui se produisit chez moi. Tout d'abord, les impressions de stupéfaction et de curiosité produites par les nouveaux spectacles qui m'entouraient occupèrent mon esprit, à l'exclusion de toute autre pensée. Le souvenir de ma vie d'autrefois semblait entièrement effacé.

Dès que je me sentis remis sur pied par les bons

soins de mon hôte, l'envie me prit de retourner sur la terrasse de la maison, et nous voilà bientôt conforta-blement installés dans de bons fauteuils, avec la ville au-dessous et autour de nous. Après que le Dr Leete eut répondu aux nombreuses questions que je lui adressai au sujet de bien des points de repère du pay-sage que je ne trouvais plus, et des nouveaux édifices qui les avaient remplacés, il me demanda quelle diffé-rence essentielle entre le nouveau et l'ancien Boston, me frappait le plus fortement.

« Pour parler des petites choses avant les grandes, répondis-je, je crois vraiment que ce qui m'a frappé le plus au premier regard, c'est l'absence complète des cheminées et de leur fumée.

— Ah ! s'écria mon compagnon, d'un air de vif inté-rêt, j'avais oublié les cheminées ; il y a si longtemps qu'on ne s'en sert plus chez nous ! Voici plus d'un siè-cle que les procédés rudimentaires dont vous dépendiez pour produire la chaleur sont hors d'usage.

— En général, repris-je, ce qui me surprend encore dans votre ville, c'est la prospérité matérielle qu'impli-que sa magnificence.

— Je donnerais beaucoup, dit le Dr Leete, pour pou-voir jeter un seul regard sur le Boston de votre époque. Sans doute, les villes d'alors étaient d'assez vilaines machines. Quand même vous auriez eu le goût ou l'en-vie de les faire belles (et je n'ai pas l'impolitesse d'en douter), la pauvreté générale, résultant de votre sys-tème industriel si défectueux, ne vous en aurait pas laissé les moyens. Bien plus, l'individualisme excessif qui régnait à cette époque était incompatible avec un véritable développement de l'esprit public. Le peu de richesses dont vous disposiez servaient exclusivement au luxe privé. Aujourd'hui, au contraire, l'emploi le plus populaire de l'excédent de la richesse publique, c'est l'embellissement de la ville, dont tous jouissent au même degré. »

Quand nous étions remontés sur la terrasse, le soleil se couchait; pendant que nous devisions, la nuit étendait ses voiles sur la ville.

« Il se fait noir, dit le docteur Leete, redescendons; je veux vous présenter ma femme et ma fille. »

Ces paroles me firent souvenir des voix féminines que j'avais entendues chuchoter autour de moi à mon premier réveil, et très curieux d'apprendre ce que pouvaient bien être les dames de l'an 2000, j'acceptai la proposition du docteur avec empressement.

L'appartement où nous trouvâmes ces dames, de même que tout l'intérieur de la maison, était éclairé d'une lumière douce et enveloppante que je devinai être artificielle, bien que je ne pusse pas en découvrir la source. Mme Leete était une femme remarquablement belle et bien conservée, à peu près de l'âge de son mari; tandis que sa fille, alors dans le premier épanouissement de la jeunesse, était la plus ravissante personne que j'eusse jamais rencontrée. Des yeux bleus et profonds, un teint délicatement coloré, des traits irréprochables, faisaient de son visage l'ensemble le plus ensorcelant, et quand même le visage eût manqué de charme, la perfection de sa taille lui eût assigné un prix d'honneur parmi les beautés du dix-neuvième siècle. La douceur et la délicatesse féminines se combinaient dans cette adorable créature avec une apparence de santé et de vitalité trop souvent absentes chez les jeunes filles de mon temps, les seules avec qui je pusse la comparer. Par une coïncidence insignifiante dans l'ensemble d'une situation aussi anormale, mais néanmoins troublante, son nom était Edith, comme celui de mon ex-fiancée.

La soirée qui suivit fut certainement unique dans les fastes des relations humaines; mais on aurait tort de supposer que notre conversation fut le moins du monde pénible et contrainte. C'est dans les circonstances les moins naturelles que les hommes se conduisent le plus naturellement, par la simple raison que de pareilles situations excluent tout artifice et toute convention. En tout cas, ma conversation de ce soir-là, avec ces représentants d'un autre âge et d'un nouveau monde, fut marquée au coin d'une sincérité et d'une cordialité telles qu'en produit rarement une longue accointance. Sans doute, le tact exquis de mes hôtes y fut pour beaucoup. Bien entendu, il ne fut pas question d'autre chose que de la merveilleuse aventure qui m'avait amené là ; mais ces dames en parlaient avec un intérêt si naïf et une sympathie si expressive qu'elles bannirent de l'entretien la sensation d'embarras et de malaise qui aurait pu m'accabler. On aurait pu croire qu'elles avaient l'habitude de causer avec des revenants d'un autre âge, tant elles y mettaient d'aisance et de légèreté de main.

Edith Leete prenait peu de part à la conversation ; mais quand, à plusieurs reprises, l'attrait magique de sa beauté dirigea mon regard sur ses traits, je trouvai toujours ses yeux fixés sur moi avec une intensité voisine de la fascination qui ne laissa pas de m'émouvoir.

Le docteur Leete ainsi que ces dames parurent vivement intéressés du récit des circonstances où je m'étais endormi, pendant cette soirée mémorable, dans ma chambre souterraine. Chacun avait son système pour expliquer comment j'avais été oublié là : l'hypothèse suivante, sur laquelle nous finîmes par tomber d'accord, est au moins plausible, bien que le détail précis de la vérité doive nous rester éternellement caché. La couche de cendres trouvée au-dessus de ma chambre indiquait que la maison avait été incendiée. En admettant que le feu ait pris le soir même où je m'endormis, il ne reste plus qu'à supposer que mon nègre périt dans l'incendie ou dans un des accidents qui en furent la conséquence ; le reste se devine.

Le docteur Pillsbury et Sawyer étaient les seules personnes au monde qui connussent le secret de ma

retraite; or le docteur était parti cette même nuit pour
la Nouvelle-Orléans et n'entendit peut-être jamais parler du sinistre. Mes amis et le public durent nécessairement arriver à la conclusion que j'avais également péri
dans les flammes. Il aurait fallu procéder à des fouilles
très profondes pour découvrir dans les fondations le
recoin communiquant avec ma demeure. A coup sûr,
si l'on avait reconstruit immédiatement sur le même
emplacement, on aurait procédé à des fouilles de ce
genre : mais par ces temps de crise et dans cette partie de la ville délaissée par la vogue, on comprend
pourquoi il n'en fut rien. Le docteur Leete me dit qu'à
en juger par la taille des arbres qui occupaient actuellement son jardin, le terrain avait dû rester abandonné
pendant au moins un demi-siècle.

V

Quand, dans le courant de la soirée, les dames se
retirèrent, nous laissant seuls, le docteur et moi,
celui-ci me demanda si j'étais disposé à dormir, ajoutant que s'il en était ainsi ma chambre était prête.

« Mais, ajouta-t-il, si vous avez envie de rester
debout, rien ne me plairait davantage que de vous
tenir compagnie. Je suis un oiseau de nuit, et, sans
flatterie, je puis vous dire qu'on ne peut guère imaginer un compagnon plus intéressant que vous. Ce n'est
pas tous les jours qu'on a l'occasion de s'entretenir
avec un homme du dix-neuvième siècle ! »

Pendant la soirée, j'avais attendu, non sans appré-
hension, le moment où je serais laissé seul. Entouré de
ces étrangers bienveillants, stimulé et soutenu par
leurs sympathies, j'étais parvenu à conserver mon
équilibre mental ; et cependant, dans les temps d'arrêt
de la conversation, j'éprouvai des avant-goûts, des
pressentiments, vifs comme l'éclair, de l'horrible sensation d'isolement qui m'attendait une fois que je n'au-

rais plus rien pour distraire ma pensée. Je sentais bien
que je ne fermerais pas les yeux cette nuit-là, et j'espère qu'on ne m'accusera pas de lâcheté si j'avoue que
la pensée de cette nuit blanche, passée à réfléchir
m'épouvantait. Quand je fis part de ces impressions à
mon hôte, il ne s'en étonna nullement, mais il me pria
de ne pas me préoccuper de la question de sommeil;
il se chargeait de m'administrer un narcotique infaillible
qui m'assurerait une nuit excellente. Le lendemain, je
me réveillerais avec les sentiments d'un vieux bour-
geois du vingtième siècle.

« Pour cela, dis-je, il me faudrait apprendre un peu
plus de ce nouveau Boston où me voilà revenu. Vous
m'avez dit tantôt que, bien que je n'eusse dormi qu'un
siècle, il s'était produit dans cet intervalle plus de
changements dans les conditions de l'humanité qu'il
ne s'en produit d'ordinaire pendant des milliers d'années. Avec le spectacle de cette ville à mes pieds,
j'étais bien disposé à vous croire; mais je serais
curieux de savoir en quoi consistent ces changements,
ou du moins les plus importants. Pour commencer,
car ce sujet est inépuisable, quelle solution, si solution il y a, avez-vous trouvée pour la question ouvrière?
C'était notre enigme du sphinx au dix-neuvième siècle,
et quand je m'endormis, ce sphinx menaçait de dévo-
rer la société parce que la réponse se faisait attendre.
Je ne regretterai pas d'avoir dormi cent ans pour
apprendre de vous la solution de ce problème, si toutefois vous l'avez trouvée.

— Comme une pareille question n'existe plus, répondit le docteur, et qu'il n'y aurait même pas moyen
qu'elle surgît à nouveau, je crois que nous pouvons
nous flatter de l'avoir résolue. Certes, la société aurait
bien mérité d'être dévorée si elle n'était venue à bout
d'un problème aussi simple. En somme, on peut dire
qu'elle n'a même pas eu besoin de le résoudre; il
s'est résolu tout seul! La solution fut le résultat

d'un *processus* d'évolution industrielle qui ne pouvait pas se terminer autrement. Le rôle de la société consistait simplement à coopérer avec cette évolution dès que la tendance en eut été déterminée avec certitude. »

Je répondis qu'à l'époque où je m'endormis, aucune évolution de la sorte n'avait été reconnue.

« N'est-ce pas en mai 1887 que vous vous êtes endormi ?

— Oui, le 30 mai 1887. »

Mon compagnon me toisa pendant quelques instants en silence, puis il reprit :

« Ainsi, selon vous, même à cette époque avancée du dix-neuvième siècle, on ne se doutait pas, en général, du caractère de la crise qui menaçait la société ? Je ne mets pas en doute votre témoignage. L'aveuglement de vos contemporains, par rapport aux signes du temps, est un phénomène commenté par plusieurs de nos historiens, et pourtant il y a peu de faits historiques aussi difficiles à comprendre, tant étaient visibles et frappants les symptômes d'une transformation prochaine. On ne peut s'imaginer qu'ils aient passé inaperçus sous vos yeux ; vous avez bien dû soupçonner que ces désordres indistincts, ce mécontentement si généralement répandu, la misère de l'humanité, étaient des présages significatifs d'un grand changement !

— Nous sentions fort bien que la société traînait l'ancre et qu'elle était en passe de s'échouer. Où allait-elle aborder, on l'ignorait, mais tout le monde craignait les écueils.

— Cependant le sens du courant était bien perceptible, si vous vous étiez donné la peine de l'observer ; il n'entraînait pas la société vers les écueils, mais, au contraire, vers un chenal plus profond.

— Nous avions un proverbe, répliquai-je : « Un regard en arrière vaut mieux qu'un regard en avant, » dont j'apprécie aujourd'hui la force plus que jamais. Tout ce que je puis dire, c'est qu'à l'époque où je m'endormis, les perspectives de la société étaient de telle nature que je n'aurais pas été surpris si, en regardant du haut de votre terrasse, j'avais vu un monceau de décombres au lieu de cette florissante cité. »

Le docteur Leete m'avait écouté avec beaucoup d'attention. Quand j'eus fini, il secoua la tête d'un air pensif.

« Ce que vous m'apprenez, dit-il, sera une justification éclatante pour notre historien Storiot, qu'on accusait d'avoir poussé au noir en peignant, dans son histoire de votre époque, la tristesse et la confusion des esprits. Sans doute, il était naturel qu'une période de transition comme la vôtre fût remplie de trouble et d'agitation; mais, en voyant combien était claire la direction des forces mises en action, on s'étonne qu'au lieu de l'espoir, ce soit la crainte qui ait prévalu dans les esprits. »

Je repris :

— Vous ne m'avez pas encore dit quelle a été votre réponse à l'énigme sociale. Je suis impatient de savoir par quel paradoxe la paix et la prospérité, dont vous jouissez aujourd'hui, ont pu naître d'un siècle comme le mien.

— Pardon, fit mon hôte, fumez-vous? »

Il attendit que nos cigares fussent allumés, puis il reprit :

« Puisque vous me paraissez avoir plutôt envie de causer que de dormir, j'en profiterai pour vous donner un léger aperçu de notre système industriel actuel, juste ce qu'il faut pour bien vous convaincre qu'il n'y a aucun mystère dans le cours de son évolution. Les Bostoniens du dix-neuvième siècle passaient pour de grands questionneurs. Permettez-moi de vous prouver que je suis leur digne petit-fils. Dites-moi quel était pour vous le symptôme caractéristique du mécontentement des travailleurs à votre époque?

— Les grèves, répondis-je,

— Parfaitement; mais qu'est-ce donc qui rendait les grèves si formidables?

— Les grandes organisations du travail.

— Et le motif de ces grandes organisations?

— Les ouvriers prétendaient être obligés de se coaliser pour obtenir justice des puissantes corporations capitalistes.

— C'est bien cela; l'organisation du travail et des grèves était simplement l'effet de la concentration toujours croissante du capital. Avant cette concentration, quand le commerce et l'industrie étaient dirigés par un nombre considérable de petits établissements, avec des capitaux modestes, l'ouvrier isolé avait son importance personnelle, et il était relativement indépendant dans ses rapports avec le patron. En outre, quand un petit capital ou une idée nouvelle suffisait à lancer un commerce, l'ouvrier s'élevait souvent au grade de patron et il n'y avait pas entre ces deux classes une barrière inflexible. Les associations ouvrières n'auraient pas eu de raison d'être et les grèves générales n'existaient pas. Mais, quand, à l'ère des petits capitaux et des petites entreprises succéda le siècle des grandes agglomérations de capital, tout changea. L'ouvrier isolé, qui était un personnage vis-à-vis du petit patron, fut annihilé en présence de ces associations puissantes; en même temps l'accès au patronat lui demeurait à jamais fermé. C'est l'intérêt de la légitime défense qui le poussa à se coaliser avec ses camarades.

« Les annales de votre époque nous ont appris quel cri d'indignation s'éleva de toutes parts contre cette concentration des capitaux. On s'imaginait qu'elle menaçait la société d'une vraie tyrannie, d'un joug humiliant qui allait réduire les hommes au rôle de machines sans âmes, incapables de tout autre sentiment que celui d'une rapacité insatiable. Si nous jetons un regard en arrière, nous ne pouvons pas nous étonner de ce cri de désespoir, car l'humanité n'aurait jamais connu de sort plus hideux que celui que semblait lui préparer l'ère du despotisme des corporations.

« Cependant, malgré toutes ces clameurs, l'absorption croissante des petites industries par les grands monopoles allait bon train. Aux États-Unis, où cette tendance fut plus longue à se développer qu'en Europe, il n'y avait plus, vers la fin du dix-neuvième siècle, aucun espoir, aucune perspective de succès pour les entreprises privées, dans n'importe quelle branche considérable de l'industrie, à moins d'être soutenues par de gros capitaux. Les rares industries de ce genre qui subsistaient encore paraissaient être des survivants d'un autre âge, ou les simples parasites des grandes corporations. Les petits industriels se voyaient réduits à vivre comme les rats et les souris, blottis dans des trous, comptant, pour exister, sur leur obscurité qui les préservait de l'attention. A force de fusionner les lignes de chemin de fer, quelques grandes compagnies monopolisaient toutes les voies ferrées du pays. Dans l'industrie manufacturière, chaque spécialité était accaparée par un syndicat. Ces syndicats réglaient les prix et écrasaient toute concurrence, excepté s'ils surgissait une autre grande coalition de taille à lutter avec eux. De là une lutte qui se terminait, d'ordinaire, par une concentration plus grande encore. Le grand « bazar » de la capitale ruinait ses rivaux de la province par ses succursales, et absorbait, dans la ville même, tous ses concurrents jusqu'à ce que toutes les affaires d'un quartier fussent centralisées dans une même maison, avec une centaine d'anciens patrons réduits au rôle de simples commis. N'ayant plus de maison à lui, où il pût placer son argent, le petit capitaliste ne trouvait plus d'autre placement à ses économies que dans les actions et obligations du syndicat, et tombait ainsi doublement sous la dépendance de celui-ci. Le seul fait que l'opposition désespérée des classes populaires à la consolidation des affaires dans quelques mains puissantes ne réussit pas à l'arrêter un instant, prouve que ce phénomène avait des raisons économiques irrésistibles. Les innombrables petits capitalistes, avec leur chiffre d'affaires mesquines, avaient dû céder la place aux grandes agglomérations de capitaux, parce qu'ils appartenaient à une époque de petites choses, de petittes affaires, et n'étaient plus à la hauteur des exigences d'un siècle de vapeur, de télégraphe et d'entreprises gigantesques; restaurer l'ancien ordre des choses, quand bien même cela eût été possible, c'était revenir à l'âge des diligences et du coche à eau. Si oppressif, si intolérable que fût le nouveau régime, ses victimes mêmes ne pouvaient nier qu'il eût donné un puissant élan à l'industrie nationale, qu'il eût réussi à réaliser des économies considérables dans les frais généraux et à augmenter la fortune publique dans des proportions inouïes. A coup sûr, ce grand développement avait eu surtout pour résultat d'enrichir les riches et de creuser l'abîme entre eux et les pauvres. Mais le fait était posé néanmoins : il était reconnu, désormais, qu'en ce qui concerne la production des richesses, le capital était efficace en raison directe de sa concentration. Un retour au système d'autrefois, avec la subdivision infinitésimale du capital, ramènerait plus d'égalité, plus de dignité et de liberté individuelle, mais au prix de l'appauvrissement général et de l'arrêt du progrès matériel.

« N'y avait-il donc pas moyen d'appliquer le principe puissant et nécessaire de la consolidation du capital, sans avoir à se courber sous une ploutocratie comparable à celle de Carthage? Dès que les hommes eurent commencé à se le demander, ils trouvèrent la réponse toute prête. Le procédé des grandes agglomérations du capital, le système des monopoles, auquel on avait fait une résistance si désespérée et si vaine, furent enfin reconnus dans leur véritable nature.

« Il suffisait de compléter l'évolution logique pour ouvrir un âge d'or à l'humanité.

« Dans les premières années du vingtième siècle, l'évolution reçut son couronnement par la consolidation définitive du capital de la nation tout entière. L'industrie et le commerce du pays, arrachés aux mains des syndicats privés, irresponsables, qui les conduisaient au gré de leurs caprices et de leurs intérêts, furent désormais confiés à un syndicat unique, travaillant dans l'intérêt commun. La nation forma une grande et unique corporation, dans laquelle durent s'absorber toutes les autres; elle devint le seul capitaliste, le seul patron, le monopole final qui engloba tous les anciens monopoles, grands et petits, monopoles de profits et d'économies, dont tous les citoyens eurent leur part. En un mot, le peuple des États-Unis prit la direction de ses propres affaires, comme cent ans auparavant il avait pris celle de son propre gouvernement; il s'organisa pour l'industrie, sur le même terrain où il s'était jadis organisé pour la politique. C'est ainsi que bien tardivement, dans l'histoire du monde, on reconnut cette éclatante vérité que rien n'est plus essentiellement l'affaire du peuple que le commerce et l'industrie, puisque sa vie en dépend. Les confier à des particuliers, qui en profitent, est une folie du même genre, mais bien plus fatale, que celle qui consiste à remettre les rênes de l'Etat à des rois, à des nobles, qui s'en servent pour leur gloire personnelle.

— Un changement aussi extraordinaire que celui que vous décrivez n'a pu s'effectuer sans une grande effusion de sang, sans des convulsions terribles ? dis-je.

— Au contraire, répondit le docteur Leete, il n'y eut de violences d'aucune espèce. Le changement avait été prévu, escompté longtemps à l'avance. L'opinion publique, était mûre, le gros du peuple conquis à l'idée.

Il n'était plus possible de s'y opposer, ni par la force, ni par les arguments. D'un autre côté, le sentiment public envers les grandes compagnies et leurs suppôts avait perdu toute amertume, depuis qu'on avait compris leur nécessité comme un chaînon, une phase de transition dans l'évolution du vrai système industriel. Les adversaires les plus acharnés des grands monopoles étaient désormais forcés de reconnaître quels services précieux et indispensables ceux-ci avaient rendus dans l'éducation économique du peuple, jusqu'au moment où il pourrait assumer le contrôle de ses propres affaires. Cinquante ans auparavant, la consolidation générale de l'industrie du pays, sous un contrôle national eût paru une expérience téméraire aux plus hardis. Mais, par une série de leçons de choses, vues et étudiées de tous, les corporations avaient ouvert au peuple, à ce sujet, des horizons entièrement nouveaux. Pendant des années, on avait vu des syndicats manier des ressources plus grandes que celles de certains États, diriger le travail de centaines de mille ouvriers, avec une force productive et une économie impraticables par des opérations plus restreintes. On avait fini par reconnaître comme un axiome que, plus une affaire est grande, plus les principes qui doivent la régler sont simples; la machine est plus précise que la main, et une organisation savante remplace avec avantage l'œil du maître. Ainsi il arriva que, grâce aux corporations elles-mêmes, le jour où l'on proposa que la nation assumât leurs fonctions, cette proposition ne parut nullement impraticable, même aux plus timides. Assurément, c'était un pas qui menait au delà de tout ce qui s'était vu jusqu'à ce jour, une généralisation plus large. Mais, le seul fait que la nation resterait seule debout de toutes les corporations préexistantes levait bien des difficultés, contre lesquelles avaient dû lutter les monopoles particuliers.

VI

Le docteur Leete avait cessé de parler, et moi je me taisais, essayant de me faire une idée générale des changements survenus dans la société par suite de la prodigieuse révolution qu'il venait de me dépeindre. Finalement, je m'écriai :

« Quelle extension formidable ont dû prendre les fonctions du gouvernement !

— Extension !... Où voyez-vous donc une extension ?

— Dame ! de mon temps, on estimait que les fonctions du gouvernement se bornaient strictement à maintenir la paix au dedans et à protéger les citoyens contre l'ennemi public.

— Hé ! pour l'amour de Dieu ! s'écria le docteur, qui donc est l'ennemi public ? Est-ce la France, l'Angleterre, l'Allemagne, ou bien la faim, le froid et le dénuement ? De votre temps, les gouvernements n'hésitaient pas, pour le moindre malentendu international, à mettre la main sur des centaines de milliers de citoyens, à les livrer à la mort et à la mutilation, gaspillant leurs trésors comme de l'eau claire, et cela le plus souvent sans aucun bénéfice imaginable pour les victimes. Maintenant, nous n'avons plus de guerres et nos gouvernements n'ont plus d'armées ; mais, pour protéger chaque citoyen contre la misère, le dénuement, et pourvoir à ses besoins physiques et intellectuels, l'Etat se charge de diriger son travail pendant un nombre d'années déterminé. Non, monsieur West, je suis certain qu'après avoir réfléchi, vous comprendrez que c'était de votre temps, et non du nôtre, que les fonctions gouvernementales avaient pris une extension exorbitante. Aujourd'hui, les hommes n'accorderaient pas à leur gouvernement autant de pouvoir pour les plus nobles entreprises, qu'ils lui en donnaient alors pour les plus désastreuses.

—Trêve de comparaisons, dis-je. La démagogie et la
corruption de nos hommes publics eussent été considérées, de mon temps, comme des obstacles insurmon-
tables à tout projet leur attribuant la direction des
industries. Aucun système ne nous aurait semblé plus
funeste que de charger des politiciens du contrôle de
la production des richesses nationales. Les intérêts
matériels du pays n'étaient déjà que trop le jouet des
partis qui se renvoyaient la balle!

— Sans doute vous aviez raison, dit le docteur, mais
tout cela est changé. Nous n'avons ni partis, ni politiciens, et, quant à la démagogie et à la corruption, ces
mots n'ont plus qu'une signification historique.

— La nature humaine a donc beaucoup changé?

— Nullement, mais les conditions de la vie humaine
ont changé, et avec elles les motifs des actions humaines. L'organisation de la société n'offre plus une prime
à la bassesse. Mais ce sont de ces choses que vous ne
comprendrez que peu à peu, lorsque vous nous connaîtrez mieux.

— Mais vous ne m'avez toujours pas dit comment
vous avez résolu la question du travail? Jusqu'ici,
nous n'avons discuté que la question du capital. Quand
la nation se fut attribué la direction des usines, des
manufactures, des chemins de fer, des fermes, des
mines et, en général, des capitaux du pays, la question
du travail était encore en suspens. En assumant les
responsabilités du capital, la nation avait également
assumé les difficultés de la position d'un capitaliste.

— Erreur, dit le docteur ; dès que la nation prit les
responsabilités, les difficultés s'évanouirent. L'organisation nationale du travail, sous une direction unique,
était la solution complète du problème qui, dans votre
temps et sous votre système paraissait, à juste titre,
inextricable. Quand la nation fut devenue le seul patron, tous les citoyens devinrent des employés entre

lesquels on répartissait le travail selon les besoins de
l'industrie.

— En somme, vous avez appliqué le principe du service militaire universel à l'organisation du travail ?

— Oui, dit le docteur Leete, c'est une conséquence
naturelle de la concentration des capitaux dans les
mains de l'Etat. Le peuple étant déjà façonné à l'idée
que tout citoyen physiquement apte devait son service
à la défense de son pays, trouva tout naturel de consacrer ce service, devenu industriel ou intellectuel, au
bien-être de la nation. Bien entendu, il a fallu, pour
qu'une pareille obligation devînt possible et équitable,
l'abolition des *employeurs* privés. Aucune organisation
du travail n'était réalisable, tant que la direction en
restait confiée à quelques milliers d'individus ou de
compagnies qui ne voulaient, ni ne pouvaient arriver
à une entente quelconque. C'est ainsi que, trop souvent, des bras qui ne demandaient qu'à travailler, restaient inactifs, tandis que les gens qui voulaient élu-
der leurs devoirs civiques n'y réussissaient que trop
facilement.

— Ainsi, le service industriel est obligatoire et universel ?

— C'est plutôt une nécessité qu'une obligation. La chose
paraît si naturelle et si raisonnable qu'on a cessé de
s'apercevoir qu'elle est obligatoire. Celui qui aurait
besoin de contrainte pour s'y soumettre tomberait sous
le mépris universel. L'ordre social tout entier repose
tellement sur cette obligation, qu'en admettant même
qu'un citoyen pût réussir à s'y soustraire, il se trouverait sans aucun moyen imaginable d'existence, retran-
ché du monde, bref dans la situation d'un suicidé.

— Et, dans cette armée industrielle, le service dure-
t-il toute la vie ?

— Non pas ; la période de travail commence plus tard
et se termine plus tôt qu'autrefois. Vos ateliers étaient
remplis d'enfants et de vieillards, tandis que nous

4

tenons à ce que la jeunesse soit consacrée à l'éducation, et l'âge de la maturité, ainsi que l'âge où les forces physique commencent à faiblir, à d'intelligents et
agréables loisirs. La durée du service industriel est de
vingt-quatre ans ; elle commence, pour chacun, à l'âge
de vingt et un ans et se termine à quarante-cinq. A
partir de cet âge, pendant dix ans encore, on peut être
rappelé sous les drapeaux dans des circonstances
exceptionnelles, pour faire face à des besoins de travail impérieux. Mais de pareils appels ont lieu rarement, on peut dire jamais. Tous les ans, le 15 octobre,
revient ce que nous appelons le jour d'appel. Ce jour-
là, ceux qui ont l'atteint l'âge de vingt et un ans sont
enrôlés dans l'armée industrielle, et, en même temps,
ceux qui ont fini leurs vingt-quatre ans de service
entrent dans une retraite honorable. C'est le grand
événement chez nous, celui qui sert à compter tous les
autres, notre olympiade, sauf qu'elle est annuelle. »

VII

— Mais une fois votre armée enrôlée sous les drapeaux, dis-je, c'est alors, je suppose, que commence la
grande difficulté ; car, ici, l'analogie avec l'armée militaire s'arrête. Les soldats font tous la même chose, et
une chose très simple à apprendre : l'exercice, marcher,
monter la garde ; tandis que l'armée industrielle doit
apprendre à pratiquer deux ou trois cents métiers différents. Où trouvez-vous, au monde, un génie admi
nistratif assez infaillible pour assigner sagement à
chaque citoyen son commerce ou son industrie ?

— Mais, mon cher monsieur, l'administration n'a
rien à voir là-dedans.

— Et qui donc, alors ? demandai-je.

— Chacun pour soi, selon ses aptitudes ; le tout est
de ne rien négliger pour que chaque citoyen se rende
compte de ses aptitudes réelles. Le principe sur lequel

repose notre organisation industrielle est que les aptitudes naturelles de l'homme, soit intellectuelles, soit
physiques, déterminent le genre de travail auquel il
peut se livrer, au plus grand profit de la nation et à sa
plus grande satisfaction personnelle. L'obligation du
service, sous une forme ou l'autre, est générale, mais
on compte sur le choix volontaire (soumis seulement
à quelques règles nécessaires) pour préciser le genre
de service particulier que chaque homme est appelé à
rendre à la société. Pour aider à ce résultat, les
parents et les maîtres épient, dès l'âge le plus tendre,
les indices de telle ou telle vocation chez leurs enfants.
L'apprentissage professionnel est exclu de notre système d'éducation, qui ne vise que la culture générale
et les humanités ; mais on initie nos jeunes gens à la
connaissance théorique des métiers, on leur fait visiter les ateliers, on leur procure l'occasion, par de
longues excursions, de se familiariser avec les procédés industriels. D'habitude, longtemps avant d'entrer
dans les rangs de l'armée, le conscrit a déjà fait choix
de sa carrière et s'y est préparé par des études spéciales. Cependant, s'il n'a pas de goûts arrêtés, s'il ne
se décide pas à choisir lui-même, on lui assigne d'office un emploi parmi les industries n'exigeant pas de
connaissances spéciales et auxquelles il manque des
bras.

— Mais, dis-je, il n'est pas possible que le nombre
des volontaires, pour chaque métier, s'accorde exactement avec celui des bras requis ? Il doit y avoir excès
ou pénurie ?

— La tâche de l'administration, répondit le docteur,
est de veiller à l'équilibre entre la demande et l'offre.
On observe de très près le produit du volontariat pour
chaque industrie. S'il y a un excédent sensible de
volontaires sur les besoins, on en conclut que cette
occupation offre un plus grand attrait que les autres.
Si, au contraire, le nombre des volontaires tend à deu-

cendre au-dessous de la demande, on en tire la conclusion opposée.

« L'administration doit chercher, en réglant les conditions du travail, à égaliser les différentes branches de
l'industrie, de sorte que tous les métiers présentent le
même attrait à ceux qui ont la vocation. On obtient
ce résultat en modifiant la durée des heures de travail
dans les différentes professions, selon qu'elles sont plus
ou moins faciles, plus ou moins attrayantes. On exige
les journées de travail les plus longues des métiers faciles, tandis que l'ouvrier qui fait une besogne pénible,
comme celle des mines par exemple, voit ses heures de
peine réduites au minimum. Il n'y a pas de théorie *a
priori* pour déterminer le degré d' « attractivité » des
différentes industries. En allégeant tel métier pour charger davantage tel autre, l'administration suit simplement les fluctuations d'opinion parmi les ouvriers eux-
mêmes, manifestées par le nombre plus ou moins
grand des volontaires. On part de ce principe qu'aucun
travail ne doit paraître plus dur à un ouvrier que le
travail du voisin. Il n'y a point de limite à l'application de cette règle. S'il le fallait absolument, pour
attirer des volontaires dans telle catégorie d'ouvrages
particulièrement pénibles, on y réduirait la journée
du travail à dix minutes ; si, même alors, il ne se présente aucun amateur, le métier chômera et voilà tout.
Mais, en pratique, une sage réduction des heures de
travail et l'octroi de quelques petits privilèges suffisent
pour alimenter toutes les industries nécessaires au
maintien de la société. Une industrie vraiment nécessaire offre-t-elle des désagréments ou des dangers tels
qu'aucune compensation ne peut vaincre la répugnance
du travailleur ? L'administration n'a qu'à la proposer
comme poste d'honneur, à déclarer ceux qui s'offriront
dignes de la gratitude nationale, pour être débordée
par les demandes, car notre jeunesse est très avide de
gloire et ne laisse pas échapper de pareilles occasions

de se distinguer. Bien entendu, la règle du choix
absolu de la carrière implique la suppression de toutes
les conditions périlleuses pour la santé ou la vie des
personnes. La nation ne sacrifie pas ses travailleurs
par milliers, comme le faisaient de votre temps les corporations et les capitalistes privés.

— Et comment fait-on quand, pour une branche spéciale de l'industrie, il y a pléthore de candidats?

— On donne la préférence à ceux qui se sont distingués, par de bonnes notes, pendant les trois années
d'apprentissage général ou les années d'études. Cependant,
dant, il n'arrive jamais qu'un homme vraiment dési-
reux de suivre une carrière et qui s'obstine dans son
désir soit exclu à la longue. J'ajouterai que, s'il sur-
vient un besoin subit de bras nouveaux dans une
branche d'industrie où les demandes font défaut, la
nation se réserve le droit d'appeler les volontaires ou
de faire des mutations d'emploi ; en général, nous trouvons tout ce qu'il nous faut pour subvenir à des nécessités de ce genre, en puisant au fur et à mesure dans
la classe des ouvriers « communs » ou sans spécialité.

— Comment cette classe se recrute-t-elle? demandai-je ; il me semble que personne ne doit y entrer
de plein gré.

— C'est la classe à laquelle appartiennent toutes les
nouvelles recrues pendant les trois premières années
de leur service. Ce n'est qu'après cette période, au
cours de laquelle le conscrit peut être employé à n'importe quel travail, à la discrétion de ses supérieurs,
que le jeune homme a le droit d'opter pour une carrière spéciale. Personne ne peut se soustraire à ces
trois années de discipline.

— Comme système industriel, dis-je, ce système peut
être très efficace, mais je ne vois pas comment il pourvoit au recrutement des carrières libérales, des hommes qui servent la nation avec leurs cerveaux et non
avec leurs bras. Vous ne pouvez cependant pas vous

passer de travailleurs de la pensée? Comment donc
sont-ils choisis parmi les laboureurs et les artisans?
Ceci implique un travail de sélection bien délicat, ce
me semble.

— En effet, dit le docteur, la question est si délicate, que nous nous en rapportons à l'individu lui-
même pour savoir s'il servira avec le cerveau ou avec
les bras. Au bout de ses trois ans de service « commun », à lui de décider s'il se sent plus de dispositions
pour les choses de l'esprit ou pour les travaux manuels.
Quel que soit son choix, nous lui fournissons libérale-
ment les moyens de s'y conformer. Les écoles de médecine, des beaux-arts, des industries techniques, les
hautes écoles et les facultés sont ouvertes aux aspirants sans conditions.

— Mais vos écoles doivent être encombrées de jeunes
gens qui n'ont d'autre but que de se soustraire au
travail? »

Le docteur sourit d'un air narquois.

« Personne, je vous l'assure, n'aura la tentation de
se présenter dans nos écoles supérieures avec l'arrière-
pensée de se soustraire au travail. L'enseignement
qu'on y donne suppose des aptitudes réelles chez les
étudiants; en l'absence de ces aptitudes, il leur serait
plus facile de faire double besogne manuelle que de se
tenir à hauteur des cours. Ce qui arrive, c'est que des
jeunes gens se trompent sur leur vocation; mais ils
ne tardent pas à reconnaître leur erreur et à retourner
tout simplement dans les rangs de l'armée industrielle.
Aucun discrédit ne s'attache à ces déserteurs. Notre
système encourage chacun à développer ses talents
cachés; mais c'est à l'épreuve seule que la réalité de
ces talents se manifeste. Les écoles professionnelles et
scientifiques de votre temps dépendaient de la rétribution scolaire de leurs élèves; il paraît que souvent on
y délivrait des diplômes mal à propos à des sujets peu
aptes et qui, néanmoins, arrivaient, à l'ancienneté, à

se faire une position. Nos écoles sont des institutions nationales, et avoir passé leurs examens est une preuve indiscutable d'aptitudes spéciales.

« On laisse aux hommes le temps, jusqu'à l'âge de trente cinq ans, de se décider pour une carrière libérale ; passé cet âge, les étudiants ne sont plus reçus, car la durée de service qu'il leur resterait à parcourir serait trop courte.

« De votre temps, les jeunes gens, obligés de choisir leur carrière de très bonne heure, se trompaient fréquemment sur le caractère de leurs aptitudes. On a reconnu, au vingtième siècle, que les aptitudes sont plus lentes à se développer chez les uns que chez les autres, c'est pour ce motif que le droit de choisir une profession reste ouvert de vingt-quatre à trente-cinq ans. J'ajouterai que, jusqu'à l'âge de trente-cinq ans, tout homme est également libre, sous certaines conditions, de quitter une profession pour une autre. »

Une question qui depuis longtemps brûlait mes lèvres, une question qui, de mon temps, était regardée comme l'obstacle capital à la solution finale du problème industriel, arrivait enfin sur le tapis.

« C'est extraordinaire, dis-je, que vous n'ayez pas encore dit un mot de votre manière de régler les salaires ! La nation étant désormais l'unique patron, c'est sans doute au gouvernement de régler le prix des salaires, depuis celui du médecin jusqu'à celui du terrassier. Tout ce que je puis vous dire, c'est que jamais ce système n'aurait pris chez nous, et, à moins que la nature humaine n'ait changé, je ne vois pas comment il a pu réussir chez vous. De mon temps, personne n'était satisfait de ses gages ou de ses salaires. Même quand l'ouvrier se sentait bien rétribué, il croyait que son voisin l'était davantage, et cela l'exaspérait. Si le mécontentement, au lieu de se disperser en grèves et en imprécations contre des milliers de patrons, avait pu se concentrer sur un seul objet, le

plus fort régime du monde n'aurai. ... subsisté au
delà de deux jours de paye! »

Le docteur Leete rit de bon cœur.

« Très vrai, très vrai, fit-il; dès le premier jour de
paye, vous auriez eu une grève générale, et une grève
contre le gouvernement, c'est une révolution.

— Alors, comment faites-vous pour ne pas avoir de
révolution chaque jour de paye? demandai-je. S'est-il
trouvé quelque philosophe prodigieux pour inventer
un système de calcul donnant satisfaction à tous et éva-
luant tous les services manuels et intellectuels à leur juste
valeur? Ou bien la nature humaine aurait-elle changé
au point que l'homme ne se soucie plus de ses propres
intérêts, mais de ceux du prochain?

— Ni l'un ni l'autre, répondit en riant le docteur
Leete. Maintenant, monsieur West, n'oubliez pas que
vous êtes non seulement mon hôte, mais aussi mon
malade, et permettez-moi de vous prescrire une petite
dose de sommeil avant de reprendre notre conservation.
Il est plus de trois heures du matin.

— Votre ordonnance est certainement très bonne;
pourvu que je puisse l'exécuter.

— C'est mon affaire, » dit-il, en m'administrant un
verre d'un breuvage quelconque qui, dès que j'eus la
tête sur l'oreiller, m'ensevelit dans un profond sommeil.

VIII

Quand je m'éveillai, je demeurai quelque temps
plongé dans un agréable état de demi-somnolence. Je
me sentais très réconforté. Les émotions de la veille,
mon réveil en l'an 2000, la vue du Boston moderne,
mon hôte et sa famille, toutes les choses extraordinaires
que j'avais entendues, semblaient effacés de ma mémoire. Je me croyais chez moi, dans ma vieille chambre
à coucher, et les ombres de pensées et d'images qui
flottaient devant mon esprit à demi endormi apparte-

naient toutes à ma vie d'autrefois. En rêvant ainsi, je repassais les incidents du « Jour de décoration », mon excursion, en compagnie d'Edith et de ses parents, au mont Auburn, le dîner de famille à notre retour. Je me rappelais la bonne mine d'Edith, et de là je vins à penser à notre mariage. Mais, à peine mon imagination avait-elle ébauché ce thème charmant, que mon rêve éveillé fut brusquement interrompu par le souvenir de la lettre de mon architecte, annonçant les nouvelles grèves et le retard indéfini de mon installation. Je me souvins alors que j'avais un rendez-vous à onze heure avec mon architecte ; j'ouvris les yeux et voulus regarder l'heure sur la pendule qui se trouvait au pied du lit. Mais de pendule nulle part, et, chose plus grave, je m'aperçus aussitôt que je n'étais pas chez moi. D'un bond je me dressai sur mon lit et je promenai des yeux égarés autour de cet étrange appartement.

Je restai bien quelques minutes sur mon séant, incapable de retrouver mon propre moi. J'étais comme une âme dans les limbes, une âme ébauchée avant d'avoir reçu les incisions du ciseau créateur qui lui impriment son individualité. Rien ne saurait exprimer le supplice que j'endurai pendant que je tâtonnais ainsi dans le vide, à la recherche de ma personne. Puissé-je ne plus jamais ressentir cette douloureuse éclipse de mon être ! Je ne saurais dire au juste combien de temps se prolongea cet état, — cela parut une éternité, — lorsque soudain le souvenir de tout me revint comme dans un éclair. Je sus qui j'étais, où j'étais, comment j'étais arrivé là ; je sus que les scènes de la vie d'hier qui venaient de repasser devant mon esprit, se rapportaient en réalité à une génération réduite en poussière depuis longtemps. Je sautai du lit, serrant mes tempes entre mes deux mains pour les empêcher d'éclater. Puis je retombai comme une masse, cachant mon visage dans l'oreiller, et restai sans mouvement. C'était la réaction inévitable après l'excitation mentale et la

fièvre intellectuelle, premier effet de ma terrible aventure. C'était la crise qui avait attendu, pour éclater,
que j'eusse pleine conscience de ma position actuelle
et de toutes ses conséquences. Les dents serrées, la
poitrine haletante, m'accrochant aux barreaux du lit
avec une énergie frénétique, je restai couché, luttant
pour conserver ma raison. Dans ma tête, tout battait
la campagne; habitudes de sentiment, associations
de pensées, idées de personnes et de choses, tout était
en dissolution, tout se confondait dans un chaos inextricable. Il n'y avait plus de centre de ralliement, rien
de fixe ni de stable; seule la volonté restait. Mais quelle
volonté humaine était assez forte pour dire à une mer
en furie : « Calme-toi? » Je n'osais pas penser; chaque
effort de raisonnement semblait faire nager mon cerveau.
L'idée qu'il y avait deux personnes en moi, que mon
identité s'était dédoublée, me hantait. N'était-ce pas
encore la plus simple solution de l'énigme qui me
torturait?

Je sentis que j'allais perdre mon équilibre intellectuel, que si je restais là, plongé dans mes réflexions,
j'étais perdu. Il fallait me distraire à tout prix. Je m'habillai à la hâte et je descendis les escaliers. Il faisait à
peine jour et je ne trouvai personne au rez-de-chaussée.
Je pris un chapeau accroché dans l'antichambre, j'ouvris la porte de la maison, qui était fermée avec une
insouciance prouvant que le vol avec effraction n'était
plus de mode à Boston, et je me trouvai dans la rue.
Pendant deux heures, je courus et je marchai à travers
les différents quartiers de la ville. Seul, un antiquaire
au courant des différences qu'offre la ville actuelle de
Boston comparée à celle d'autrefois, pourrait mesurer
par quelle série de nouveautés troublantes je dus
passer pendant cette matinée. La veille, lorsque je
contemplais la ville du haut de la terrasse de mon
hôte, elle m'avait paru singulière; mais il ne s'agissait
là que d'une première impression, d'un aspect général;

ce ne fut qu'en flânant dans les rues que je m'aperçus combien le changement était complet. Les quelques points de repère que je reconnus ne faisaient que rendre l'impression plus profonde, car, sans eux, j'aurais pu me croire dans une ville étrangère. Un homme peut quitter sa ville natale dans son enfance et y retourner cinquante ans plus tard ; il la retrouve bien transformée, il est étonné, mais non pas démonté. Il a conscience du temps écoulé, des changements qui se sont produits partout, même en lui. Il n'a qu'une faible réminiscence de la ville telle qu'il l'a connue autrefois. Mais songez qu'il n'existait en moi aucune sensation du temps écoulé. A ne consulter que ma conscience, il y avait quelques heures à peine que je m'étais promené dans ces rues, dont presque chaque détail avait subi une métamorphose complète. L'image de la vieille ville, gravée dans mon esprit, luttait d'intensité avec l'image de la ville actuelle qui s'offrait à mes yeux ; tour à tour l'une, puis l'autre, me semblait irréelle, et le résultat était une sorte de photographie composite qui m'ahurissait.

Je ne sais comment je finis par me retrouver devant la maison d'où j'étais sorti ; il faut que mes pieds m'aient conduit instinctivement vers ma vieille demeure, car je n'avais aucune idée nette de mon itinéraire. Je ne me reconnaissais pas [plus dans mon quartier que dans n'importe quelle autre partie de cette ville ; les habitants ne m'étaient pas moins étrangers que tous les autres hommes et femmes que j'avais rencontrés. Si la porte avait été fermée, la résistance de la serrure m'aurait laissé le temps de réfléchir que je n'avais rien à faire dans cette maison, et je m'en serais retourné ; mais le bouton céda, je traversai l'antichambre d'un pas égaré et j'entrai dans une des pièces attenantes. Là, je me laissai choir dans un fauteuil, couvrant de mes mains mes yeux brûlants, pour écarter la sensation d'horreur et d'étrangeté qui m'environnait. Mon émotion était si grande, que j'en éprouvais comme une nausée. Comment décrire l'angoisse de ces moments, pendant lesquels mon cerveau semblait se liquéfier ? Dans mon désespoir, je me mis à sangloter, sentant que si personne ne venait à mon secours, c'en était fait de ma raison.

A ce moment, le froufrou d'une robe se fit entendre; je levai les yeux. Édith Leete était debout devant moi, son beau visage exprimait la plus vive sympathie.

« Qu'avez-vous, monsieur West ? me dit-elle ; j'étais ici quand vous êtes entré, j'ai vu votre air désespéré, et quand j'ai entendu vos sanglots, je n'ai pu me retenir. D'où venez-vous ? Que vous est-il arrivé ? Que puis-je pour vous ? »

Tout en me parlant (je ne sais si le mouvement était involontaire), elle me tendit les mains dans un geste adorable de compassion. Je les saisis dans les miennes, je m'y attachai comme l'homme qui se noie se cramponne à la corde qu'on lui jette. En contemplant son visage rayonnant de pitié et ses yeux humides de larmes, mon esprit cessa de tourbillonner. La sympathie humaine qui vibrait dans la douce pression de ses doigts m'avait rendu le soutien dont j'avais besoin, m'apportait le calme et l'apaisement comme un élixir merveilleux.

« Dieu vous protège, dis-je après quelques instants. C'est lui qui doit vous avoir envoyée près de moi. Sans vous, j'allais perdre la tête. »

A ces mots, les larmes inondèrent son visage.

« Oh! monsieur West, comme vous devez nous croire sans cœur! Comment avons-nous pu vous laisser seul pendant si longtemps! Mais c'est fini maintenant, n'est-ce pas? Vous allez mieux, dites?

— Oui, grâce à vous, et si vous restez encore un peu auprès de moi, je redeviendrai bientôt moi-même.

— Ah! je ne vous quitterai plus, dit-elle avec un petit frémissement de ses traits qui exprimait plus de sympathie que des milliers de paroles. Il ne faut pas nous croire aussi méchants que nous en avons l'air. J'ai à peine dormi cette nuit, à force de me demander quel serait votre réveil; mais mon père assurait que votre sommeil serait long, qu'il ne fallait pas vous témoigner trop de sympathie au commencement, mais tâcher de vous distraire et vous faire sentir que vous étiez parmi des amis.

— Et vous y avez réussi, répondis-je; mais, voyez-vous, mademoiselle, c'est une fameuse secousse que de sauter d'un bond tout un siècle. Hier soir, j'étais moins troublé; mais, ce matin, j'éprouve les sensations les plus étranges. »

Pendant que je tenais ses mains et que mes yeux restaient fixés sur les siens, je me sentais presque la force de plaisanter sur ma situation.

« Qui pouvait se douter que vous iriez vous promener seul par la ville, de si bon matin? dit-elle. Oh ! monsieur West, où donc êtes-vous allé? »

Je lui fis alors le récit de toute ma matinée, depuis mon réveil jusqu'au moment de son apparition.

Pendant mon récit, elle semblait submergée de pitié, et, quoique j'eusse rendu la liberté à une de ses mains, elle m'abandonna l'autre, s'apercevant sans doute du bien qu'elle me faisait ainsi.

« Je peux m'imaginer quelles étaient vos sensations; cela a dû être terrible! Dire qu'on vous a laissé seul à batailler avec vous-même! Pourrez-vous jamais nous pardonner?

— Mais c'est fini, vous dis-je ; vous avez chassé tous ces fantômes.

— Vous êtes bien sûr qu'ils ne reviendront plus? demanda-t-elle avec anxiété.

— Cela, je ne puis vous le promettre. Tout ce qui m'entoure me semble encore trop étrange.

— Mais vous me promettez de ne plus rester en tête à tête avec votre chagrin? Promettez-moi de venir

chez nous, nous essayerons de vous consoler, de vous
aider. Peut-être ne pourrons-nous faire grand'chose,
mais cela vaudra toujours mieux que la solitude peu-
plée de pareilles images.

— Je viendrai volontiers, si vous le permettez.

— Oh! oui, oui, je vous en prie, dit-elle avec empressement. Je ferai tout, tout pour vous venir en
aide.

— Vous n'avez qu'à vous montrer compatissante
comme vous le faites maintenant.

— C'est entendu, alors, dit-elle en souriant de ses
yeux encore humides. La prochaine fois, vous me pré-
viendrez et vous n'irez pas courir les rues de Boston,
tout seul, au milieu d'étrangers. »

Pendant ces quelques minutes, mon émotion et ses
larmes nous avaient tellement rapprochés, que l'idée
que nous n'étions plus des étrangers l'un à l'autre me
parut toute naturelle.

« Je vous promets, dit-elle avec une expression de
malice charmante qu'elle échangea bientôt pour un
regard inspiré, je vous promets, lorsque vous viendrez
me trouver, d'avoir l'air aussi désolé pour vous que
vous le désirez; mais ne supposez pas un seul instant
que je vous croie vraiment digne de compassion, ni que
vous deviez être longtemps triste. Je sais de science
certaine que le monde d'aujourd'hui est un paradis,
comparé au monde où vous avez vécu; je sais que, dans
peu de temps, vous n'aurez plus qu'un sentiment : celui
de la gratitude envers Dieu, qui a si brusquement tran-
ché votre vie d'alors, pour la transplanter dans un terrain plus béni. »

IX

Le docteur Leete et sa femme, qui survinrent à ce
moment, ne furent pas médiocrement surpris d'apprendre que j'avais parcouru la ville tout seul pendant

la matinée, et ils furent tout heureux de me voir si calme, après une pareille équipée.

« Votre excursion a dû être singulièrement intéressante, fit Mme Leete, lorsqu'on se mit à table ; vous avez dû voir une quantité de choses nouvelles ?

— Dites plutôt que tout ce que j'ai vu m'a paru nouveau, madame ; mais ce qui m'a frappé le plus, peutêtre, a été de ne plus trouver de magasins dans la grande rue, ni de banques sur la place. Qu'avez-vous donc fait des boutiquiers et des banquiers ? Les avezvous pendus, selon le système que préconisaient les anarchistes de notre temps ?

— Nous n'en sommes pas arrivés là, dit le docteur Leete ; nous nous passons tout simplement de leurs services. Ce sont des fonctions surannées dans notre société moderne.

— Mais, alors, quand vous avez besoin de quelque chose, où vous adressez-vous ?

— De nos jours, il n'y a ni achats, ni ventes. La répartition des marchandises se fait d'une autre façon. Quant aux banquiers, n'ayant plus d'argent, nous n'avons plus besoin de cette espèce.

— Mademoiselle, dis-je en me tournant vers Édith, je crains que monsieur votre père ne se moque de moi. Je ne lui en veux pas, car ma candeur doit inspirer aux amateurs de plaisanteries de magnifiques tentations. Mais, vraiment, il y a des limites à ma crédulité en ce qui concerne les changements qui se sont opérés dans le système social.

— Mais mon père ne songe pas à plaisanter, » dit Édith avec un air rassurant.

La conversation prit alors une autre tournure, Mme Leete ayant agité la question des modes féminines au dix-neuvième siècle.

Après déjeuner, le docteur vint me prendre pour faire un tour sur la terrasse (sa promenade de prédilection, semblait-il) ; il reprit le sujet que nous avions entamé

« Vous paraissez étonné, dit-il, que nous vivions sans
argent et sans commerce ; mais en réfléchissant un
peu, vous verrez que chez vous le commerce et l'argent
n'étaient nécessaires que parce que la production était
abandonnée à l'initiative privée. Par conséquent, chez
nous, l'un et l'autre sont devenus superflus.

— Je ne comprends pas très bien cette déduction.

— C'est cependant bien simple, dit le docteur. A
l'époque où un nombre infini de personnes, sans relations entre elles, produisaient les mille objets nécessaires à la vie et au bien-être, il fallait des échanges
perpétuels entre les individus pour subvenir à leurs
besoins respectifs. Ces échanges constituaient le commerce, et l'argent en était l'intermédiaire indispensable. Mais, dès que la nation fut devenue le seul producteur de toutes les commodités de la vie, l'échange
entre les individus n'eut plus de raison d'être. On
pouvait se procurer tout à la même source, et rien ne
pouvait être obtenu d'ailleurs. Le système de la distribution directe, dans les magasins nationaux, remplaça
le commerce et, pour cela, l'argent était inutile.

— Comment cette distribution est-elle organisée ?

— Oh ! de la façon la plus simple, dit le docteur :
un crédit, correspondant à sa part du produit annuel
de la nation, est ouvert à chaque citoyen, au commencement de l'année, et inscrit sur les livres de l'État.
On lui délivre une carte de crédit, au moyen de laquelle
il se procure, quand il veut, dans les magasins nationaux établis dans toutes les communes, tout ce qu'il
peut désirer. Vous voyez que ce système supprime
toute transaction commerciale entre producteurs et
consommateurs. Peut-être aimeriez-vous à savoir quel
aspect ont nos cartes de crédit ? Remarquez, dit-il, pendant que je regardais curieusement le morceau de
carton qu'il me tendit, remarquez que nos cartes de
crédit représentent un certain nombre de dollars ;
nous avons gardé le mot en supprimant la chose, et ce

nom n'est plus qu'une espèce de symbole algébrique servant à exprimer la valeur relative des objets. A cet effet, les prix des marchandises sont toujours marqués en dollars et en *cents*, comme de votre temps. Le prix coûtant de chaque acquisition est marqué sur votre carte de crédit par l'employé, qui détache en même temps un ou plusieurs carrés pointillés correspondants à la valeur de votre achat.

— Mais si vous voulez acheter quelque chose à un voisin, auriez-vous le droit de lui transférer en échange une partie de votre crédit?

— D'abord, répondit le docteur, nos voisins n'ont rien à nous vendre et, ensuite, aucun transfert pareil ne peut être effectué, le crédit étant strictement personnel. Pour que la nation pût admettre un transfert de ce genre, il faudrait qu'elle s'informât de tous les détails de la transaction, afin d'en garantir l'absolue équité. Une des meilleures raisons d'abolir le numéraire, c'est précisément que la possession de l'argent n'impliquait pas un titre légitime chez le possesseur; l'argent avait la même valeur dans les mains du voleur ou de l'assassin que dans celles de l'homme qui l'avait obtenu par le travail. Nous avons conservé l'usage des cadeaux mutuels, par amitié seulement; mais l'achat et la vente sont considérés comme absolument incompatibles avec la bienveillance et le désintéressement qui doivent régner parmi les citoyens, ainsi qu'avec l'esprit de communauté, sur lequel repose notre système social; selon nos idées, le fait d'acheter et de vendre est antisocial dans toutes ses tendances. C'est une excitation perpétuelle à s'enrichir au détriment du voisin; aucune société élevée dans ces principes ne pourra jamais dépasser un degré très inférieur de civilisation.

— Qu'arrive-t-il alors, si vous dépensez dans l'année plus que le crédit qui vous est alloué?

— La provision est si considérable, dit le docteur, qu'il y a bien des chances pour qu'on ne l'épuise pas;

5

cependant, en cas de dépenses exceptionnelles, on peut obtenir une avance sur la carte de crédit de l'année suivante; mais cette avance est limitée à un certain chiffre, et, pour ne pas encourager l'emprunt et l'imprévoyance, l'État prélève un escompte assez lourd.

— Mais si vous ne dépensez pas la somme qui vous est allouée, je suppose que le capital s'accumule ?

— Ceci aussi est permis jusqu'à un certain point, en prévision d'une dépense extraordinaire; mais, à moins d'avis contraire, on suppose que le citoyen qui n'épuise pas son crédit n'en trouve pas l'emploi, et l'excédent est reversé au trésor public.

— Ce système n'est pas fait pour encourager les habitudes d'épargne.

— La nation est riche et ne désire pas que les citoyens se privent d'aucune jouissance. De votre temps, on économisait pour l'avenir, pour élever ses enfants, et cette nécessité faisait de la parcimonie une vertu; mais, aujourd'hui, elle a cessé à la fois d'être nécessaire et louable. Personne n'a plus souci du lendemain, ni pour lui, ni pour sa famille; la nation se charge de la nourriture, de l'éducation et de l'entretien de chacun de ses membres, du berceau jusqu'à la tombe.

— Voilà une garantie bien hasardée, dis-je. Comment savoir avec certitude si la valeur du travail d'un homme quelconque compensera les débours que la nation fait pour lui? Admettons que la société soit capable de subvenir à l'entretien de tous ses membres; cependant celui-ci gagne plus qu'il ne faut pour son entretien, et celui-là moins. Et nous voilà ramenés à la question des salaires dont vous n'avez pas encore dit un mot. Hier soir, c'est précisément là que nous en sommes restés de notre conversation, et je vous répète encore que c'est là, à mon avis, que votre système industriel doit trouver sa pierre d'achoppement. Je vous demande, une fois de plus, comment faites-vous pour

graduer, à la satisfaction de tous, la rémunération
d'une multitude de services si différents les uns des
autres, et également nécessaires au maintien de la
société ? De mon temps, la loi de l'offre et de la
demande réglait le prix des travaux de tous genres,
ainsi que des marchandises. Le patron payait le moins
possible, et l'ouvrier tâchait d'obtenir le plus possible.
Je reconnais que ce n'était pas un joli système au point
de vue moral ; mais, du moins, il nous fournissait une
formule simple et commode pour résoudre une question qui doit se présenter dix mille fois par jour, si l'on
veut que le monde marche. Il nous semblait qu'il n'y
avait pas d'autre solution pratique.

— Sans doute, dit le docteur, il n'y avait pas d'autre
solution sous un régime qui mettait les intérêts de
chaque citoyen dans un antagonisme perpétuel avec
ceux de son prochain. C'eût été dommage pour l'humanité de ne jamais rien trouver de mieux que cette organisation, qui repose sur la maxime diabolique : « Ton
besoin est mon profit. » De votre temps, ce n'était ni
à la difficulté, ni au péril d'un service qu'on en mesu-
rait la valeur (les besognes les plus répugnantes et les
plus pénibles étant les plus mal rétribuées), mais seulement et uniquement au besoin plus ou moins pressant
de ceux qui réclamaient ce service.

— J'admets tout cela, dis-je ; mais, avec tous ses
défauts, ce système de régler les prix par l'offre et la
demande est un procédé pratique, et je ne puis concevoir ce que vous avez pu y substituer. Le gouvernement étant le seul et unique patron, il ne peut y avoir
ni marchés, ni mercuriales ; c'est le gouvernement qui
doit fixer arbitrairement la rétribution de tous les services. Je ne puis rêver une tâche plus complexe, plus
délicate, et plus sûre de causer le mécontement universel.

— Pardon, dit le docteur, je crois que vous exagérez
la difficulté. Supposez qu'un conseil d'hommes sensés

soit chargé de fixer les salaires de toutes les professions dans un système comme le nôtre qui garantit le travail à tous, et laisse à chacun le choix de son genre d'occupation; ne voyez-vous pas que, si imparfait que puisse être le premier règlement, les erreurs se corrigeront bientôt d'elles-mêmes ? Les métiers favorisés seraient encombrés d'aspirants, les autres en manqueraient, jusqu'à ce que les évaluations primitives fussent rectifiées et l'équilibre rétabli. Mais, je me hâte de le dire, il n'est point question de tout cela chez nous, car ce procédé, si pratique qu'il puisse devenir, ne fait pas partie de notre système.

— Mais alors, encore un coup, comment réglez-vous les salaires ? »

Le docteur Leete réfléchit quelques moments, puis il dit :

« Je suis assez au courant de l'ancien ordre de choses pour comprendre ce que vous entendez par cette question, et cependant la société nouvelle est si totalement différente de l'ancienne, que je cherche une réponse qui vous paraisse bien claire. Vous demandez comment nous réglons les salaires ? La vérité est que nous n'avons, dans notre économie politique moderne, rien qui corresponde à ce que vous appeliez, de votre temps, des *salaires*.

— Vous voulez, sans doute, dire que vous ne payez pas les services en argent comptant, dis-je ; mais il me semble que le crédit alloué à chacun, dans vos magasins nationaux, correspond à nos salaires du dix-neuvième siècle. A quel titre l'individu réclame-t-il sa part du budget social ? Quelle est la base de la répartition ?

— Son titre, répondit le docteur, est le fait qu'il est homme et telle est aussi la base de la répartition.

— Le fait qu'il est homme ! répondis-je d'un ton d'incrédulité. Est-il possible que tous les citoyens touchent exactement la même part au budget social ?

— Assurément. »

Mes lecteurs qui n'ont pas vu fonctionner en pratique d'autre organisation que celle d'aujourd'hui, et qui ne sont peut-être pas bien au courant de l'histoire des siècles passés, ne peuvent s'imaginer dans quel état de stupeur me plongea l'observation, pourtant si simple, du docteur.

« Vous voyez, dit-il en souriant, que non seulement nous ne nous servons pas d'argent pour payer les salaires, mais, ainsi que je vous l'ai dit, nous n'avons rien qui réponde à votre idée de salaire.

— Mais, enfin, m'écriai-je, il y a des ouvriers qui travaillent deux fois plus que d'autres. Est-ce que les ouvriers habiles ne se plaignent pas d'un système qui les place sur le même pied que les maladroits ?

— Nous ne leur donnons jamais l'occasion de se plaindre d'une injustice, dit le docteur, puisque nous exigeons la même somme de travail de chacun d'eux.

— Je serais curieux de savoir comment, puisqu'on ne rencontre pas deux hommes dont les capacités soient exactement pareilles.

— Rien n'est plus simple; nous demandons à chacun le même effort; nous lui demandons de rendre à la société autant de services qu'il peut, de faire de son mieux, en un mot.

— Et bien, supposons que chacun fasse réellement de son mieux; il n'en reste pas moins vrai que le produit du travail d'un homme peut valoir deux fois celui de son camarade.

— C'est très vrai, dit le docteur; mais le produit obtenu n'a rien à faire avec la question de rétribution qui n'est qu'une question de mérite. Le mérite est une quantité morale; la production est une quantité matérielle. Singulière logique que celle qui prétendrait résoudre un problème moral d'après un étalon matériel! Il ne faut faire entrer en ligne de compte que la quantité de l'effort, non celle du résultat. Tous ceux qui font

de leur mieux ont le même mérite. Les capacités individuelles, si brillantes qu'elles soient, ne servent qu'à
fixer la mesure des devoirs individuels. Un homme particulièrement doué, qui ne fait pas tout ce qu'il peut
faire, a moins de mérite qu'un homme inférieur
comme capacité, mais qui donne son maximum d'effort.
Le Créateur a réglé la tâche de chaque être d'après
les facultés dont il l'a pourvu; nous ne faisons que
suivre ses indications, et exiger que la tâche soit remplie.

— Au point de vue philosophique, tout cela est très
joli; mais il paraît dur qu'un homme qui produit le
double d'un autre (même en admettant que tous les
deux fassent de leur mieux) n'obtienne que la même
rétribution!

— Vraiment, dit le docteur, cela vous paraît dur?
Est-ce curieux! Actuellement, il nous semble tout
naturel qu'on soit puni pour ce qu'on a négligé d'accomplir dans la mesure de ses forces, et non pas
récompensé pour ce qu'on a fait! Je suppose qu'au
dix-neuvième siècle, quand un cheval traînait une
charge plus lourde qu'une chèvre, on devait le récom-
penser? Pour nous, nous lui aurions administré une
bonne correction s'il ne l'avait pas fait, en partant du
principe que la capacité détermine la tâche. C'est étonnant comme les points de vue, en morale, se dépla-
cent! »

Et le docteur cligna de l'œil d'une manière si comique que j'éclatai de rire.

Je repris:

« Si nous récompensions les hommes pour les dons
qu'ils ont reçus de la nature, tandis que nous considérions les capacités des chevaux et des chèvres comme
déterminant simplement le service qu'on pouvait en exiger, c'est, sans doute, parce que les animaux, ne pouvant
pas raisonner, font instinctivement de leur mieux, et
que les hommes ont besoin d'être stimulés par une

rémunération proportionnée au résultat de leurs efforts
A moins que la nature humaine ait entièrement
changé depuis cent ans, je me demande comment il
se fait que vous ne soyez pas réduits à la même nécessité ?

— Je ne crois pas, dit le docteur, que la nature
humaine ait changé à cet égard. Nous avons, tout
comme au dix-neuvième siècle, besoin d'encourager
les hommes, par des distinctions et des avantages, à
donner le maximum de leurs efforts, dans n'importe
quelle branche de l'industrie.

— Mais quels peuvent être ces encouragements, puisque, quelle que soit la somme de son travail, le revenu
du citoyen reste le même ? Des caractères d'élite peuvent être stimulés par l'amour du bien public ;
l'homme ordinaire restera endormi sur son aviron, en
se disant que son sort ne changera pas, soit qu'il
s'efforce, soit qu'il se relâche.

— Quoi ! vous paraît-il vraiment que la nature
humaine n'est pas sensible à d'autres aiguillons que la
crainte de la misère et la soif du luxe ? Croyez-vous
qu'à leur défaut, l'homme, assuré du lendemain,
demeure sans ambition aucune ? Vos contemporains
n'étaient pas de cet avis, bien qu'ils aient pu se le persuader ! Quand il s'agissait d'efforts de la nature la
plus élevée et de dévouement absolu, ils comptaient
sur de tout autres leviers de l'activité humaine. Ce
n'est pas l'intérêt, mais l'honneur, l'espoir de la gratitude humaine, le patriotisme, l'enthousiasme du
devoir, qu'on faisait briller aux yeux du soldat, quand
il s'agissait de mourir pour la patrie; il n'est pas
d'époque où l'appel adressé à ces sentiments n'ait fait
surgir ce qu'il y a de plus noble et de plus élevé dans la
nature humaine. Bien plus, si vous analysez cet amour
de l'argent, le grand levier moral de votre époque,
vous verrez que la crainte de la misère et le désir du
luxe n'étaient que deux des éléments qui entraient

dans la composition de ce puissant mobile. Il y entrait,
en outre, la soif du pouvoir, l'appétit d'une position
sociale, l'ambition de la notoriété et du succès. Ainsi
vous voyez que, tout en abolissant la pauvreté et la
crainte qu'elle inspire, le luxe désordonné et les espérances qu'il sollicite, nous n'avons pas fait disparaître
les motifs principaux qui, de votre temps même, inci-
taient à la conquête de l'argent, ni aucun de ceux qui
inspiraient les efforts suprêmes. Seulement, les mobiles grossiers ont été remplacés par des aspirations plus
hautes, inconnues à la plupart des affamés de votre
époque. Maintenant qu'on ne travaille plus pour son
compte, que toute industrie se fait au profit de la
nation, le patriotisme, la passion de l'humanité, ins-
pirent à nos ouvriers ces mêmes sentiments pour lesquels mouraient vos soldats. L'armée industrielle est
une armée, non seulement par la vertu de son organisation parfaite, mais aussi par l'ardeur du dévouement
qui anime ses membres. De même que vous, d'ailleurs,
nous appelons l'amour de la gloire au secours du patriotisme. Comme notre système est fondé sur le principe
d'obtenir de chaque homme le maximum de ses efforts,
vous verrez que les moyens employés pour stimuler
le zèle de nos ouvriers représentent une des parties
essentielles de notre plan social. Chez nous, l'activité
déployée au service de la nation est le seul chemin qui
mène à la réputation, à la distinction, au pouvoir. La
valeur des services rendus décide du rang que le
citoyen occupera dans la société. Comparés avec ce
stimulant moral, nous estimons que les épouvantails
matériels, dont vous faisiez usage, étaient un expédient
aussi faible et incertain qu'il était barbare.

— Je serais bien aise, dis-je, d'être quelque peu
initié aux arrangements sociaux qui vous assurent ces
magnifiques résultats.

— Le plan dans tous ses détails, répondit le docteur,
est naturellement très compliqué, car c'est là-dessus

que repose toute l'organisation de notre armée industrielle. Cependant quelques mots suffiront pour vous en donner une idée générale. »

A ce moment, notre conversation fut agréablement interrompue par l'arrivée d'Edith. Elle était prête à sortir, et était venue entretenir son père d'une commission dont il l'avait chargée.

« A propos, s'écria-t-il au moment où elle se disposait à nous quitter, M. West ne serait-il pas curieux de visiter le magasin avec toi? Je lui ai donné quelques renseignements sur notre système de distribution; peut-être aimerait-il en prendre un aperçu pratique. Ma fille, continua-t-il en se tournant vers moi, est une cliente assidue des magasins: elle pourra bien mieux vous renseigner sur ce sujet que moi. »

Il va sans dire que la proposition m'allait parfaitement; Édith eut la bonté de dire que ma société lui serait agréable, et nous sortîmes ensemble.

X

« Si vous voulez que je vous explique la façon dont nous faisons nos emplettes, dit Édith pendant que nous descendions la rue, il faut d'abord que vous m'expliquiez la vôtre. J'ai beaucoup lu à ce sujet, sans arriver à bien comprendre votre système. Par exemple, quand vous aviez ce nombre immense de magasins, comment une dame pouvait-elle fixer son choix pour n'importe quel achat, avant de les avoir visités tout?

— C'était bien ainsi qu'il fallait s'y prendre, répliquai-je; il n'y avait pas d'autre moyen.

— Mon père me trouve une acheteuse infatigable; mais je crois que je serais bientôt une acheteuse fatiguée si je devais faire comme mes aïeules, dit-elle en riant.

— Les allées et venues de boutique en boutique, dis-je, constituaient, en effet, une perte de temps dont les femmes vraiment occupées se plaignaient beaucoup. Quant à la classe des oisives, bien qu'elles s'en plaignissent aussi, je crois que c'était, pour elles, un moyen précieux de tuer le temps dont elles ne savaient que faire.

— Mais, enfin, avec des centaines, des milliers de magasins tenant les mêmes articles, comment les plus oisives arrivaient-elles à en faire le tour?

— On n'y arrivait pas, certainement. Les grandes acheteuses finissaient par découvrir les bons endroits, les magasins où elles pouvaient espérer trouver ce qu'il leur fallait, à bon compte. Les petites acheteuses, les femmes trop occupées, allaient au hasard et ne manquaient jamais d'être bernées. En général, il était rare qu'on en eût pour son argent.

— Mais comment pouviez-vous supporter une organisation si défectueuse, dont les inconvénients sautaient aux yeux?

— C'était comme l'ensemble de notre organisation sociale; nous en connaissions les défauts aussi bien que vous, mais nous n'apercevions pas le remède.

— Nous voici arrivés à l'entrepôt de notre quartier, » dit elle.

Et nous franchîmes le grand portail d'un des superbes édifices que j'avais remarqués dans ma promenade du matin. Rien, dans l'aspect extérieur, n'eût fait deviner à un représentant du dix-neuvième siècle que nous entrions dans un magasin. Aucun étalage aux fenêtres, aucun écriteau pour attirer le client ou annoncer les marchandises, pas même une enseigne sur le fronton de l'édifice. En revanche, le dessus du portail était orné d'un groupe majestueux de sculptures allégoriques, d'où se détachait, la corne à la main, une figure de l'Abondance. Comme au dix-neuvième siècle, le beau sexe dominait dans la foule qui se pressait dans le magasin. Édith me dit que chaque quartier possédait un de ces établissements de distribution; aucune maison n'en était éloignée de plus de cinq à six minutes.

C'était le premier intérieur d'un édifice public du vingtième siècle que je visitais, et j'en fus vivement impressionné. Je me trouvai dans un vaste « hall », où de nombreuses fenêtres et un dôme vitré, dont le sommet était situé à cent pieds de hauteur, versaient une lumière abondante. Au centre, un jet d'eau répandait une fraîcheur délicieuse ; tout autour, des chaises, des divans, permettaient aux visiteurs de se reposer et de causer. Sur les murs et les plafonds, des fresques aux teintes délicates atténuaient la lumière sans l'absorber. Des inscriptions sur les murs indiquaient à quel genre d'articles chaque comptoir, au-dessous, était consacré. Édith se dirigea vers l'un de ces comptoirs où s'étalait une variété infinie d'échantillons de mousseline, et se mit à les examiner.

« Où est l'employé ? demandai-je, car personne n'était derrière le comptoir pour s'occuper de l'acheteur.

— Je n'ai pas encore fait mon choix, dit Édith ; je n'ai donc pas besoin de lui.

— Mais, de mon temps, l'employé était principalement destiné à aider le client à faire son choix.

— Comment ! c'est l'employé qui indiquait aux gens ce dont ils avaient besoin ?

— Sans doute, et, le plus souvent encore, il les poussait à acheter ce dont ils n'avaient que faire.

— Mais les dames devaient trouver cela fort impertinent ? Et qu'est-ce que cela pouvait bien faire aux employés qu'on achetât ou non ?

— C'était leur seule préoccupation, leur unique affaire. Ils étaient engagés pour liquider le plus de marchandises possible et, à cet effet, ils usaient de tous les moyens, licites et autres, hormis la force brutale.

— Ah, c'est vrai ! Que je suis sotte d'oublier ! De

votre temps, le patron et ses employés dépendaient de
la vente pour vivre. Aujourd'hui, tout cela est changé.
Les marchandises appartiennent à la nation. Elles
sont ici à la disposition du public, et le commis n'est
là que pour prendre les ordres de l'acheteur. Mais il
n'est ni dans l'intérêt de la nation, ni dans celui du
commis, de vendre un mètre ou une livre de marchandise quelconque, dont on n'a pas l'emploi immédiat.
Cela devait être original d'entendre des gens faire
l'article pour un objet qu'on n'avait pas envie
d'acheter !

— Mais, enfin, dis-je, même un commis du vingtième
siècle pourrait vous être utile, en vous donnant des
renseignements sur la marchandise.

— Non, dit Édith, ce n'est pas l'affaire du commis ;
ces étiquettes imprimées, dont le gouvernement nous
garantit la sincérité, nous donnent tous les renseignements nécessaires. »

A ce moment, je vis que chaque échantillon avait
son étiquette, qui donnait, sous une forme succincte, les
renseignements les plus complets sur la matière, la
fabrication, la qualité et le prix des marchandises.

« Ainsi, le commis n'a rien à dire relativement à la
marchandise qu'il vend ?

— Absolument rien ; il n'a même pas besoin d'y connaître quoi que ce soit. Tout ce qu'on lui demande,
c'est d'être poli et exact, quand il reçoit les commandes.

— Quelle prodigieuse quantité de mensonges vous
économisez par ce système si simple !

— Quoi ! voulez-vous dire que tous les commis de
magasins de votre temps induisaient l'acheteur en
erreur ?

— Dieu me préserve de dire cela ! il y en avait de
très honnêtes. C'était doublement méritoire de leur
part, car lorsque la vie d'un homme, celle de sa femme
et de ses enfants dépendaient du chiffre de sa vente
journalière, la tentation de duper le client était presque

irrésistible. Mais, mademoiselle, mon bavardage vous distrait de votre tâche.

— Du tout, mon choix est fait. »

Ceci dit, elle toucha un bouton, et le commis apparut aussitôt. Il écrivit la commande avec un crayon qui traçait en double, remit une fiche à Edith, jeta l'autre dans un tube de transmission, puis il pointa le montant de l'emplette sur la carte de crédit qu'elle lui tendit.

« On nous remet le duplicata de la commande, dit Edith en s'éloignant du comptoir, afin qu'on puisse vérifier s'il n'y a pas d'erreur.

— Vous avez vite terminé vos achats, dis-je; oserais-je vous demander si vous n'auriez pas trouvé mieux autre part? Ou bien, êtes-vous obligée de vous approvisionner dans votre quartier?

— Oh, non, dit-elle; nous allons où bon nous semble, bien que nous choisissions de préférence l'entrepôt le plus voisin de chez nous. Mais je n'aurais rien gagné à chercher ailleurs. Tous les magasins tiennent les mêmes assortiments d'échantillons, représentant toutes les variétés de marchandises fabriquées ou importées aux États-Unis.

— Mais est-ce que ceci n'est qu'un magasin d'échantillons? Le fait est que je ne vois personne occupé à découper des marchandises, ni à ficeler des paquets.

— A l'exception de quelques rares articles, tout se vend à l'échantillon. Les marchandises elles-mêmes sont accumulées dans l'entrepôt central de la ville, où les expédient les fabricants. Nous commandons d'après l'échantillon et l'étiquette indicative; l'ordre est transmis à l'entrepôt, d'où l'on expédie la marchandise au client.

— Quelle économie de transactions! De mon temps, l'industriel vendait à des maisons de gros, celles-ci revendaient aux maisons de détail, qui revendaient à leur tour au consommateur, et, à chaque revente, les marchandises devaient être maniées et transportées.

Non seulement vous épargnez une transmission de marchandises, mais vous éliminez entièrement le marchand au détail avec ses gros bénéfices et son armée de commis. Au fond, mademoiselle, tout ce magasin ne représente que le département des commandes d'une maison de gros, avec un personnel équivalent. Avec votre système simplifié, un homme peut faire la besogne de dix de nos employés d'autrefois. Vous devez réaliser des économies fabuleuses ?

— Je le suppose, fit-elle ; mais, naturellement, nous n'avons jamais connu d'autre système. Il faut que vous demandiez à mon père de vous conduire à l'entrepôt central où l'on reçoit toutes les commandes, et d'où l'on expédie les articles à tous les clients. J'y suis allée avec lui, l'autre jour, et j'en fus émerveillée. Comme organisation, c'est parfait. Dans une espèce de bureau vitré se trouve le commis principal aux expéditions. Les commandes reçues dans les différents rayons du magasin lui parviennent par des tubes de transmission. Ses aides en font le triage et placent chaque variété de commande dans une boîte séparée. Le commis a devant lui une douzaine de tubes pneumatiques correspondants aux grandes classes de marchandises de l'entrepôt central. Il jette la boîte de commande dans le tube spécial qui la concerne, et, au bout de quelques minutes, celle-ci tombe sur le casier correspondant au magasin central, où elle se retrouve avec les commandes similaires envoyées par les autres magasins d'échantillons. Les commandes sont lues, inscrites et envoyées à l'exécution en un clin d'œil. C'est cette dernière opération qui m'a paru la plus intéressante. On place des ballots de drap, par exemple, sur des arbres de couche mus par des machines, et le coupeur, également armé d'une machine, découpe une pièce après l'autre jusqu'au moment où, à bout de forces, il cède la place à un autre ; on procède pareillement dans tous les rayons. De grands tubes transmettent les paquets dans les diffé-

rents quartiers, d'où on les distribue à domicile. Vous
pouvez juger avec quelle rapidité cela se fait, si je vous
dis que mon paquet sera probablement chez moi en
moins de temps que je n'en aurais mis à l'emporter d'ici.

— Mais comment procède-t-on avec les communes
rurales, faiblement peuplées? demandai-je.

— Le système est le même, dit Edith ; les magasins
d'échantillons des plus petits villages, fussent-ils à
vingt milles de distance, communiquent par des tubes
avec l'entrepôt central du comté. Pour des raisons
d'économie, il arrive parfois que plusieurs villages se
servent du même tube ; on en use à tour de rôle. Il en
résulte un certain encombrement, une perte de temps,
et l'on est obligé, parfois, d'attendre deux ou trois heures avant que les marchandises soient livrées. C'est ce
qui m'est arrivé cet été, pendant mon séjour à la campagne, et j'ai trouvé cela fort mal commode.

— Je suppose que, à beaucoup d'autres égards, les
magasins des provinces doivent être inférieurs à ceux
des grandes villes?

— Non; sauf la lenteur dans la distribution, dit
Edith, les magasins d'échantillons des plus petits villages offrent le même choix que les autres; ils puisent
à la même source, l'entrepôt central. »

Tout en continuant notre promenade, j'étais frappé
par la variété qu'offraient les maisons sous le rapport
des dimensions et de leur valeur locative apparente.

« Comment accordez-vous cette variété avec l'uniformité des revenus de chaque citoyen? demandai-je.

— Bien que les revenus soient les mêmes, répondit
Edith, c'est le goût personnel de l'individu qui décide
sous quelle forme il les dépensera. Les uns aiment les
chevaux; les autres, comme moi, la toilette; d'autres
encore préfèrent la bonne chère. Le loyer que la nation
prélève pour ces maisons varie selon la grandeur et
l'élégance, de sorte que tout le monde trouve à se caser
selon son goût. Aux grandes familles qui représentent

plusieurs cartes de crédit, les grandes demeures; les familles peu nombreuses, comme les nôtres, préfèrent les habitations modestes. Il paraît que, de votre temps, il arrivait que des personnes soutenaient un train de vie et de dépense disproportionné à leurs moyens, par ostentation, pour se faire croire plus riches qu'elles ne l'étaient. Est-ce exact, monsieur West?

— Je suis forcé d'en convenir, mademoiselle.

— Eh bien, monsieur, au vingtième, siècle ce serait impossible, car les revenus de chacun sont connus et l'on sait que ce qu'il dépense de trop d'un côté, il doit l'économiser de l'autre. »

XI

Lorsque nous rentrâmes, le docteur n'était pas encore à la maison et sa femme n'était pas visible.

« Aimez-vous la musique? » me demanda Edith.

Je lui assurai qu'à mon avis la musique était la moitié du bonheur de la vie.

« Je devrais m'excuser, dit-elle. De nos jours, on n'adresse plus cette question; mais il paraît qu'au dix-neuvième siècle, même parmi les personnes les mieux élevées, il s'en trouvait qui n'aimaient pas la musique.

— Mais aussi, n'oubliez pas que nous avions quelques genres de musique bien absurdes!

— Oui, je sais. Auriez-vous envie d'entendre un peu de la nôtre?

— Rien ne saurait me faire plus de plaisir que de vous entendre, dis-je.

— M'entendre! s'écria-t-elle en riant, est-ce que vous vous figuriez que j'allais jouer ou chanter moi-même?

— J'y comptais bien, mademoiselle. »

Voyant que j'étais un peu décontenancé, elle modéra son hilarité et me dit :

« Il va sans dire que, de nos jours, nous chantons tous pour nous former la voix, et il y en a parmi nous qui jouent d'un instrument quelconque pour leur plaisir personnel. Mais il nous est si facile d'entendre de la bonne musique exécutée par de vrais artistes, que notre chant et notre pianotage d'amateurs ne comptent même pas. Avez-vous réellement envie d'entendre quelque chose? »

Je lui assurai de nouveau que j'en serais enchanté.

« Alors, suivez-moi dans la chambre de musique, » dit-elle.

Et elle me mena dans une chambre entièrement boisée, sans tentures ni tapis.

Je m'attendais à quelque invention extraordinaire, mais je ne voyais rien dans tout ce qui m'entourait qui fît soupçonner la présence d'un instrument. Edith s'amusait follement de ma stupéfaction.

« Veuillez jeter un regard sur le programme d'aujourd'hui, me dit-elle, en me tendant une feuille de papier imprimé, et choisissez le morceau que vous désirez entendre. Rappelez-vous qu'il est maintenant cinq heures. »

Le programme portait la date du « 12 septembre 2000 », et c'était bien le programme le plus long que j'eusse jamais lu; il était aussi varié que long, comprenant des soli, des duos, des quatuors, des morceaux de chant et d'orchestre. Je regardais, de plus en plus ahuri, lorsque l'ongle rose d'Edith me montra une rubrique spéciale, où se trouvaient encadrés différents titres avec la mention « cinq heures ». C'est alors que je m'aperçus que ce programme représentait le menu musical de la journée tout entière et était divisé en vingt-quatre compartiments correspondants aux vingt-quatre heures. « Cinq heures » ne comprenait qu'un petit nombre de numéros, et je choisis un morceau d'orgue.

« Comme je suis contente que vous aimiez l'orgue

6

dit-elle; il n'y a pas de musique qui convienne plus
souvent à ma disposition d'esprit. »

Elle me fit asseoir, traversa la chambre, ne fit que
toucher à un ou deux boutons. Aussitôt la chambre fut
envahie par les flots exquis d'une mélodie d'orgue;
envahie, non pas inondée, car je ne sais par quel artifice le volume du son avait été proportionné à la grandeur de l'appartement.

J'écoutais, haletant, jusqu'au bout. Je ne m'attendais
pas à une exécution aussi impeccable

« C'est grandiose, m'écriai-je, lorsque la dernière
vague sonore se fut perdue dans le silence; c'est Bach
en personne! Mais où est l'instrument ?

— Un moment, dit Edith. Écoutez encore cette valse
avant de m'interrompre. Je la trouve si jolie. »

Et, pendant qu'elle parlait, le chant des violons
montait dans la pièce, comme l'harmonie magique d'une
nuit d'été. Quand ce second morceau fut terminé, elle
dit :

« Il n'y a rien de mystérieux dans notre musique,
ainsi que vous semblez le croire. Elle n'est faite ni par
des fées, ni par des génies, mais par de braves, honnêtes et habiles artistes, tout ce qu'il y a de plus humains.
Nous avons simplement appliqué l'idée de l'économie
du travail, par la coopération, au service musical
comme à tout le reste. Nous avons plusieurs salles de
concert dans la ville, fort bien agencées au point de vue
de l'acoustique, et reliées par le téléphone avec toutes
les maisons dont les habitants veulent bien payer une
petite redevance; et je vous assure que personne ne s'y
refuse. Le corps de musiciens attaché à chaque salle
est si nombreux que, bien que chaque exécutant ou
groupe d'exécutants ne travaille qu'un petit nombre
d'heures par jour, le programme de chaque journée
dure vingt-quatre heures. Si vous voulez vous donner
la peine de le bien regarder, vous verrez que quatre
concerts, chacun d'un genre de musique différent, ont

lieu simultanément, et vous n'avez qu'à presser un
bouton qui relie le fil conducteur de votre maison avec
la salle choisie, pour entendre ce qu'il vous plaira. Les
programmes sont combinés de telle façon qu'on ait à
chaque instant de la journée un choix très varié, non
seulement suivant le genre de musique, instrumentale
ou vocale, mais encore suivant le caractère des morceaux, depuis le grave jusqu'au doux, depuis le plaisant
jusqu'au sévère.

— Il me semble, mademoiselle, que si nous avions
pu inventer un moyen de nous approvisionner à domicile de musique agréable, admirablement exécutée,
appropriée à toutes les humeurs, commençant et ces-
sant à notre gré, nous nous serions considérés comme
arrivés au *summum* de la félicité humaine.

— J'avoue que je n'ai jamais compris comment les
amateurs de musique au dix-neuvième siècle pouvaient
s'accommoder d'un système aussi démodé pour s'en
procurer la jouissance, répliqua Edith ; la bonne musique, vraiment digne d'être entendue, devait être
inabordable pour le grand public et obtenue aux prix
de grandes difficultés par les seuls favorisés de la fortune ; encore devaient-ils se plier aux heures et aux
règlements imposés par une volonté étrangère. Vos
concerts, vos opéras ! mais il me semble que cela devait
être exaspérant ! Pour quelques rares morceaux qu'on
avait envie d'entendre, il fallait rester assis pendant
des heures à avaler des fadaises. Qui donc accepterait
jamais un dîner à la condition de manger de tous les
plats, qu'ils lui plaisent ou non ? Cependant, il me
semble que le sens de l'ouïe est aussi délicat que celui
du goût. Je crois que les difficultés que vous aviez à
vous procurer de la bonne musique au dehors sont
cause de l'indulgence que vous témoigniez pour tous
ces chanteurs et ces instrumentistes amateurs qui ne
connaissaient que les rudiments de l'art, mais que vous
pouviez, du moins, entendre chez vous. En somme,

soupira-t-elle, quand on y réfléchit, il n'est pas étonnant que beaucoup de vos contemporains se soient si
peu souciés de la musique; je crois que j'en aurais
fait autant.

— Vous ai-je bien compris, mademoiselle, quand
vous disiez que vos programmes embrassent vingt-quatre heures consécutives ? Où trouvez-vous donc des personnes disposées à écouter de la musique entre minuit
et l'heure du réveil?

— Il n'en manque pas, répliqua Edith, et quand
même la musique à ces heures-là n'existerait que pour
ceux qui souffrent, qui veillent, qui agonisent, ne
serait-ce pas suffisant ? Toutes nos chambres à coucher ont un téléphone à la tête du lit, qui permet aux
personnes atteintes d'insomnie de se procurer à
volonté la musique appropriée à leur disposition du
moment.

— Y a-t-il une mécanique de ce genre dans la chambre que j'occupe ?

— Bien entendu. Que je suis donc sotte de ne pas
avoir pensé à vous dire cela hier soir ! Mon père vous
montrera ce soir la manière de vous servir de l'appareil
et, avec le récepteur à votre oreille, vous pourrez mettre
au défi les plus noires idées, si elles se permettent de
vous assaillir de nouveau. »

Ce même soir, le docteur Leete nous interrogea au
sujet de notre visite au magasin et, au cours des comparaisons qu'on se mit à établir entre les habitudes
du dix-neuvième siècle et celles du vingtième, la question des lois de succession fut agitée.

« L'héritage de père en fils, lui dis-je, n'est plus de
mode chez vous, sans doute ?

— Au contraire, reprit le docteur, le législateur n'y
intervient même en aucune façon. Du reste, plus vous
nous étudierez, monsieur West, plus vous verrez qu'au
vingtième siècle la liberté individuelle est infiniment
moins entravée que de votre temps. La loi exige, il est

vrai, que chaque citoyen serve son pays pendant une
période déterminée, au lieu de lui laisser, comme de
votre temps, le choix entre le travail, le vol ou la mendicité. A l'exception de cette loi fondamentale, qui n'est,
après tout, qu'une codification de la loi naturelle du
travail, notre système social n'est en aucune façon régle-
menté dans le détail de l'existence de chacun. Tout
résulte logiquement de la libre opération de la nature
humaine, évoluant dans des conditions rationnelles.
Cette question d'héritage vous en fournira un excellent
exemple. Comme la nation est seule capitaliste et seule
propriétaire foncier, les biens personnels de l'individu
se réduisent naturellement à son crédit annuel, ainsi
qu'aux effets personnels et aux objets mobiliers qu'il
peut s'être procurés sur le produit de sa carte. Son crédit (à l'instar des rentes viagères de votre temps) est
arrêté au jour de sa mort, abstraction faite d'une
somme fixe accordée pour les obsèques. Quant à tous
ses autres biens, il en dispose à son gré.

— Mais, comment faites-vous pour empêcher que,
dans le cours des années, il ne s'accumule entre les
mains de tels ou tels citoyens une quantité de biens qui
détruise votre système d'égalité?

— Rien de plus simple. Avec l'organisation actuelle
de la société, l'accumulation de biens personnels ne
serait qu'un fardeau incommode dès l'instant qu'elle
dépasserait les exigences du bien-être individuel. Au
dix-neuvième siècle, quand on avait une maison bour-
rée de bibelots, d'argenterie, de porcelaines rares, de
meubles luxueux, on passait pour riche, parce que
tous ces objets représentaient de l'argent et pouvaient
du jour au lendemain être convertis en monnaie.
Aujourd'hui, je suppose qu'un individu vienne à hériter, d'une douzaine d'amis à la fois, des collections
d'objets de ce genre; il serait fort à plaindre. Ces objets
précieux n'étant pas réalisables, n'auraient de valeur
pour lui que par l'utilité ou la jouissance esthétique

et, comme ses revenus restent invariables, il serait forcé de consommer toutes ses ressources en vastes appartements pour les placer, et en domestiques pour en prendre soin. Vous pouvez être certain que le malheureux s'empresserait de distribuer ces richesses ruineuses parmi ses amis et qu'aucun de ceux-ci n'en accepterait plus qu'il ne pourrait facilement garder et loger. Vous le voyez, prohiber l'héritage, afin d'empêcher les grandes accumulations, serait une précaution inutile, on peut s'en remettre là-dessus à l'intérêt des individus. On va si loin, à cet égard, que les héritiers abandonnent d'ordinaire leurs droits sur la plupart des effets de leurs parents décédés, ne se réservant que quelques objets particuliers à titre de souvenir. La nation prend à sa charge les biens abandonnés et reverse ceux qui ont de la valeur dans le fonds général.

— Vous parliez tout à l'heure, repris-je, de rétributions pour les soins d'entretien domestique; ceci m'amène à vous demander comment vous avez résolu le problème du service domestique. Qui voudrait être domestique dans une communauté où règne l'égalité sociale la plus complète? Nos femmes éprouvaient déjà assez de peine à se procurer des serviteurs, lorsque ces principes égalitaires n'étaient pas encore proclamés.

— C'est précisément parce que nous sommes tous égaux et que rien ne saurait compromettre cette égalité, parce que servir est honorable dans une société fondée sur le principe du service universel et réciproque, qu'il nous serait aisé de nous procurer un corps de serviteurs incomparables si nous en avions besoin; mais ce besoin n'existe pas.

— Mais alors, qui donc fait le ménage? demandai-je.

— Il n'y a pas de ménage à faire, répondit Mme Leete à qui j'avais adressé cette question; notre blanchissage, notre cuisine, nos travaux de couture et de raccommodage, tout cela se fait à très bon marché dans des établissements publics. L'électricité nous chauffe et nous éclaire : nous prenons nos appartements juste aussi grands qu'il nous faut, et nous les installons de manière que l'entretien des meubles nous donne le moins de mal possible. Vous voyez que nous n'avons pas besoin de domestiques.

— Le fait, dit le docteur Leete, que vous trouviez dans la classe nécessiteuse une pépinière inépuisable de serfs, de gens auxquels vous pouviez imposer toute espèce de travaux pénibles et désagréables, ne vous encourageait guère à chercher les moyens de vous passer de serviteurs. Mais maintenant que chacun, à ' ' de rôle, doit ses services à la société, il est égal .ment dans l'intérêt de tous de tâcher d'alléger le fardeau commun. Dès lors, dans toutes les branches d'industrie, nous avons assisté à un développement prodigieux des inventions qui simplifient la vie, et l'un des premiers résultats obtenus fut l'art de combiner, dans les ménages, le maximum de confort avec le minimum de travail. Dans les cas exceptionnels, tels qu'un nettoyage à fond ou une réparation, ou encore s'il y un malade dans la famille, nous avons toujours la ressource de recourir à l'armée industrielle.

— Mais comment rétribuez-vous ceux qui vous aident, si vous n'avez pas d'argent ?

— Nous ne les payons pas directement, nous payons la nation qui nous les prête ; on obtient le concours de ces auxiliaires en s'adressant à des bureaux spéciaux, et la valeur de leurs services est pointée sur la carte de crédit du client.

— Le monde d'aujourd'hui, repris-je, doit être un vrai paradis pour les femmes. De mon temps, ni l'argent ni un nombre illimité de domestiques n'affranchissaient une dame des soucis du ménage : quant aux femmes des classes médiocres ou pauvres, elles vivaient et mouraient martyres de ce souci.

— Oui, dit Mme Leete, tout ce que j'ai lu à ce sujet atteste que, si misérable que fût de votre temps la condition des hommes, celle de leurs mères et de leurs épouses était bien pire.

— Les larges épaules de la nation, dit le docteur, portent maintenant avec aisance le fardeau qui écrasait les femmes du dix-neuvième siècle. Leur misère, comme toutes vos autres misères, provenait de cette incapacité d'une action coopérative, conséquence de l'individualisme à outrance sur lequel était fondé votre système. Aveugles, qui ne voyiez pas que vous pouviez tirer dix fois plus d'utilité de vos semblables en vous entr'aidant qu'en vous entre-déchirant ! Ce qui m'étonne, ce n'est point que vous n'ayez pas vécu plus agréablement, mais que vous ayez pu vivre, vous qui, de votre propre aveu, n'aviez pas d'autre but que d'asservir vos semblables et de les dépouiller.

— Voyons, voyons, mon père ! dit Edith en riant, si vous parlez sur ce ton, M. West s'imaginera que vous lui faites une scène.

— Et quand vous avez besoin d'un médecin, demandai-je, vous adressez-vous au bureau *ad hoc* et prenez-vous le premier venu qu'on vous envoie ?

— Notre règle n'est guère applicable à ce cas. Pour être de quelque secours, les médecins doivent, avant tout, connaître le tempérament de leurs malades ; aussi laissons-nous aux intéressés la liberté de faire appeler le médecin qu'il leur plaît, comme de votre temps. La seule différence est que le médecin, travaillant pour la nation et non pour lui-même, prélève ses honoraires en les pointant sur la carte du malade, d'après un tarif spécial gradué suivant l'importance des soins médicaux.

— Si les honoraires sont toujours les mêmes et qu'un médecin ne puisse refuser des clients, je suppose que les bons médecins doivent être accablés de pratiques au détriment des médiocres.

— D'abord (et ici le médecin retraité vous demande pardon de son esprit de corps), nous n'avons pas de médecins médiocres. Quiconque baragouine quelques termes de médecine n'a plus le droit, comme jadis, de faire des expériences sur le corps de ses concitoyens. Seuls les étudiants qui ont passé des examens sévères, suivi les cours d'écoles spéciales et chez lesquels la vocation s'est clairement manifestée, ont le droit d'exercer. Ajoutez que les médecins n'essayent plus de se faire une clientèle au détriment de leurs confrères; ils n'y trouveraient aucun avantage. D'ailleurs, le médecin doit rendre un compte régulier de ses visites au bureau médical et, s'il n'a pas d'occupation suffisante, on lui en procure. »

XII

J'avais tant de renseignements à demander avant de me faire une idée, même superficielle, des institutions du vingtième siècle, et le docteur était d'une complaisance tellement inépuisable, que nous restâmes à causer pendant plusieurs heures après que les dames se furent retirées. J'étais surtout curieux de connaître les moyens qu'on employait pour stimuler le zèle de l'ouvrier, maintenant qu'il n'avait plus, comme autrefois, la crainte de la misère pour aiguillon.

« Je vous ferai remarquer en premier lieu, reprit le docteur, que la recherche de ces mobiles d'action ne représente qu'un côté de notre système. Un autre point, non moins important, est d'assurer que les chefs de file, les capitaines de l'armée industrielle, se recrutent toujours parmi les hommes d'une habileté éprouvée, engagés par leur propre passé à ne jamais laisser languir le zèle de leurs auxiliaires. A cet effet, l'armée tout entière a été divisée en quatre classes.

« Premièrement, la classe des travailleurs communs

employés à toute sorte de besognes ordinairement des plus grossières. Dans cette classe sont versées les jeunes recrues pendant les trois premières années.

« Secondement, la classe des apprentis, où l'on fait un séjour d'un an au sortir de la première classe.

« Troisièmement, le corps principal des travailleurs de plein exercice, âgés de vingt-cinq à quarante-cinq ans.

« Quatrièmement, la classe des officiers de tous degrés qui ont charge des autres.

« Chacune de ces classes a ses formes de discipline particulières. Les travailleurs communs sont naturellement enrégimentés d'une manière moins rigoureuse que les autres; ils sont censés être sur les bancs d'une école industrielle. Cependant chacun d'eux est l'objet de notes individuelles; les meilleurs reçoivent des récompenses qui leur sont utiles dans leurs carrières ultérieures, comme les distinctions académiques de votre temps.

« Suit l'année d'apprentissage : les trois premiers mois sont consacrés aux premiers rudiments du métier; pendant les neuf derniers, l'apprenti est l'objet d'une attention spéciale dont le but est de déterminer quel grade on lui attribuera, parmi les travailleurs de plein exercice, lorsqu'il sera déclaré compagnon. On trouvera peut-être étrange qu'on demande la même durée d'apprentissage dans tous les métiers, mais le principe d'uniformité l'exigeait et, en pratique, le résultat est le même que si cette durée variait selon les difficultés de la profession. Dans celles qu'on ne peut apprendre à fond dans l'espace d'un an, l'ex-apprenti est classé au grade inférieur de la hiérarchie ouvrière; puis il monte en grade à mesure qu'il se perfectionne. Ceci est, d'ailleurs, le fait le plus ordinaire. Les ouvriers de plein exercice sont divisés en trois catégories graduées, selon leur habileté, et chaque catégorie se subdivise en deux autres, de sorte que

nous avons six grades de capacité en tout. Pour facili-
ter le classement, le travail se fait autant que possible
à la tâche, dût-il en résulter des inconvénients. Les
grades sont revisés tous les ans, ainsi le mérite ne
reste jamais longtemps inaperçu et personne ne peut
dormir sur ses lauriers, sous peine de retomber dans
un rang inférieur. Les résultats de ces classements
annuels sont enregistrés dans les feuilles publiques.

« A part le mobile suprême d'ambition résultant
de ce que les places importantes de l'État ne sont
accessibles qu'aux ouvriers de la première catégorie,
nous avons encore d'autres stimulants d'une nature
plus modeste, mais également efficaces ; je veux parler des privilèges spéciaux et des immunités en matière de discipline, qui sont l'apanage des hommes des
grades supérieurs. Ces privilèges et immunités, sans
grande importance matérielle, ont néanmoins pour
effet de tenir l'émulation en haleine, d'entretenir constamment chez le sujet le désir d'atteindre le grade
immédiatement supérieur au sien.

« Il est d'une importance capitale que non seulement les bons ouvriers, mais aussi les médiocres et les
mauvais puissent nourrir l'espoir de monter en grade ;
ces derniers étant même de beaucoup la majorité, il
est encore plus essentiel de ne pas décourager la
masse que d'exciter le zèle de l'élite. C'est à cet effet
qu'on a multiplié le nombre des catégories ; celles-ci
étant numériquement égales, il n'y a jamais (déduction faite des officiers, des ouvriers communs et des
apprentis) plus d'un huitième de l'armée industrielle
dans la catégorie inférieure. La plupart de ses membres sont de jeunes apprentis qui tous ont l'espoir
de monter en grade. De plus, toujours pour encourager
les médiocres à faire de leur mieux, l'individu qui,
après avoir atteint un degré supérieur, retombe dans
une catégorie inférieure, ne perd pas le fruit de ses
efforts ; il garde son rang d'autrefois. C'est une conso-

lation d'amour-propre qui le rend moins sensible à l'infériorité de sa situation.

« Pour que l'ouvrier ait au moins un soupçon, un simulacre de gloire, il n'est pas même nécessaire qu'il atteigne un grade supérieur. L'avancement exige l'excellence dans le travail; mais il existe, pour les mérites inférieurs, des mentions honorables et d'autres distinctions qui s'adressent à certains mérites isolés; aucune forme de mérite, si faible qu'elle soit ne reste sans récompense. Notre discipline n'admet ni la négligence, ni la mauvaise volonté, ni l'ouvrage positivement mauvais; tout homme capable de faire son devoir et qui refuse avec persistance de l'accomplir est rayé de la société humaine. Les postes inférieurs dans le corps des officiers, ceux de contremaîtres assistants ou lieutenants, sont attribués à des hommes ayant servi pendant deux ans dans la première catégorie, premier grade. S'il y a embarras de choix, on ne prend que les hommes du premier groupe. De cette façon, personne n'arrive au commandement avant l'âge de trente ans. Une fois devenu officier, le sujet n'avance plus en raison de son travail personnel, mais en raison de celui de ses hommes. Les contremaîtres sont choisis parmi les assistants, d'après le même système d'élection. Les nominations aux grades supérieurs sont faites d'après un autre mode, qu'il serait trop long de vous expliquer maintenant. Naturellement, ce système n'eût pas été applicable aux menues entreprises de votre siècle, où il y avait souvent à peine assez d'employés pour en fournir un par classe. N'oubliez pas que, dans l'organisation nationale du travail, toutes les industries sont conduites par de grandes associations d'hommes: imaginez une centaine de vos fermes ou de vos boutiques réunies en une seule. Notre surintendant correspond à ce qu'on appelait colonel ou même général dans vos armées. Et maintenant, monsieur West, je vous laisse à décider vous-même, si, dans le système

que je viens de vous esquisser, les stimulants feront
défaut à ceux qui en ont besoin pour faire de leur
mieu. »

Je lui répondis que, s'il y avait une objection à faire,
c'était plutôt l'excès que l'absence de stimulants de ce
genre : la course au clocher établie parmi les jeunes
gens me paraissait, et me paraît encore, trop ardente.
Mais le docteur me pria de considérer que la subsistance du travailleur ne dépend en aucune façon de son
grade ; que la crainte de la famine ne s'ajoute jamais
aux désappointements d'amour-propre qu'il peut éprou-
ver ; que les heures de travail sont courtes, les vacances régulières, et que toute émulation cesse à quarante-
cinq ans, au milieu de la vie.

« Il faudra, dit-il, que je revienne sur deux ou trois
autres points pour redresser les idées fausses qui pourraient naître dans votre esprit. En premier lieu,
vous devez comprendre que l'avancement que nous
donnons aux bons ouvriers, de préférence aux autres,
ne contrarie en rien l'idée fondamentale de notre système, qui attribue le même mérite à tous ceux qui font
de louables efforts, le résultat fût-il grand ou petit. Je
vous ai déjà démontré que les faibles reçoivent autant
d'encouragements que les forts, et si nous choisissons
les chefs parmi les plus habiles, c'est uniquement dans
l'intérêt public. En second lieu, bien que les récompenses jouent un grand rôle dans notre organisation, n'allez pas vous figurer que nous les considérions comme un levier capable ou digne d'agir sur les
plus nobles caractères. Les hommes d'élite trouvent un
stimulant en eux-mêmes et non en dehors d'eux ; ils
mesurent leurs devoirs à leurs capacités, et non à
celles d'autrui. Tant que leur ouvrage, grand ou petit,
est proportionné à leurs moyens, ils trouveraient dé-
placé qu'on leur adressât une louange ou un blâme. A
de telles natures, l'émulation paraît un principe absurde
au point de vue philosophique, et méprisable au point

de vue moral, parce qu'elle substitue l'envie à l'admiration et la joie au chagrin, dans l'attitude de chacun à l'égard des succès ou des revers du voisin. Mais tous les hommes, même à la fin du vingtième siècle, n'appartiennent pas à l'élite morale, et les stimulants destinés à la masse doivent être appropriés à sa nature inférieure. C'est à ce grand nombre que s'adresse notre système d'émulation. Ceux qui en ont besoin en profitent; les autres s'en passent. Je ne dois pas omettre que, pour les déshérités du corps et de l'esprit qui ne peuvent concourir dans des conditions équitables avec le grand contingent des ouvriers, nous avons une classe spéciale, sans aucun rapport avec le reste de la hiérarchie : c'est une sorte de régiment d'invalides, dont les membres ne sont assujettis qu'à de menus travaux, adaptés à leur faiblesse. Nos sourds-muets, nos paralytiques, nos aveugles, nos infirmes, et même nos aliénés, appartiennent à ce corps d'invalides et en portent les insignes. Les moins malades font presque l'ouvrage d'un homme sain; les plus faibles ne font rien du tout; mais il n'en est presque pas de si déshérités qu'ils se résignent à la fainéantise complète.

— Quelle jolie institution! dis-je. Même un barbare du dix-neuvième siècle peut l'apprécier. Quelle façon délicate de déguiser la charité, et combien ceux qui en bénéficient doivent vous être reconnaissants!

— La charité! répéta le docteur. Croyez-vous donc que nous considérions les impotents comme l'objet de notre charité?

— Naturellement, dis-je, puisqu'ils sont incapables de pourvoir eux-mêmes à leur existence. »

Le docteur reprit vivement :

« Et qui donc est capable de se suffire à lui-même ? Il n'y a rien de tel dans la société civilisée. Dans un état social assez barbare pour ignorer même la solidarité de famille, l'individu est peut-être capable de subvenir à ses besoins, et encore pour une partie de sa vie seulenient; mais, dès que les hommes se réunissent et qu'ils constituent une société, si primitive qu'elle soit, l'individu cesse de pouvoir se suffire à lui-même. Plus augmentent la civilisation, la division du travail et des services, plus notre dépendance mutuelle s'accentue et devient la règle universelle. Tout homme, quelque indépendantes et solitaires que paraissent ses occupations, n'est qu'un membre d'une vaste association industrielle, grande comme la nation, grande comme l'humanité. La dépendance réciproque implique le devoir et la garantie du secours réciproque ; et le fait qu'il n'en était pas ainsi au dix-neuvième siècle constituait la cruauté et l'absurdité essentielle de votre système.

— Tout cela est possible, répliquai-je; mais je ne comprends pas en quoi cela s'applique à ceux qui sont incapables de contribuer, même pour la plus petite part, à la production industrielle de la nation.

— Il me semblait bien vous avoir dit ce matin que le titre d'un homme à l'entretien national, c'est sa qualité d'homme faisant de son mieux, et non pas son plus ou moins de force et de santé.

—En effet; mais j'ai sous-entendu qu'il ne s'agissait là que des ouvriers plus ou moins habiles, et non pas de ceux qui ne font rien du tout.

— Eh quoi ! ne sont-ils pas aussi des hommes?

— Ainsi les malades, les aveugles, les impotents reçoivent le même revenu que l'ouvrier le plus diligent?

— Certainement.

— Je crois que la charité entendue de cette façon eût ébahi nos philanthropes les plus ardents.

— Mais supposez que vous ayez chez vous un frère malade, incapable de travailler ; irez-vous le loger moins bien, le nourrir et le vêtir moins bien que vous-même? Je suis certain qu'au contraire vous le gâteriez par beaucoup de prévenances, et vous seriez froissé qu'on appelât ce devoir du nom de *charité*.

— Cela va sans dire, mais les deux cas ne sont pas identiques. Je sais bien que, dans un certain sens, nous sommes tous frères ; mais cette fraternité universelle ne peut être comparée (si ce n'est par une figure de rhétorique) ni dans ses sentiments, ni dans les obligations qu'elle impose à la fraternité naturelle, dictée par la voix du sang.

— Ah ! voilà bien mon homme du dix-neuvième siècle ! En vous entendant parler de la sorte, personne ne doutera que vous n'ayez dormi cent ans. Voulez-vous que je vous donne, en deux mots, la clef du mystère de notre civilisation comparée à la vôtre ? La voici : c'est que la solidarité et la fraternité humaines, qui n'étaient chez vous que des phrases sonores, sont devenues, pour notre sensibilité, des liens aussi réels, aussi efficaces que ceux du sang. Mais, en laissant même de côté ces considérations, pourquoi tant s'étonner que les citoyens incapables de travailler vivent du produit du travail des autres ? Au dix-neuvième siècle, le service militaire obligatoire équivalait à notre service industriel, et cependant on ne songeait pas à priver de leurs droits de citoyen les hommes incapables d'accomplir ce service. Ils restaient chez eux, protégés par ceux qui combattaient ; ils n'étaient pas déchus de l'estime publique, personne ne leur contestait le droit de vivre. Il en est de même chez nous, et nul n'en est scandalisé. L'ouvrier n'est pas citoyen parce qu'il travaille ; il travaille parce qu'il est citoyen. De même qu'autrefois les forts devaient se battre pour les faibles, maintenant que nous n'avons plus de guerre ils doivent travailler pour eux. Toute solution qui laisse un résidu irréductible n'en est pas une. Notre solution du problème social serait sans valeur, si nous avions laissé à la porte les malheureux, les malades, les impotents, dans la compagnie des bêtes, pour se tirer d'affaire comme ils pourraient ! Mieux valait cent fois abandonner à eux-mêmes les hommes valides, que ces malheureux

ployant sous le fardeau de l'existence et membres de
la même famille. L'image de Dieu est la seule monnaie
qui ait cours parmi nous; elle ne doit être refusée
nulle part. Aucun trait de la civilisation du dix-neuvième siècle ne répugne autant à nos idées modernes
que l'insouciance avec laquelle vous traitiez les déshérités de la nature. Même si vous n'aviez ni pitié, ni
sentiment de fraternité, comment ne vous rendiez-vous
pas compte que vous voliez ces infortunés de leurs
droits les plus évidents, en les privant du nécessaire?

— Je ne saurais vous suivre dans cette voie, lui
répliquai-je. Je veux bien admettre qu'ils eussent droit
à notre pitié, à notre bienveillance; mais comment pouvaient-ils, eux qui ne produisaient rien, réclamer,
comme un droit, une part dans les bénéfices sociaux?

— Cependant, dit le docteur, si vos travailleurs produisaient infiniment plus que n'aurait pu faire un
nombre égal de sauvages, n'est-ce pas qu'ils profitaient
de tout l'héritage du passé, des progrès séculaires de
l'espèce, du prodigieux outillage accumulé par les
générations précédentes, et que vous avez trouvé tout
prêt à votre arrivée? Comment avez-vous acquis toute
cette science et l'usage de cet outillage, qui représentaient dix fois votre part de travail personnel dans
l'ensemble de la production sociale? Vous en avez
hérité, n'est-ce pas? Et vos frères infirmes ou impotents n'étaient-ils pas vos cohéritiers au même titre?
Qu'avez-vous fait de leur part d'héritage? Ne les avez-
vous pas frustrés en leur jetant quelques miettes tombées de la table du festin, et n'ajoutiez-vous pas l'in-
sulte à l'iniquité en appelant *charité* votre aumône? Ah!
continua le docteur Leete, justice et fraternité à part,
je ne puis comprendre comment vos ouvriers pouvaient
avoir du cœur au travail, quands ils savaient d'avance
que leurs enfants, leurs petits-enfants, si l'aptitude
physique ou mentale venait à leur manquer, seraient
privés du nécessaire! Comment des pères de famille

ont-ils pu soutenir un système pareil, dont chacun
de leurs descendants pouvait être victime? Comment
pouvait-on avoir le courage d'engendrer des enfants?»

XIII

Ainsi qu'Édith me l'avait promis, son père m'accom-
pagna jusque dans ma chambre à coucher pour m'initier au maniement du téléphone musical. Il me montra comment, en appuyant sur un bouton, on pouvait
augmenter ou diminuer à volonté l'intensité du son,
qui tantôt remplissait la pièce, tantôt mourait comme
un écho lointain à peine perceptible. Si de deux personnes, partageant la même chambre, l'une désirait
dormir et l'autre se donner le luxe d'un petit concert,
il était facile de contenter les deux.

« Cette nuit, dit le docteur après cette explication,
je vous conseillerai de dormir, monsieur West, plutôt
que d'écouter la plus belle musique du monde. Vous
traversez en ce moment une crise fatigante où rien ne
peut remplacer le sommeil, comme tonique pour votre
système nerveux. »

Mon aventure du matin m'était encore très présente
à l'esprit et je promis de suivre son conseil.

« Très bien, dit le docteur; alors, je vais mettre le
réveil du téléphone à demain matin, huit heures.

— Que voulez-vous dire? »

Il m'expliqua qu'au moyen d'un mouvement d'hor-
logerie, on pouvait s'arranger pour être réveillé en
musique, à n'importe quelle heure. Bientôt je m'aperçus que j'avais laissé au vestiaire du dix-neuvième
siècle mes insomnies ainsi que d'autres choses qui
m'avaient incommodées jadis, car je m'endormis aussitôt que ma tête toucha l'oreiller, sans le secours
d'aucun narcotique.

Je rêvai que j'étais assis sur le trône des Abencérages

dans la salle des fêtes de l'Alhambra, offrant un ban-
quet à mes vassaux et à mes généraux, qui, le lendemain, devaient me suivre, le croissant en tête, contre
les chiens, les chrétiens d'Espagne. L'atmosphère,
rafraîchie par le jeu de nombreuses fontaines, était
lourde de parfums. Des jeunes filles aux formes
sinueuses, aux lèvres de miel, dansaient avec une grâce
voluptueuse, aux sons des cuivres et des instruments à
cordes. Là-haut, derrière les galeries grillées, on
voyait luire, çà et là, l'œil noir d'une beauté du harem,
contemplant la fleur de la chevalerie maure. Le fra-
cas des cymbales allait grandissant; le tourbillon de la
fête s'animait de plus en plus, jusqu'à ce qu'enfin le sang
des enfants du désert ne pouvant plus résister au délire
martial, toute cette noblesse basanée sauta sur ses pieds,
le sabre au clair. Des milliers de cimeterres étince-
laient; le cri d' « Allah! Allah! » ébranlait les murs.

A ce moment, je me réveillai; il faisait grand jour;
la marche turque, transmise par le mystérieux fluide
emplissait ma chambre de ses gaies sonorités.

A déjeuner, quand je racontai mon aventure, j'appris
que ce n'était pas un pur hasard si la pièce qui m'avait
réveillé était une marche; l'usage était de faire jouer,
dans une des salles de concert, des pièces d'un caractère entraînant aux heures de réveil.

« A propos, dis-je, en parlant de l'Espagne, cela me
rappelle que je ne vous ai pas encore questionné au
sujet de l'état de l'Europe. Est-ce que les sociétés du
vieux monde ont été également renouvelées?

— Oui, répondit le docteur, les grandes nations de
l'Europe, ainsi que l'Australie, le Mexique, et quelques
parties de l'Amérique du Sud, sont devenues des
républiques industrielles, à l'instar des États-Unis, qui
furent les promoteurs de cette évolution. Les relations
pacifiques de ces divers pays sont assurées par une
sorte d'union fédérale d'une forme très lâche, qui
s'étend sur le monde entier. Un conseil international

règle les rapports mutuels et les questions commerciales entre les membres de l'Union, ainsi que leur politique conjointe envers les races plus arriérées qui s'élèvent graduellement vers les institutions du progrès ; chaque nation jouit de l'autonomie la plus absolue dans les limites de son territoire.

— Comment conduisez-vous vos transactions commerciales, sans argent ? Avec l'étranger, il vous faut bien une sorte de monnaie quelconque, quoique vous vous en passiez à l'intérieur ?

— Du tout ; l'argent est aussi superflu dans les relations extérieures qu'à l'intérieur. Quand le commerce étranger était entre les mains d'entreprises privées, l'argent était nécessaire comme appoint pour régler des transactions multiples et complexes ; mais, maintenant, les personnes commerciales sont les nations elles-mêmes, agissant comme individus. De la sorte, il ne reste plus qu'une douzaine de marchands dans le monde, et leurs transactions étant surveillées par le conseil international, un système de comptes très simple suffit à tous les besoins. Chaque nation a son bureau d'échange où se traitent ses affaires commerciales. Par exemple, le bureau américain, estimant que telle quantité de produits français est nécessaire à l'Amérique pour telle année, envoie un ordre en conséquence au bureau de France, qui, de son côté, agit de même. Toutes les nations suivent le même système.

— Mais puisqu'il n'y a plus de concurrence, comment fixe-t-on les prix des marchandises étrangères ?

— Chaque nation donne ses produits au dehors au même prix qu'elle les vendrait chez elle. Ainsi point de malentendu possible. Il va sans dire qu'en théorie aucune nation n'est obligée de consentir à cet échange de bons procédés ; mais cela est dans l'intérêt de tous. J'ajoute que si une nation fournit régulièrement à une autre une certaine catégorie de marchandises, aucun

changement dans les relations réciproques ne peut être
introduit, sans avis préalable donné en temps utiles

— Mais si un pays, ayant le monopole de quelque
produit naturel, refusait de le fournir aux autres ou
seulement à l'un d'eux ?

— C'est un fait qui ne s'est jamais présenté, car il
ferait infiniment plus de tort au réfractaire qu'à ses
voisins. La loi exige que chaque nation traite les
autres exactement sur le même pied ; pourtant s'il s'en
trouvait une qui voulût se prévaloir d'un monopole,
elle serait retranchée à tous égards du reste de la terre ;
mais, je le répète, ce cas n'est guère à redouter. »

J'insistai :

« Supposons, cependant, qu'une nation, possédant
le monopole de quelque produit, dont elle exporte plus
qu'elle ne consomme, en augmente le prix de vente, et,
par ce moyen, sans prohiber l'exportation, veuille tirer
profit des besoins des autres ? Bien entendu, ses propres
citoyens seraient obligés de payer ce produit plus cher,
mais, pris en bloc, le bénéfice qu'ils réaliseraient sur
l'échange dépasserait leur propre accroissement de
charges.

— Quand vous aurez bien compris comment on
règle le prix des marchandises au vingtième siècle, dit
le docteur, vous verrez qu'il est absolument impossible
de le modifier, excepté lorsque la hausse est produite
par la difficulté croissante du travail de production.
Ce principe est une garantie nationale et internationale ; mais, même à défaut d'une loi positive, le
sentiment de l'intérêt commun, la conviction générale
que l'égoïsme est une folie, sont aujourd'hui trop profondément enracinés pour permettre un acte de pira-
terie de ce genre. N'oubliez pas que nous prévoyons
tous, à échéance plus ou moins éloignée, l'unification
complète du monde entier en un seul corps de nation.
Cette forme idéale réalisera certains avantages économiques sur notre système de nations autonomes et fé-

dérées. En attendant, nous sommes si satisfaits du résultat obtenu par le mécanisme actuel que nous laissons volontiers à nos descendants le soin d'achever notre œuvre. D'aucuns, je dois le dire, sont même d'avis qu'il n'y aura jamais lieu de l'achever et que le système fédéral, loin de représenter une solution provisoire, est la seule et la meilleure solution possible.

— Comment faites-vous, repris-je, quand les comptes de deux pays ne se balancent pas? Supposez que nous importions plus de la France que nous n'y exportons?

— A la fin de chaque année, les comptes de tous les pays sont examinés. Si la France est notre débitrice, il est probable que nous sommes débiteurs d'un pays qui doit à la France, et ainsi de suite. Une fois les comptes réglés par le conseil international, les différences qui restent ne peuvent être bien considérables. Quelles qu'elles soient, le conseil exige qu'on les solde tous les trois ou quatre ans; il peut même l'exiger plus souvent si le reliquat devient trop important, car il n'est pas à désirer qu'une nation s'endette démesurément vis-à-vis d'une autre, ce qui pourrait engendrer des sentiments d'animosité. Par surcroît de précaution, le conseil international inspecte les marchandises ou les denrées échangées par les nations, afin de s'assurer qu'elles sont de bonne qualité.

—Mais avec quoi réglez-vous, en fin de compte, les différences éventuelles, puisque vous n'avez pas d'argent?

— En marchandises courantes. Avant d'établir des relations commerciales, on s'entend sur la nature de ces marchandises et l'on décide dans quelles proportions elles seront acceptées comme balance de compte.

— Dites-moi un mot, maintenant, sur l'émigration. Chaque nation étant organisée comme une maison industrielle fermée, qui monopolise tous les moyens de production du pays, il me semble que l'émigrant,

même si on lui permettait de débarquer, mourrait de
faim. Il ne doit donc plus y avoir d'émigration ?

— Au contraire, on émigre beaucoup, si vous entendez par là l'établissement en pays étranger, sans
esprit de retour. L'émigration est réglée par une
simple convention internationale sur les indemnités.
Par exemple, un homme âgé de vingt et un ans émigre
de l'Angleterre en Amérique ; l'Angleterre perd toutes
les dépenses qu'elle a faites pour son entretien et ses
frais d'éducation, et l'Amérique gagne un ouvrier pour
rien. Par conséquent, l'Amérique doit une indemnité
à l'Angleterre. Si l'émigrant approchait du terme de son
service dans l'armée industrielle, c'est, au contraire,
le pays qui le reçoit auquel serait due l'indemnité.
Quant aux impotents, aux invalides, aux aliénés, chaque
nation est tenue de nourrir les siens, et, s'ils s'expa-
trient, le pays d'origine reste comptable de leur entretien envers l'étranger. Sous le bénéfice de ce règlement,
le droit de chaque personne à émigrer en tout temps
est absolu et sans restriction.

— Et pour les voyages d'agrément et d'étude ? Comment un étranger peut-il voyager dans un pays où l'on
n'accepte pas d'argent et où sa carte de crédit n'est
sûrement pas valable ?

— C'est ce qui vous trompe. Une carte de crédit américaine est tout aussi valable en Europe que l'aurait
été autrefois l'or américain, et précisément dans les
mêmes conditions, c'est-à-dire qu'elle doit être échangée
contre la monnaie courante du pays. Un Américain de
passage à Paris, porte sa carte de crédit au bureau
local du conseil international et reçoit en échange,
pour tout ou partie, une carte de crédit française ; la
somme est portée sur le compte international, au débit
des États-Unis et au crédit de la France.

— Peut-être monsieur West serait-il disposé à venir
dîner ce soir *à l'Éléphant*, dit Edith quand on se leva
de table.

— C'est le nom du restaurant central du quartier, ajouta le docteur en manière d'explication. Non seulement toute notre cuisine est faite dans des établissements publics, comme je vous l'ai dit hier soir, mais le service et la qualité des repas sont bien supérieurs quand on les prend au dehors. Nous prenons notre premier et notre second déjeuner chez nous, pour nous épargner un déplacement ; mais, pour le dîner, il est d'usage de le prendre en ville. Nous avons attendu que vous fussiez un peu familiarisé avec nos coutumes pour vous y conduire. Si nous commencions ce soir ? »

J'acceptai avec empressement. Peu de temps après, Edith s'approcha de moi en souriant.

« Hier soir, dit-elle, quand je réfléchissais à ce que je pourrais inventer pour que vous vous sentiez un peu plus à l'aise chez nous, la pensée me vint de vous faire renouer avec quelques personnes charmantes de votre temps, que vous avez dû connaître fort bien. Qu'en dites-vous ? »

Je répondis un peu vaguement que cela me serait très agréable, mais que je ne voyais pas bien le comment de la chose.

« Suivez-moi, dit-elle toujours en souriant, vous verrez si je suis femme de parole. »

Quoique préparé à toutes les surprises, ce ne fut pas sans quelque émotion que je la suivis dans une chambre où je n'avais pas encore pénétré. C'était une petite pièce très confortable, toute garnie de casiers remplis de livres.

« Voici vos amis, » me dit Edith, en me désignant des ouvrages de Shakespeare, Milton, Shelley, Dickens Hugo, Irving et de plusieurs autres génies littéraires de mon temps et de tous les temps.

Je compris qu'elle avait bien tenu sa promesse. Les amis qu'elle me présentait avaient aussi peu vieilli depuis un siècle que ma propre personne. Leur âme

était aussi haute, leur esprit aussi mordant, leurs
rires et leurs larmes aussi communicatifs qu'autrefois.
Je ne pouvais plus me sentir isolé en si bonne compagnie, quelque large que fût le fossé qui me séparait
de ma vie passée.

« Vous devez être content que je vous aie amené
ici, s'écria Edith, ravie de lire dans mon visage le succès de sa tentative. C'était une bonne inspiration,
n'est-ce pas ? Dire que je n'y ai pas pensé plutôt ! Je
vous laisse à vos vieux amis; pourvu qu'ils ne vous
fassent pas oublier les nouveaux ! »

Sur cette aimable recommandation, elle me quitta.

Attiré par le nom d'un de mes auteurs favoris, je ramassai un volume de Dickens. Il ne se passait guère de
semaine, dans ma vie du dix-neuvième siècle, sans que je
prisse un de ses romans pour me distraire ; aussi la vue
de ce nom réveilla en moi tout un trésor de souvenirs et
d'associations d'idées. Grâce à ce trait d'union, je voyais
maintenant s'opposer, avec une clarté parfaite, les images
du passé et du présent. Dickens n'a pas plus vieilli qu'Ho-
mère, mais nous sommes aussi loin du monde qu'il a dé-
crit que du monde de Circé et des Cyclopes. Pendant
l'heure ou deux que je demeurai assis, le livre ouvert
devant moi, je ne lus, en réalité, que peu de pages.
Chaque paragraphe, chaque phrase, mettaient en évidence quelque nouvel aspect de la transformation du
monde qui s'était opérée et égarait ma pensée dans des
avenues infinies. Tandis que je méditais ainsi dans la
bibliothèque solitaire du docteur Leete, je conçus graduellement une idée plus cohérente du prodigieux spectacle dont j'étais témoin. J'étais en proie à une émotion
profonde en présence de ce caprice de la destinée, qui
m'avait accordé, à moi si indigne, le rare privilège de
survivre, seul de mon siècle, dans le siècle suivant.
Oh ! combien plus aurait mérité cette bonne fortune
quelqu'une de ces âmes vaillantes et prophétiques,
qui, dédaigneuses du sourire de leurs contemporains

avaient, du fond de nos misères, annoncé des temps
meilleurs ! Précisément le hasard me fit tomber sur
une de ces prédictions de poète :

Je plongeai dans l'avenir, aussi loin que l'œil humain peut pé-
[nétrer,
Et je vis la vision du monde nouveau et de toutes ses mer-
[veilles,
Le tambour de guerre muet, le drapeau des batailles replié
Dans le parlement de l'humanité et la fédération du monde.
Alors le bon sens de tous tiendra en respect les impatiences de
[quelques-uns,
Et la terre amie sommeillera dans le sein de la justice uni-
[verselle.
Car, je n'en doute pas, une idée suprême court à travers la
[trame des siècles,
Et la pensée des hommes s'avance avec l'orbite des soleils.

J'étais encore dans la bibliothèque lorsque le docteur Leete vint me chercher.

« Edith a eu une excellente idée de vous conduire
ici, dit-il. J'étais curieux de savoir vers quel auteur
vous vous sentiriez attiré d'abord. Ah ! Dickens, vous
l'admiriez donc ! Eh bien, voilà un point sur lequel
vous êtes d'accord avec nous autres modernes. Pour
nous, Dickens domine tous les auteurs de son siècle,
moins par son génie littéraire que parce que son grand
cœur battait pour les pauvres, parce qu'il défendait la
cause des victimes de la société et qu'il consacrait sa
plume à dévoiler les turpitudes et les cruautés de votre système social. Personne n'a su, comme lui, forcer
l'attention des hommes sur les injustices et les mé-
chancetés du vieil ordre de choses, ouvrir leurs yeux
à la nécessité du grand changement qui allait s'opérer,
bien que lui-même ne l'aperçût qu'à travers les nua-
ges. »

XIV

Un violent orage s'était abattu sur la ville pendant la journée ; le sol était trempé et j'étais persuadé que mes hôtes avaient dû abandonner le projet de passer la soirée au restaurant, malgré sa proximité. Je fus donc très surpris, à l'heure du dîner, en voyant arriver les dames en robes de soirée, sans caoutchoucs ni parapluies.

Quand nous descendîmes dans la rue, le mystère fut bientôt éclairci. Une espèce de « velum », d'auvent imperméable, avait été déployé au-dessus des trottoirs des rues, de façon à les transformer en un corridor bien éclairé et parfaitement sec où circulaient une foule de messieurs et de dames, en toilette de soirée. A chaque coin de rue, des ponts légers, protégés de la même façon, permettaient aux piétons de traverser à sec.

Edith Leete parut très surprise lorsque je lui appris qu'au dix-neuvième siècle les rues de Boston étaient impraticables par les journées de pluie, à moins qu'on ne s'équipât de bottes épaisses, de parapluies et de pardessus.

« On ne se servait donc pas d'auvents mobiles ? demanda-t-elle. Chez nous, toutes les rues sont abritées contre le mauvais temps par ces stores, qu'on remonte, au moyen d'un mécanisme, quand la pluie a cessé. »

Puis elle ajouta qu'on trouverait prodigieusement absurde de laisser les intempéries avoir la moindre influence sur les allées et venues des gens.

Le docteur Leete, qui marchait en avant et qui avait écouté notre conversation, me fit observer que toute la différence entre l'époque de l'individualisme et l'époque de la coopération était bien caractérisée par le

fait qu'au dix-neuvième siècle, quand il pleuvait à
Boston, on voyait s'ouvrir trois cent mille parapluies
sur autant de têtes, tandis qu'à présent un seul immense parapluie protège toute la population.

Edith ajouta que le parapluie individuel était l'image
favorite de son père, quand il voulait caractériser le
vieux temps où l'on vivait pour soi et pour les siens.

« Nous avons au musée un vieux tableau qui représente une foule par une journée de pluie. Chacun tient
son parapluie par-dessus sa tête, gratifiant son voisin
des gouttes qui en ruissellent. Mon père dit que ce
tableau doit avoir été comme une satire de vos institutions! »

Nous approchions d'un grand établissement, où
pénétrait avec nous un flot de personnes. L'auvent
m'empêchait de voir la façade, mais mon compagnon
m'en vanta la beauté, surtout celle du groupe principal qui décorait l'entrée. Après avoir gravi un escalier
monumental, nous traversâmes un long corridor sur
lequel s'ouvraient quantité de portes. Sur l'une d'elles
était inscrit le nom de mon hôte; nous y entrâmes et
je me trouvai dans une salle à manger fort élégante,
où le couvert était mis pour quatre personnes. Les
fenêtres donnaient sur une cour ornée de fontaines;
les eaux jaillissaient jusqu'au ciel et la musique emplissait l'air de ses effluves magnétiques.

« Vous paraissez être ici comme chez vous, dis-je,
lorsque nous nous mîmes à table et que je vis le docteur toucher un timbre.

— En effet, ce que vous voyez là est comme une
annexe de notre maison, un morceau détaché de l'ensemble. Moyennant une modique redevance annuelle,
chaque famille du quartier possède, dans ce vaste
bâtiment, un salon qui lui est spécialement réservé.
A l'étage supérieur se trouvent des salles à la disposition des hôtes de passage. Quand il nous plaît de
dîner ici, nous envoyons nos ordres la veille, après

avoir choisi notre menu d'après les renseignements publiés dans les journaux. Le prix est plus ou moins élevé selon le goût de chacun, mais tout est infiniment meilleur marché et meilleur que nous ne pourrions l'obtenir à domicile. La cuisine raffinée est très à la mode et j'admets que nous sommes un peu vains des progrès que nous avons réalisés dans cette branche. Ah! cher monsieur West, bien que d'autres côtés de votre civilisation fussent plus tragiques, j'imagine qu'aucun d'eux ne devait être plus triste que les mauvais repas que vous faisiez tous, à l'exception de quelques privilégiés de la fortune.

— Personne, répondis-je, n'eût osé vous contredire sur ce point. »

Lorsque le garçon entra, je l'observai avec beaucoup d'attention ; c'était un beau jeune homme revêtu d'un uniforme particulier, et, pour la première fois, je fus à même d'étudier la physionomie d'un des membres actifs de l'armée industrielle. D'après ce que j'avais entendu dire, ce jeune homme devait avoir reçu une éducation complète et être l'égal, à tous les égards de ceux qu'il servait. Or, il me semblait que ni d'un côté, ni de l'autre, on ne paraissait embarrassé le moins du monde. Le docteur Leete adressait la parole au jeune homme, non seulement sans hauteur (quel homme du monde eût fait autrement ?), mais sans mine de protection ; de son côté, le garçon s'acquittait de ses fonctions d'une façon toute naturelle, également éloignée de l'obséquiosité et de la familiarité. C'était un peu le maintien du soldat pendant le service, sans la raideur militaire. Lorsque le garçon eut quitté la chambre, je ne pus cacher mon étonnement de voir un homme aussi bien élevé remplissant des fonctions serviles.

« Que veut dire le mot servile ? Je ne l'ai jamais entendu, dit Edith.

— C'est un mot hors d'usage, interrompit le père ; si

je ne me trompe, il s'appliquait à des personnes qui accomplissaient, pour le compte d'autrui, des besognes particulièrement déplaisantes; n'est-ce pas, monsieur West?

— C'est à peu près cela, dis-je. Le service personnel, tel que celui de table, était regardé comme servile, et une personne bien élevée eût plutôt enduré les dernières extrémités que d'accepter une occupation de ce genre.

— Quelle idée étrange et artificielle ! s'écria Mme Leete, très surprise.

— Mais il fallait cependant que ce service fût fait, dit Edith.

— Évidemment, mais nous imposions ces travaux à de pauvres diables, qui n'avaient pas d'autre alternative que de servir ou de mourir de faim.

— Et vous augmentiez le poids du fardeau en y ajoutant votre mépris, observa le docteur.

— Je ne comprends pas bien, fit Édith. Est-il possible que vous ayez pu permettre aux gens de faire pour vous des choses que vous méprisiez, et que vous n'auriez jamais consenti à faire pour eux ?

Force me fut de convenir que c'était bien cela. Heureusement le docteur vint à mon secours.

— Pour comprendre l'étonnement d'Édith, dit-il, vous devez savoir qu'au vingtième siècle, l'idée de demander ou d'accepter un service qu'on ne consentirait pas à rendre équivaut à emprunter sans l'intention de rembourser. Quant à profiter de l'indigence du voisin pour lui imposer un service de ce genre, c'est une action comparable au vol à main armée. Ce qu'il y a de plus déplorable dans un système qui divise la société en classes et en castes, c'est qu'il affaiblit le sens de l'humanité. Les classes différentes finissent par se considérer comme autant de races distinctes. Au fond, d'ailleurs, l'écart entre nos principes n'est pas si grand qu'il semble. Même de vos jours, « les gens du monde » comme vous disiez, n'auraient jamais permis à une personne de leur classe de leur rendre des services sans espoir de retour ; toute la différence, c'est qu'ils regardaient les pauvres et les gens sans éducation comme des hommes d'une autre espèce. La répartition égale des richesses et de toutes les jouissances a simplement eu pour effet de nous confondre tous dans une seule classe qui correspond, comme éducation, à la classe des privilégiés de votre temps. Avant que l'égalité des conditions eût passé de la théorie à la pratique, les idées de solidarité et de confraternité ne pouvaient pas devenir ce qu'elles sont aujourd'hui : la conviction réelle et le principe d'action de l'humanité. De votre temps, on employait les mêmes phrases, mais ce n'étaient que des phrases.

— Les garçons de restaurant se recrutent-ils également parmi les volontaires ? » demandai-je.

Le docteur répondit ;

« Non, les garçons de restaurant appartiennent à la classe préparatoire de l'armée industrielle, aux membres de laquelle on assigne d'office les besognes qui n'exigent pas d'aptitudes spéciales. Le service de table est de ce nombre, et toutes les jeunes recrues y passent indistinctement. J'ai moi-même fait ce service, dans ce même restaurant, il y a quelque quarante ans. Une fois de plus, dites-vous bien qu'on n'établit aucune différence de dignité entre toutes les professions, sans exception, qu'exige le service public. L'individu n'est jamais considéré et ne se considère pas comme le serviteur de ceux qu'il oblige, mais dont il ne dépend en aucune façon. Il ne sert que la nation. Pourquoi faire une distinction entre les fonctions d'un garçon de restaurant et celles de tout autre travailleur ? Le fait que son service s'adresse à la personne ne signifie rien à notre point de vue. N'en est-il pas de même pour un médecin ? Ce garçon aurait tout autant le droit de me regarder de haut parce que je lui ai servi de médecin, que je pourrais le mépriser moi-même pour m'être servi de lui aujourd'hui. »

Après le dîner, mes hôtes me firent les honneurs de l'établissement, dont la magnificence architecturale et la décoration somptueuse me remplirent d'étonnement. Ce restaurant monumental était, en même temps, un lieu de plaisir et de rendez-vous social pour tous les habitants du quartier; tous les genres de distraction y étaient réunis.

Lorsque j'eus exprimé mon admiration, le docteur Leete me dit :

« Vous voyez ici, en pratique, ce que je vous disais dans notre première conversation au moment où vous contempliez la ville : la splendeur de notre vie en commun comparée à la simplicité de notre vie d'intérieur. Vous avez pu remarquer le contraste qui existe, à cet égard, entre le dix-neuvième et le vingtième siècle. Pour nous épargner des embarras inutiles, nous n'avons chez nous que le strict nécessaire; en revanche, le côté social de notre vie comporte un luxe supérieur à tout ce qui s'est vu jusqu'ici. Toutes les corporations industrielles et professionnelles ont des clubs splendides, aussi grands que cet établissement, de même que des villas à la campagne, dans la montagne, au bord de la mer, pour le sport et la saison des vacances. »

XV

Lorsque, au cours de notre visite, nous entrâmes dans la bibliothèque qui, par parenthèse, était autrement accessible au public que ne l'étaient de mon temps les bibliothèques nationales, nous cédâmes à la tentation de deux fauteuils bien rembourrés qui nous tendaient les bras, et nous nous mîmes à causer au fond d'une alcôve garnie de livres.

Mme Leete m'interpella.

« Il paraît que vous avez passé toute la matinée chez nous avec les livres. Savez-vous bien que je vous considère comme le mortel le plus digne d'envie ?

— Et pourquoi cela ? demandai-je.

— Parce que tous les livres des dernières cent années sont nouveaux pour vous. Vous y trouverez de la lecture pendant cinq ans, au point d'en perdre le manger. Ah ! que ne donnerais-je pour n'avoir pas encore lu les romans de Berrian !

— Ou ceux de Mesmyth, ajouta Edith.

— Oui, ou les poèmes d'Oates, ou *Passé et Présent*, ou *Au commencement*. Oh ! je pourrais vous nommer une douzaine de volumes qui valent chacun une année de la vie d'un homme !

— Madame, à en juger par votre enthousiasme, j'estime que votre siècle a dû produire une grande et belle littérature.

— Oui, fit le docteur, ç'a été une ère de floraison intellectuelle sans égale. Il est probable que l'humanité n'avait encore jamais accompli une évolution matérielle et morale à la fois aussi vaste et aussi rapide qu'a été le passage de l'ancien au nouvel ordre de choses. Quand les hommes eurent compris la grandeur du bienfait providentiel dont ils étaient l'objet, quand ils eurent reconnu que le changement qui s'était opéré n'était pas une simple amélioration de détails, mais l'ascension de l'espèce vers une nouvelle existence, avec une perspective de progrès illimités, ils sentirent, dans toutes leurs facultés, monter une sève nouvelle, une impulsion ardente, plus féconde mille fois que la grande poussée de la Renaissance du quinzième siècle. Il s'ensuivit une ère de progrès scientifiques, de découvertes techniques, de productions musicales, artistiques et littéraires sans précédent.

— Et puisque nous parlons littérature, dis-je, comment se publient les livres aujourd'hui ? Est-ce la nation qui s'en charge ?

8

— Certainement.

— Mais comment faites-vous ? Est-ce que le gouvernement imprime tout ce qu'on lui présente, aux frais
de la nation ; ou bien exerce-t-il une censure et ne
publie-t-il que ce qu'il approuve ?

— Ni l'un ni l'autre. Le département des imprimés
n'exerce aucun droit de censure ; il est tenu d'imprimer tout ce qu'on lui présente, à la seule condition
que l'auteur paye les premiers frais sur sa carte de
crédit. Il doit payer le droit d'arriver à l'oreille du
public et, s'il a quelque chose à dire qui vaille, la note
ne lui paraîtra pas trop élevée. Évidemment si, comme
au temps jadis, les fortunes étaient inégalement répar-
ties, cette règle ne permettrait qu'aux riches d'être
auteurs ; mais les ressources de tous les citoyens étant
les mêmes, notre système sert simplement à mettre à
l'épreuve la sincérité de la vocation littéraire. Au
prix d'une sage parcimonie et de quelques sacrifices,
on peut mettre de côté, sur le crédit d'une année, de
quoi publier un volume de format ordinaire ; dès qu'il
est publié, le livre est mis en vente par les soins de la
nation.

— Je suppose que l'auteur reçoit un tantième sur la
vente comme de mon temps, dis-je ?

— Pas tout à fait comme chez vous, répondit le docteur. Le prix de vente de chaque livre est calculé sur
le prix de revient, plus un tantième pour l'auteur. Le
montant de ce tantième est porté à son crédit, et il est
dispensé de tout autre service envers la nation tant
que le bénéfice suffit à son entretien. Si le livre a un
peu de succès, il obtient de cette façon un congé de
quelques mois, d'une, deux ou trois années, et si, dans
l'intervalle, il produit d'autres ouvrages à succès, sa
dispense de service peut se prolonger au *prorata* de la
vente de ses œuvres. On peut mesurer le talent, ou, si
vous voulez, la popularité d'un auteur, au temps qu'il
lui est permis de consacrer à la littérature ; les plus

estimés y donnent toute la période du service actif.
Vous voyez qu'au point de vue du résultat, notre
système aboutit aux mêmes conséquences que le vôtre;
il y a pourtant deux différences notables. D'abord le
degré si élevé de la culture intellectuelle, au vingtième
siècle, donne au verdict du public une bien plus
sérieuse valeur que de vos jours; en second lieu, il
n'existe plus rien qui ressemble au favoritisme ou à
l'intrigue, pour troubler la libre concurrence des
talents. Chaque citoyen dispose exactement des mêmes
facilités pour se présenter au tribunal de l'opinion. A
en juger par les doléances des auteurs du dix-neuvième siècle, vous auriez grandement apprécié cette
égalité absolue.

— Je suppose, dis-je, que vous suivez le même principe pour arriver à la constatation du mérite dans les
autres branches de la production intellectuelle, telles
que musique, dessin, inventions scientifiques ?

— Le principe, oui, mais les détails diffèrent; ainsi,
pour les arts et pour la littérature, le peuple seul est
juge. Il vote sur l'admission des statues et des
tableaux dans les édifices publics, et un verdict favorable exempte l'artiste des corvées qui contrarieraient
sa vocation. Notre but est toujours d'ouvrir un large
champ d'épreuve aux talents, et, dès qu'un mérite
transcendant est reconnu, de lui laisser libre carrière.
L'exemption de tout autre service ne revêt point le
caractère d'un don ou d'une récompense; ce n'est
qu'un moyen, pour la nation, d'obtenir des services
plus éminents. Bien entendu, nous avons des acadé-
mies littéraires, artistiques, scientifiques, dont l'accès
n'est ouvert qu'aux talents incontestés et constitue une
prérogative des plus enviées. Le plus grand de tous les
honneurs, plus grand que la présidence même qui
n'exige que du bon sens et un dévouement absolu au
devoir, c'est le ruban rouge décerné, par le vote populaire, aux grands écrivains, aux artistes, aux inven-

teurs, aux médecins de tout premier ordre. Il n'y a jamais plus de cent citoyens qui soient admis à le porter, ce qui m'empêche pas que le rêve du ruban rouge trouble le sommeil de tous nos jeunes gens tant soit peu brillants ; j'ai fait comme eux dans mon temps.

— Avec ça, interrompit Edith, que, maman et moi, nous t'aimerions davantage, si tu étais décoré ! Ce n'est pas, cependant, que je veuille déprécier le ruban, ajouta-t-elle !

— Mon enfant, dit le docteur, tu n'avais pas le choix ; il fallait prendre ton père tel quel ; quant à ta mère, elle ne m'aurait jamais agréé si je ne lui avais pas garanti que je serais décoré un jour ou l'autre. »

Mᵐᵉ Leete ne répondit à cette plaisanterie que par un sourire.

— Maintenant, repris-je, parlons un peu des journaux et des feuilles périodiques. J'admets que votre système de publicité ait de grands avantages sur le nôtre par sa tendance à encourager la véritable vocation littéraire et à décourager (ce qui est tout aussi important) les barbouilleurs de papier. Mais je ne vois pas comment ce système peut s'appliquer aux revues et aux journaux. J'admets qu'on fasse payer à l'auteur d'un livre les frais de la première publication, car ce n'est qu'une dépense une fois faite ; mais personne n'aurait les moyens de publier, à ses frais, une feuille tous les jours de l'année. Les fortunes entières de nos capitalistes y passaient et étaient souvent épuisées avant qu'ils pussent rentrer dans leurs frais. Si donc vous avez des journaux, je suppose qu'ils doivent être publiés par le gouvernement, aux frais du public, avec des directeurs gouvernementaux, reproduisant les opinions gouvernementales. Si votre système politique est vraiment si parfait qu'il n'y ait jamais rien à critiquer dans la conduite des affaires, cet arrangement peut suffire. Autrement, j'estime que le manque d'une presse indépendante et non officielle, exprimant l'opinion publique, aurait des résultats déplorables. Confessez, docteur, qu'une presse libre, avec toutes ses conséquences, était une des compensations du vieux système individualiste, et que ce que vous avez gagné d'un côté, vous l'avez perdu de l'autre.

— J'ai peur de ne pouvoir vous donner même cette fiche de consolation, répondit le docteur. D'abord, monsieur, la presse n'est nullement le seul, ni même le meilleur organe de la critique sérieuse des affaires publiques. Pour nous, les appréciations de vos vieilles feuilles, en pareille matière, nous paraissent étourdies, tranchantes, pleines de parti pris et d'animosité. Si l'on peut juger par là de l'opinion publique, votre presse donne une idée peu favorable de l'intelligence populaire. Si c'est, au contraire, la presse qui a formé l'opinion, tant pis pour les hommes de votre temps. Aujourd'hui, quand un citoyen veut agir sérieusement sur l'opinion, il publie un volume ou un pamphlet. Ce n'est pas à dire que nous manquions de journaux et de revues, ou que ces publications ne jouissent pas d'une liberté absolue. La presse est organisée de façon à être l'expression bien plus sincère de l'opinion qu'elle n'aurait pu l'être de votre temps, alors que le capital privé la contrôlait et la dirigeait, pour faire de l'argent d'abord, et ne se préoccupant qu'en seconde ligne de l'intérêt et des revendications du public.

— Mais, dis-je, si le gouvernement imprime les feuilles aux frais du public, comment peut-il manquer de contrôler leur politique ? Qui nomme les directeurs, sinon le gouvernement ?

— Le gouvernement ne supporte pas les frais des journaux, il ne nomme points leurs directeurs, il n'exerce aucune influence sur leur politique, répondit le docteur. Ce sont les lecteurs du journal qui font les frais de sa publication, choisissent le directeur et le renvoient s'il ne donne pas satisfaction. Vous ne direz pas,

je l'espère, qu'une pareille presse n'est pas le libre
organe de l'opinion publique ?

— Décidément non. Mais comment ce sytème est-il
praticable?

— Rien n'est plus simple, répondit-il. Supposez que
quelques-uns de mes voisins et moi nous désirions
avoir un journal reflétant nos opinions, ou dévoué
spécialement à notre localité, à notre profession. En
ce cas, nous faisons des démarches à droite et à gauche
nous recrutons des souscripteurs en nombre suffisant
pour couvrir les frais de la publication annuelle. Les
souscriptions sont pointées sur les cartes de crédit des
souscripteurs, ce qui couvre la nation des frais de la
publication; elle agit comme un simple dépositaire,
sans responsabilité, et sans le droit de refuser son
concours. Les souscripteurs choisissent un directeur,
lequel, s'il accepte le poste, est déchargé de tout autre
service pendant la durée de sa nouvelle occupation.
Au lieu de lui payer un salaire, comme de vos jours,
on paye à la nation une indemnité afin d'avoir le droit
de retirer un citoyen du service général. Il dirige
son journal exactement comme un de vos directeurs
le faisait, excepté qu'il n'a pas de comptes à rendre à
des commanditaires, ni d'intérêts privés à défendre au
détriment du bien public. A la fin de la première année,
les souscripteurs réélisent le directeur ou en choisissent
un autre à sa place. A mesure que la liste des souscripteurs s'allonge, les fonds du journal gagnent en importance et sa situation s'améliore par l'acquisition de
collaborateurs distingués.

— Mais comment rétribuez-vous les rédacteurs, à
défaut d'argent?

— Le directeur règle avec eux le prix de leur marchandise. Le montant est transféré du crédit de garantie
du journal à leur crédit individuel, et une exemption
de service leur est accordée pour une durée proportionnelle à ce montant, absolument comme aux autres

auteurs. Quant aux revues, le système est absolument
le même. Lorsque les services d'un directeur ne sont
plus réclamés par sa clientèle, s'il ne peut se racheter
par d'autres travaux littéraires, il retourne simplement
dans les rangs de l'armée industrielle. J'ajouterai que,
bien qu'en règle générale le directeur soit élu à la fin
de l'année et qu'il reste en charge pendant longtemps,
les souscripteurs se réservent le droit de le congédier
pour le cas où, par son fait, le journal changerait tout
à coup de ton et de politique. »

Quand les dames se retirèrent, Edith m'apporta un
livre et me dit :

« Si, cette nuit, vous ne dormiez pas, monsieur West,
peut-être vous plairait-il de parcourir ce volume de
Berrian. On dit que c'est son chef d'œuvre. A tout le
moins, il vous donnera une idée de ce que sont les
romans de nos jours. »

Je suivis son conseil; au li · de me mettre au lit,
je m'assis dans un fauteuil, et ne m'arrêtai pas avant
d'avoir lu *Penthélisée* d'un bout à l'autre, quand déjà
l'aube blanchissait l'horizon. Puisse aucun admirateur
du grand romancier du vingtième siècle ne m'en
vouloir, si j'avoue que je fus moins émerveillé de ce
qui se trouve dans ce livre que de ce qui ne s'y trouve
pas! Les écrivains de mon époque auraient jugé plus
facile de faire des briques sans paille, que de composer
un roman d'où seraient exclus tous les effets tirés des
contrastes de la richesse et de la pauvreté, de l'instruc
tion et de l'ignorance, de la grossièreté et du raffine-
ment, tous les motifs de la fierté et de l'ambition
sociale, les préoccupations sordides pour soi et les
siens, le désir d'être riche et la crainte de la misère;
bref, un roman d'amour, mais d'un amour non entravé
par les obstacles artificiels que créent les différences
de fortune et de situation, un amour ne connaissant
d'autres lois que celles du cœur.

La lecture de *Penthélisée* me rendit plus de services

que toutes les explications du monde, en me fournissant une esquisse de la physionomie sociale au vingtième siècle.

Les informations du docteur étaient certainement
étendues et précises, mais elles m'avaient rempli
l'esprit d'impressions multiples et incohérentes, que je
n'avais jusqu'ici réussi que très imparfaitement à
coordonner.

Berrian réunit les traits épars et en fit un tableau
harmonieux.

XVI

Le lendemain je me levai un peu avant l'heure du
déjeuner. Comme je descendais l'escalier, Edith entra
dans la galerie; elle sortait de la chambre où avait eu
lieu notre entrevue matinale que j'ai racontée plus
haut.

« Ah! s'écria-t-elle avec une expression d'espièglerie
charmante, vous avez cru pouvoir vous échapper sans
être aperçu, pour une de ces excursions solitaires qui
vous mettent dans un si joli état. Mais vous voyez, je me
suis levée trop tôt pour vous, cette fois; vous voilà
attrapé.

— Vous dépréciez l'efficacité de votre traitement, lui
dis-je, en supposant qu'une pareille course aurait
encore de si mauvaises conséquences pour votre malade.

— Je suis enchantée de votre réponse, dit-elle, j'étais
en train d'arranger quelques fleurs pour garnir la
table, lorsque je vous entendis descendre; il me semblait y avoir quelque chose de louche et de clandestin
dans votre démarche.

— Vous m'avez fait tort, mademoiselle, je n'avais
même pas l'intention de sortir. »

Malgré ses efforts pour me faire croire que notre
rencontre était purement accidentelle, je conçus à ce

moment un léger soupçon de ce que j'appris plus tard être la vérité : cette douce créature, en poursuivant l'office de gardienne qu'elle s'était imposé à mon égard, s'était levée depuis deux ou [trois jours à des heures indues pour m'empêcher de sortir seul et de retomber dans les aventures qui m'étaient arrivées une première fois.

Je demandai la permission de l'aider dans sa gracieuse corvée, et je la suivis dans la chambre qu'elle venait de quitter.

« Êtes-vous sûr, me demanda-t-elle, que vous en ayez complètement fini avec ces terribles sensations de l'autre jour ?

— Je ne puis nier que j'éprouve encore de temps en temps des impressions étranges, des moments où mon identité ne m'apparaît pas bien nettement ; ce serait trop demander qu'après des secousses si violentes, ces troubles ne reparaissent pas à l'occasion. Quant à battre tout à fait la campagne comme l'autre matin, je crois que ce danger n'est plus à craindre.

— Je n'oublierai jamais votre mine de l'autre jour, dit-elle.

— Si vous n'aviez sauvé que ma vie, continuai-je, je trouverais peut-être des paroles pour exprimer ma reconnaissance ; mais c'est ma raison que vous avez préservée du naufrage, et aucun discours ne saurait se mesurer avec la dette que j'ai contractée envers vous. »

Je parlais avec émotion ; ses yeux s'humectèrent.

« C'est trop de croire tout cela, dit-elle, mais il est délicieux de vous l'entendre dire. Ce que j'ai fait était peu de chose, mais je sais que j'avais bien du chagrin. Mon père est d'avis qu'aucune chose ne devrait nous étonner, quand elle peut être expliquée scientifiquement, et c'est, paraît-il, le cas de votre léthargie. Mais rien que de me figurer à votre place, j'en perds la tête ; jamais je n'aurais pu le supporter.

— Vous l'auriez pu, si vous aviez été, comme moi,
soutenue par la sympathie d'un ange, » lui répondis-je.

Si mon visage exprimait le moins du monde ce que
je ressentais à ce moment pour cette délicieuse créature, qui avait joué un rôle si angélique dans mon
existence, elle dut lire dans mes traits une adoration
respectueuse. Fut-ce mon regard ou mes paroles ?
Je ne sais ; toujours est-il qu'elle baissa les yeux en
rougissant.

« Au surplus, lui dis-je, si votre aventure n'a pas été
aussi stupéfiante que la mienne, vous avez dû, quand
même, vous sentir un peu abasourdie en voyant res-
susciter un homme qui paraissait mort depuis un
siècle.

— Au début, dit-elle, notre émotion fut, en effet,
indescriptible ; mais, quand nous commençâmes à nous
mettre à votre place et à nous figurer combien vous
deviez être plus frappé que nous, nous fîmes abstraction
de nos propres sentiments dans une grande mesure ;
du moins, c'est ce que j'ai fait pour ma part. La
stupéfaction ne tarda pas à céder à un intérêt, à une
pitié dépassant tout ce que j'avais jamais rêvé.

— Mais ne vous semble-t-il pas encore extraordinaire d'être assis à la même table que moi, sachant qui
je suis ?

— Vous devez nous trouver encore plus étranges que
nous ne vous trouvons. Nous appartenons à un siècle
que vous ne pouviez pas prévoir, à une génération que
vous ne soupçonniez même pas avant de nous connaître ; tandis que vous êtes de la génération de nos ancêtres, dont nous connaissons l'histoire, dont les noms
reviennent souvent dans nos entretiens. Nous avons
étudié vos mœurs, vos manières de voir et de penser ;
rien de ce que vous dites et faites ne nous surprend ;
tandis que nous ne disons et ne faisons rien qui ne
vous surprenne. Aussi, monsieur West, si vous-même,

avec le temps, vous vous accoutumez à nos façons, ne
soyez pas surpris que, dès l'abord, nous ayons compris
les vôtres.

— Je n'avais pas envisagé la chose ainsi, dis-je, il y
a beaucoup de vrai dans votre observation. Il est plus
facile de regarder à mille ans en arrière qu'à cinquante
ans en avant. Qu'est-ce qu'un siècle de passé ? J'aurais
pu connaître vos arrière-grands parents ! Peut-être les
ai-je connus en effet. Demeuraient-ils à Boston ?

— Je le crois.

— Vous n'en êtes pas sûre ?

— Si, je crois bien qu'ils étaient de Boston.

— J'avais de nombreuses relations dans la ville, répondis-je ; ce serait curieux si, par hasard, je pouvais vous
donner des détails sur votre arrière-grand-père !

— Très curieux !

— Connaissez-vous assez bien votre généalogie pour
me dire lesquels de vos aïeux vivaient à Boston de mon
temps ?

— Certainement.

— Alors, un jour ou l'autre vous voudrez bien me
donner leurs noms ? »

Elle était si occupée à ranger une tige récalcitrante,
qu'elle ne me répondit pas sur-le-champ. Un bruit de
pas sur l'escalier annonça le reste de la famille. Elle
me dit :

« Peut-être, un jour. »

Après déjeuner, le docteur proposa de m'emmener à
l'entrepôt central, et d'y voir fonctionner le système
de distribution dont Edith m'avait expliqué la théorie.
En route, je ne pus m'empêcher de dire à mon compagnon :

« Voilà plusieurs jours que je jouis de votre hospitalité dans des conditions exceptionnelles, ou plutôt sans
conditions. Si je n'ai pas encore fait allusion à ce côté
de ma situation, c'est qu'elle en avait tant d'autres de
plus extraordinaires encore ! Maintenant que je recom-

mence à sentir le sol sous mes pieds et à me rendre compte que j'y suis et dois y rester, permettez-moi d'aborder ce sujet délicat.

— N'allez pas vous tracasser là-dessus, dit le docteur; vous êtes mon hôte et je compte que vous le resterez longtemps. Vous admettrez, malgré la modestie qui vous distingue, qu'un convive tel que vous est une acquisition dont personne ne voudrait se départir volontiers.

— Je vous remercie, docteur. En effet, il serait absurde de ma part de ne pas accepter de grand cœur l'hospitalité temporaire de l'homme à qui je dois de n'être pas resté à attendre la fin du monde enseveli tout vivant dans une tombe. Mais si je dois devenir définitivement un citoyen de ce siècle, il faut que j'y tienne un emploi quelconque. Autrefois, un homme de plus ou de moins n'était pas remarqué dans la foule inorganique qui composait la société d'alors ; il dépendait de lui, s'il avait les reins solides, de se créer une situation. Mais aujourd'hui, chacun constitue un rouage d'une machine, avec une place et des fonctions distinctes. Je me trouve en dehors de l'engrenage et je ne vois pas comment faire pour y entrer. Pour être vraiment des vôtres, il faut l'être par droit de naissance, ou du moins à titre d'émigrant, venant de quelque autre système analogue. »

Le docteur se mit à rire de bon cœur et dit :

« J'admets que notre système est défectueux en ce qu'il n'a pas prévu votre cas ; mais aussi personne ne s'attendait à un accroissement de population aussi insolite. Cependant, soyez sans crainte : avant peu, nous vous aurons procuré une place et une occupation. Jusqu'à présent, vous n'avez frayé qu'avec les membres de ma famille, mais n'allez pas croire que votre existence soit restée un mystère. Au contraire, votre cas, avant votre résurrection, et surtout depuis, a excité le plus vif intérêt dans tout le pays. En considération de votre état nerveux, on a jugé prudent, tout d'abord, de me laisser prendre exclusivement soin de vous ; ma famille et moi-même avons eu la mission de vous donner quelques idées générales sur le monde nouveau où vous vous trouvez, avant que vous vous mêliez à ses habitants. Quant à la fonction qui vous était destinée dans notre société, il n'y eut pas la moindre hésitation à cet égard. Peu d'hommes ont le pouvoir de rendre à la nation d'aussi grands services que vous quand vous quitterez mon toit — le plus tard possible, j'espère.

— Et quel genre de services ? demandai-je. Vous vous imaginez, peut-être, que je possède un métier, un art, un talent quelconque ? Je vous assure que non ; je n'ai jamais travaillé une heure ni gagné un dollar de ma vie. Je suis fort et bien portant, je puis faire, peut-être, un ouvrier ordinaire, mais rien de plus.

— Quand ce ne serait que cela, reprit le docteur, vous trouveriez que cette occupation est aussi considérée qu'une autre ; mais vous pouvez faire beaucoup mieux. Vous en savez plus long que tous nos historiens sur ce qui concerne l'histoire sociale de la fin du dix-neuvième siècle, qui est, pour nous, une des périodes les plus intéressantes de l'humanité ; et quand, avec le temps, vous serez suffisamment familier avec nos institutions, et qu'il vous plaira de nous initier à celles de votre époque, vous trouverez tout de suite une chaire d'histoire à votre disposition dans une de nos universités.

— A merveille, répondis-je, très soulagé par cette proposition qui m'enlevait un poids du cœur. Si vraiment vos concitoyens s'intéressent tant au dix-neuvième siècle, voilà mon affaire toute trouvée ; je ne voyais pas d'autre gagne-pain pour moi ; celui-ci, je le confesse, me paraît à la hauteur de mes faibles moyens. »

XVII

Edith n'avait rien exagéré en décrivant le mécanisme
de l'entrepôt central. Je fus littéralement enthousiasmé
en voyant là un exemple vivant de la prodigieuse
multiplication de puissance qu'on peut donner au travail par une organisation parfaite.

On dirait un moulin gigantesque, dans la trémie
duquel s'engouffrent constamment des marchandises
amenées par des bateaux et des trains, et qui sortent à
l'autre extrémité, transformées en paquets à la livre
ou à l'once, au mètre ou au pouce, à la pinte ou au
litre ; bref, en divisions correspondantes aux besoins
personnels, si complexes, d'un demi-million d'individus.

Le docteur, au moyen des indications que je lui
fournis sur la méthode de vente au détail en usage de
mon temps, formula en chiffres les résultats étourdis-
sants, au point de vue de l'économie, obtenus par le
système nouveau.

Sur le chemin du retour, je dis à mon compagnon :

« Après ce que j'ai vu aujourd'hui, joint à ce que
vous m'avez dit et à ce que j'ai appris par les bons soins
de Mlle Leete dans le magasin d'échantillons, je commence à me faire une idée assez nette de votre système de distribution et à comprendre comment il vous
dispense de la nécessité d'un intermédiaire d'échange
et de circulation. Mais je voudrais être plus amplement
renseigné sur votre système de production. Vous m'avez
parlé en général du recrutement et de l'organisation
de votre armée industrielle ; mais qui dirige ses efforts ?
Quelle est l'autorité souveraine qui décide ce qui sera
produit dans chaque département spécial, de manière
qu'il y ait des approvisionnements suffisants de chaque

article sans aucun gaspillage de travail? Il me semble
que, pour remplir des fonctions aussi complexes et
aussi difficiles, il faut des aptitudes hors ligne.

— Vous trouvez? répondit le docteur. Eh bien! je vous
assure que rien n'est plus simple. C'est si simple, que les
fonctionnaires de Washington chargés de ce travail sont
d'habitude des gens d'une intelligence moyenne et qui
s'acquittent néanmoins de leur tâche à la satisfaction
de tous. Il est vrai que la machine qu'ils dirigent est
très grande ; mais elle est si logique dans ses principes,
son mécanisme est si direct et si simple, qu'elle marche, pour ainsi dire, d'elle-même, et qu'un imbécile
seul pourrait la déranger. Vous en conviendrez vous-
même lorsque vous aurez entendu quelques mots d'explication. Même de votre temps, les statisticiens étaient
en mesure de vous dire le nombre de mètres de coton,
de velours, de laine, la quantité de farine, de pommes
de terre, de beurre, le nombre de chapeaux, de chaus-
sures, de vêtements, que consommait annuellement la
nation. L'industrie étant alors dans des mains privées,
les statistiques de la distribution des marchandises ne
pouvaient pas être d'une exactitude rigoureuse; ce
n'étaient que des à peu près. Mais aujourd'hui que
chaque épingle qui sort de l'entrepôt central est ins-
crite, les chiffres de la consommation générale par
semaine, par mois et par année, qui sont enregistrés
par les départements de la distribution, sont d'une
précision absolue. C'est sur ces chiffres, en laissant
une marge pour les tendances à l'augmentation ou à la
diminution et pour les circonstances accidentelles qui
peuvent influer sur la demande, que sont assises les
évaluations de l'exercice à venir. Ces évaluations une
fois acceptées par l'administration générale, la responsabilité du département distributeur cesse jusqu'à ce
que les marchandises lui aient été délivrées. Je parle
d'évaluations pour une année entière ; mais, en réalité,
de pareilles prévisions ne sont applicables qu'aux

grands articles de consommation dont le débit peut être considéré comme régulier. Dans la plupart des petites industries, dont les produits sont soumis aux fluctuations rapides du goût et de la mode, la production est simplement maintenue au niveau de la consommation courante, et le département distributeur fournit de fréquentes évaluations fondées sur le chiffre de la vente hebdomadaire.

« Le champ de l'industrie productive et constructive est divisé en dix grands départements. Chacun d'eux représente un groupe d'industries connexes, et chaque industrie particulière est, à son tour, représentée par un bureau secondaire qui dispose de documents complets sur son produit spécial et sur les moyens d'en augmenter la fabrication. Les évaluations du département distributeur, une fois adoptées par l'administration, sont envoyées sous forme de commande aux dix grands départements, qui les répartissent entre les bureaux secondaires représentant les industries particulières, et celles-ci, à leur tour, mettent leurs hommes à l'ouvrage. Chaque bureau répond de la tâche qui lui est assignée, et cette responsabilité est assurée par l'inspection départementale et administrative. Le département distributeur n'accepte le produit fabriqué qu'après l'avoir vérifié, et si, l'objet une fois entré dans la consommation, il s'y révèle des vices cachés, notre système nous permet de faire remonter la responsabilité jusqu'à la source primitive, jusqu'à l'ouvrier en faute. Il va sans dire que la production des articles nécessaires à la consommation générale est loin de requérir la force entière que peut fournir notre armée industrielle. Lorsque la répartition des travailleurs parmi les diverses industries est terminée, la somme de travail restée sans emploi est utilisée à la création de capital fixe, sous la forme d'édifices publics, de machines, de travaux d'art, etc.

— Mais, dis-je, il me vient à l'esprit une objection : avec un système qui ne comporte pas d'entreprises

privées, quelle garantie y a-t-il que les articles spéciaux pour lesquels il n'existe qu'une demande res-
treinte, limitée à une petite minorité, soient jamais
fabriqués ? Un décret officiel peut, à chaque instant,
priver ces petites minorités du moyen de satisfaire
leurs goûts, tout simplement parce que ces goûts ne
sont pas ceux de la majorité.

— Ce serait, en effet, de la tyrannie, répliqua le docteur, et vous pouvez être certain que cela n'arrive pas
chez nous, qui aimons la liberté autant que la fraternité et l'égalité. Plus vous connaîtrez notre organisation, plus vous verrez que nos employés sont, de fait
aussi bien que de nom, les serviteurs de la nation.
L'administration n'a pas en son pouvoir d'arrêter la
fabrication d'un article quelconque aussi longtemps
qu'il est demandé. Quand les demandes diminuent, et
que, par conséquent, la production devient plus coûteuse, le prix est augmenté, voilà tout; mais, tant que
le consommateur veut bien payer, la fabrication con-
tinue. Supposez maintenant qu'on vienne à demander
un article qui n'a jamais été fabriqué auparavant; si
l'administration doute que la demande soit sérieuse,
une pétition populaire, garantissant une certaine base
de consommation, la force d'entreprendre la fabrication
demandée. Un gouvernement, ou une majorité, qui en-
treprendrait de dicter au peuple, ou même à une minorité du peuple, comment elle doit manger, boire ou se
vêtir — comme le faisaient de votre temps, je crois,
certains gouvernements de l'Amérique — serait
regardé comme un très curieux anachronisme. Il est
possible que vous eussiez des motifs pour tolérer ces
usurpations sur l'indépendance personnelle; nous,
nous ne les supporterions pas.

— Vous parlez de hausser les prix des articles d'une
production coûteuse, dis-je; mais comment peut-on
établir des prix dans un pays où il n'y a de concurrence
ni parmi les acheteurs ni parmi les vendeurs ?

9

— Absolument comme de votre temps, dit le docteur.

Et comme je le regardais avec incrédulité, il ajouta :

« L'explication ne sera pas longue. De votre temps, comme du nôtre, la quantité du travail nécessaire à la production formait la base légitime des prix. C'était alors la différence des salaires qui faisait différer les prix des articles ; maintenant, c'est le nombre relatif d'heures constituant la journée de travail dans chaque industrie, puisque l'entretien de l'ouvrier revient au même dans toutes les branches. Si le métier est dur ou difficile, et que, pour attirer l'ouvrier, on y ait réduit la journée de travail à quatre heures seulement, cela revient à dire qu'on lui paye chaque heure le double de celle de l'ouvrier qui travaille huit heures. Le résultat, en ce qui concerne le prix de la main-d'œuvre, est donc, comme vous voyez, exactement le même que si l'homme, travaillant quatre heures, recevait un salaire deux fois plus fort que celui de son camarade de huit heures. Ce calcul, appliqué aux différents stages de la fabrication d'un article complexe, en détermine le prix total relatif aux autres articles. Outre les frais de production et de transport, le prix de certaines denrées peut quelquefois être modifié par un autre facteur : la rareté. En ce qui concerne les produits essentiels, indispensables à la vie, et qui peuvent toujours être procurés en abondance, ce facteur est éliminé. Il existe toujours de grands stocks de ces denrées permettant de corriger sans peine les fluctuations de l'offre et de la demande, même dans le cas de mauvaises récoltes. Les articles de grande consommation diminuent de prix d'année en année ; ils augmentent rarement. Il y a cependant des articles dont la production, soit temporairement, soit d'une manière permanente, est inférieure à la demande, comme, par exemple, le poisson frais, les laitages, les produits d'un art supérieur ou d'une matière précieuse.

Tout ce qu'on peut faire ici, c'est de compenser les
inconvénients de la pénurie : quand elle est passagère,
en élevant les prix temporairement ; quand elle est permanente, en fixant définitivement les prix à un niveau
supérieur. De votre temps, un article cher était aborda-
ble seulement aux riches ; aujourd'hui que les revenus
sont les mêmes pour tous, ces articles ne sont achetés
que par ceux qui les désirent absolument. Maintenant
que je vous ai donné un aperçu de notre système producteur et distributeur, dites-moi si vous le trouvez
aussi compliqué que vous vous y attendiez ? »

J'avouai qu'en effet je trouvais le système on ne
peut plus simple. Le docteur reprit :

« Je ne crois pas m'écarter de la vérité en disant que
chacun de ces hommes qui dirigeaient de votre temps
des entreprises privées — et leur nombre était légion
— obligés de se tenir en garde, par une vigilance
incessante, contre les fluctuations du marché, les ma-
chinations de leurs rivaux, l'insolvabilité de leurs débiteurs ; que ces hommes, dis-je, avaient une tâche autrement rude et difficile que le groupe de fonctionnaires,
qui dirige aujourd'hui à Washington les affaires de la
nation entière. Tout cela prouve simplement, mon cher,
qu'il est plus facile de faire les choses bien que mal. Il
est plus facile à un général qui domire la plaine du
haut d'un ballon de conduire un million d'hommes
à la victoire, qu'à un sergent de diriger un peloton
dans les broussailles.

— Le général de cette armée, qui comprend l'élite
la fleur de la nation, doit être le premier homme du
pays, et, en réalité, plus grand même que le président
des Etats-Unis ?

— Mais c'est le président des États-Unis en personne,
ou plutôt sa fonction est la plus importante de la présidence : c'est la direction de l'armée industrielle.

— Comment est-il élu ?

— Je vous ai expliqué déjà, répondit le docteur,

quand je vous parlais de la puissance du principe
d'émulation à tous les degrés de l'armée, que, pour obtenir le grade d'officier, il fallait franchir trois grades
préliminaires, et que, de là, on pouvait s'élever —
toujours par la force du mérite — du grade de lieute-
nant à celui de capitaine ou chef d'équipe, puis à celui
de colonel ou surintendant. Vient ensuite, à la tête de
chaque corporation, un général, sous le contrôle immédiat duquel sont conduites toutes les opérations commerciales. Cet officier est à la tête du bureau national
représentant telle ou telle branche d'affaires, et il en
assume l'entière responsabilité vis-à-vis de l'administration; sa position est splendide et doit satisfaire
l'ambition de la plupart des hommes. Mais, au-dessus
de son grade, qui peut-être comparé à celui de général
de division, nous avons encore les chefs des dix départements ou groupes de métiers connexes, qui répon-
dent à vos commandants de corps d'armée, et reçoivent
chacun les rapports de dix à vingt généraux de corporation. Enfin au-dessus de ces dix officiers, qui forment
son conseil, se tient un général en chef, qui n'est autre
que le président des États-Unis. Il faut que le général en
chef de l'armée industrielle ait passé par tous les grades inférieurs, y compris celui d'ouvrier à tout faire.
Voyons comment il monte en grade. Ainsi que je vous
l'ai déjà dit, c'est uniquement grâce à ses notes d'excellence qu'un travailleur franchit les trois grades de
simple soldat pour devenir candidat au poste de lieute-
nant, et de là à ceux de capitaine et de colonel. Le
général de corporation décerne les grades inférieurs
au sien; lui-même n'est pas nommé, mais élu par le
suffrage.

— Le suffrage! m'écriai-je, mais c'est la ruine de la
discipline des corporations! Les candidats doivent
intriguer pour obtenir la voix des ouvriers placés sous
leurs ordres!

— Il en serait ainsi si les ouvriers étaient électeurs

ou avaient la moindre influence sur le choix du général; mais ils n'en ont aucune. Ici intervient justement un trait original de notre système. Le général de corporation est élu parmi les surintendants par le vote des membres honoraires de la corporation, c'est-à-dire de ceux qui ont fini leur temps de service et pris leur retraite. Vous savez qu'à partir de l'âge de quarante-cinq ans nous sommes libérés de notre service dans l'armée industrielle, et nous pouvons employer le reste de notre vie à notre gré. Naturellement, les relations contractées pendant notre vie active conservent leur charme et leur action morale sur nous. Les camarades de notre jeunesse restent les camarades de notre âge mûr. Nous restons membres honoraires de nos corporations, et nous suivons avec l'intérêt le plus vif, le plus jaloux, leurs succès et leur réputation entre les mains des générations nouvelles. Dans nos cercles, la conversation tourne constamment autour de ces sujets, et les jeunes gens aspirant à la présidence de leur corporation, qui passent au crible de notre critique, à nous autres anciens, ne sont pas, je vous assure, les premiers venus. C'est dans cette conviction que le pays confie aux membres honoraires de chaque corps l'élection de son général, et j'ose affirmer qu'aucune société du passé n'a su former un corps électoral aussi parfaitement adapté à son emploi par l'impartialité absolue, la connaissance des titres spéciaux et des dossiers des candidats, le souci du bien général et la complète absence d'intérêts particuliers. Chacun des dix lieutenants généraux ou chefs de départements est élu à son tour parmi les généraux des corporations groupées en départements, par le suffrage des membres honoraires du groupe. Il y a naturellement une tendance, de la part de chaque corporation, à voter pour son propre général, mais aucune corporation ne dispose d'assez de suffrages pour faire passer un candidat qui ne serait pas soutenu par la majorité des autres.

Je vous assure que ces élections sont toujours très animées.

— Je suppose que le président des États-Unis est choisi parmi les dix chefs des grands départements? demandai-je.

— Précisément. Mais pour être éligibles, il faut que ces chefs soient rentrés dans la vie privée depuis plusieurs années. Il est rare qu'un homme ait passé par toute la filière hiérarchique, jusqu'à la présidence d'un département, avant quarante ans; à l'expiration de ses fonctions, qui durent cinq ans, il en a donc quarante-cinq. S'il en a davantage, il n'en achève pas moins son terme; s'il en a moins, il est congédié quand même de l'armée industrielle à l'expiration de son service de général; il ne serait pas convenable qu'il rentrât dans le rang. On suppose qu'il emploiera l'intervalle qui s'écoulera jusqu'à sa candidature présidentielle à se bien identifier avec la nation tout entière, à étudier la condition de l'ensemble de l'armée plutôt que le groupe spécial de corporations dont il était auparavant le chef. Le président est élu parmi tous les anciens chefs des départements, par le suffrage de tous les citoyens qui ne font plus partie de l'armée industrielle.

— Ainsi l'armée n'a pas le droit de voter pour le président?

— Certainement non, ce serait périlleux pour la discipline que le président est chargé de maintenir en sa qualité de délégué de la nation. D'habitude, le chef de l'État approche de la cinquantaine au moment de sa nomination. Il remplit ses fonctions pendant cinq ans, au terme desquels un congrès national se réunit pour entendre son rapport, qu'il approuve ou qu'il rejette. Si ce rapport est approuvé, on le réélit habituellement pour une nouvelle période quinquennale. J'oubliais de dire que le congrès entend également les rapports des chefs de départements sortants, et la moindre censure

les rend inéligibles à la présidence. Il est rare d'ailleurs que la nation ait à exprimer d'autres sentiments
que ceux de la gratitude envers ses hauts magistrats.
Quan.. à leur capacité, le fait d'être sortis des rangs et
de s'être élévés, par des épreuves si variées et si difficiles, à la position suprême, est une preuve irrécusable
de qualités hors ligne. Quant à leur probité, comment
en douter dans un système qui ne laisse subsister d'autre levier moral que l'ambition de mériter l'estime de
ses concitoyens? la corruption n'est point possible
dans une société qui n'a pas de pauvres à corrompre
ni de riches pour corrompre. Enfin quant à l'intrigue
pour l'obtention des places, notre système de promotion la rend absolument impraticable.

— Il est un point que je ne comprends pas bien,
repris-je. Les membres des carrières libérales sont-ils
éligibles à la présidence? Et comment sont-ils classés
hiérarchiquement par rapport à ceux qui se vouent à
l'industrie proprement dite?

— Ils ne sont pas classés avec eux, reprit le docteur.
Seuls les adeptes des professions techniques, ingé-
nieurs, architectes, sont rangés dans les corporations
de constructeurs; mais les médecins, les professeurs,
les artistes et les hommes de lettres qui obtiennent des
dispenses de service ne font plus partie de l'armée.
Et, pour ce motif, ils sont électeurs sans être éligibles
à la présidence. Une des principales fonctions du président étant le maintien de la discipline industrielle, il
est essentiel qu'il ait passé par tous les grades de l'armée.

— Ceci est raisonnable, dis-je. Mais si, d'un côté,
les médecins et les professeurs sont trop peu versés
dans les questions industrielles pour être élevés à la
présidence, je suppose qu'à son tour le président n'est
pas assez compétent dans les questions médicales et
pédagog..ues pour surveiller ces départements?

— Votre observation est très exacte; aussi, à part la
responsabilité générale du président pour l'observa-

tion des lois dans toutes les classes, il n'a rien à voir
dans les départements d'enseignement et de médecine.
Ceux-ci sont contrôlés par des conseils de régents spéciaux dont il n'est que le président d'honneur, avec
voix prépondérante en cas de partage. Ces régents, qui
naturellement sont responsables vis-à-vis du congrès,
sont choisis parmi les membres honoraires de l'enseignement et de la médecine, c'est-à-dire parmi les professeurs et médecins en retraite.

— Savez-vous, dis-je, que cette méthode d'élire des
officiers par le vote des membres retraités de corporations, n'est autre chose que l'application en grand, sur
une échelle nationale, du système de direction par les
ex-élèves, dont nous nous servions parfois dans nos
établissements d'enseignement supérieur ?

— Vraiment ! Mais ceci est absolument nouveau
pour moi, dit le docteur avec animation, et je suppose
qu'il en sera de même pour la plupart de mes contemporains. Il y a eu de grandes controverses sur l'origine
de ce système, et, pour une fois, nous avons cru qu'il
y avait quelque chose de nouveau sous le soleil. Et
dire que vos établissements d'enseignement supérieur
nous avaient précédés ! Voilà qui est intéressant ; il
faut que vous me donniez un peu plus de détails à ce
sujet.

— En vérité, je n'aurai pas autre chose à ajouter,
répondis-je ; si nous avons eu le germe de votre idée,
ce n'était toujours qu'un germe ! »

XVIII

Ce soir-là, après le départ des dames, je restai quelque temps à causer avec le docteur du principe qui
fixait la retraite nationale à l'âge de quarante-cinq ans.

« A quarante-cinq ans, dis-je, un homme a encore
devant lui dix bonnes années de travail manuel et

vingt ans de travail intellectuel. Être mis à la retraite à cet âge, pour une nature énergique, c'est, il me semble, plutôt une peine qu'une faveur. »

Là-dessus, le docteur jeta feu et flamme.

« Mon cher monsieur West, s'écria-t-il, vous ne sauriez vous imaginer ce que vos idées du dix-neuvième siècle ont de piquant et d'étrange pour nous autres. Sachez, enfant d'une autre race — ou plutôt d'un autre âge — que le travail que chaque individu doit à la nation, pour lui assurer l'existence matérielle, n'est en aucune façon considéré comme l'emploi le plus intéressant, le plus important, ni le plus digne de nos facultés. C'est une simple corvée dont il faut nous acquitter avant de pouvoir nous adonner à des occupations d'ordre supérieur, aux recherches intellectuelles, qui font, seules, le prix de la vie. Sans doute, on fait le possible, par une équitable répartition des tâches et par des stimulants de tout genre, pour alléger cette corvée et lui enlever ce qu'elle a d'ingrat et de pénible ; on y réussit, ou peu s'en faut ; mais il n'en est pas moins vrai que ce travail obligatoire n'est pas le véritable but de l'existence. Je ne veux pas dire que la plupart des hommes aient ces goûts artistiques, scientifiques et littéraires qui rendent les loisirs précieux aux délicats. Beaucoup de gens emploient la dernière et plus belle moitié de leur vie à des récréations de toute espèce ; aux voyages, aux distractions sociales, au charme de l'amitié, à la satisfaction de leurs manies personnelles ; bref, à la jouissance de tous les biens de ce monde, qu'ils ont contribué à créer. Mais, quelle que soit la divergence de nos goûts individuels, il est un point sur lequel nous nous entendons tous : c'est d'envisager le moment de notre retraite comme l'époque de notre majorité réelle, l'époque où, affranchis de contrôle et de discipline, nous trouvons en nous-mêmes la direction et la récompense de notre vie. Nous attendons avec autant d'impatience l'âge de

quarante-cinq ans que les jeunes gens de votre époque
attendaient celui de vingt et un. A vingt et un ans, on
devient homme ; à quarante-cinq, c'est un renouveau
de jeunesse qui commence. L'âge moyen et ce que vous
appeliez la vieillesse nous paraissent les périodes les
plus enviables de la vie. Grâce aux conditions améliorées de l'existence humaine, et surtout grâce à notre
existence affranchie de tout souci matériel, la vieillesse
arrive plus tard, et son aspect est moins hideux qu'autrefois. Des gens d'une constitution moyenne vivent
communément jusqu'à quatre-vingt-cinq ou quatre-
vingt-dix-ans, et j'imagine que nous sommes plus
jeunes, à tous les points de vue, quand nous attei-
gnons l'âge de la retraite, qu'on ne l'était de votre
temps à trente-cinq ans. N'est-il pas étrange qu'au
moment où nous entrons dans la plus agréable période
de la vie, vous pensiez déjà à la vieillesse et vous
viviez déjà de souvenirs? Vous n'aimiez que le matin ;
nous préférons le soir de l'existence. »

Après ce dialogue, la conversation prit une autre
tournure et tomba sur le sujet des divertissements populaires actuels comparés à ceux du dix-neuvième
siècle.

« Dans un sens, dit le docteur, la différence est sensible. Nous n'avons rien qui corresponde à vos hommes
de sport, ce trait si caractéristique de votre époque ;
nous ne connaissons pas les prix en argent pour lesquels luttaient vos athlètes. Chez nous, tout se fait pour
la gloire. La rivalité généreuse qui existe entre les différentes corporations, le dévouement passionné de
chaque ouvrier à la sienne, entretiennent une émulation constante pour toutes sortes de jeux et de concours
nautiques ou terrestres, auxquels les membres honoraires s'intéressent presque autant que les jeunes gens.
Les régates de Marblehead auront lieu la semaine prochaine ; vous pourrez juger par vous-même de l'enthousiasme populaire qu'elles provoquent. Le fameux

panem et circenses des Romains nous paraît aujour-
d'hui un programme très justifié. Si le pain est la première nécessité de la vie, la récréation est la seconde,
et la nation doit pourvoir à l'une comme à l'autre. »

XIX

Au cours d'une de mes promenades hygiéniques du
matin, je visitai Charlestown. Parmi les nombreux
changements qui avaient transformé en un siècle la
physionomie de ce quartier, je remarquai particulièrement la disparition de la vieille prison d'État.
Lorsque, à déjeuner, je fis part de ma découverte au
docteur Leete, il me dit :

« Ah oui ! cette bâtisse a disparu avant mon temps,
mais je me souviens d'en avoir entendu parler. Nous
n'avons plus de prison actuellement ; tous les cas d'atavisme sont traités dans les hôpitaux.

— D'atavisme ? m'écriai-je.

— Mais oui, il y a cinquante ans ou plus qu'on a abandonné l'idée d'un système répressif à l'égard de ces
infortunés, répondit le docteur.

— Je ne saisis pas bien. De mon temps, le mot *atavisme* s'appliquait à certaines natures chez lesquelles
on voyait reparaître quelque trait d'un ancêtre reculé.
Vos contemporains ne verraient-ils dans le crime que
la reproduction d'un trait ancestral ?

— Que voulez-vous, me dit le docteur en souriant,
puisque vous posez la question aussi explicitement, je
suis forcé d'avouer que vous avez touché juste. »

Après tout ce que j'avais déjà appris des contrastes
moraux et sociaux existant entre le siècle précédent et
celui-ci, il eût été ridicule de ma part d'affecter la
moindre susceptibilité.

Sans le ton d'excuse que prit le docteur et l'embarras

trahi par Mme et Mlle Leete, la rougeur ne me serait
même pas montée au front, lorsque je repris :

« Je n'ai jamais été bien fier de ma génération, mais,
franchement…

— Mais la voici, votre génération, interrompit Edith ;
elle vous entoure, et nous aussi, c'est seulement parce
que nous vivons maintenant que nous l'appelons la nôtre.

— Vous êtes trop bonne, mademoiselle ; je veux
essayer de p   udre les choses ainsi, lui dis-je. »

Et l'expre   on de son regard, qui rencontra le mien,
fit disparaître toute trace de mon émotion.

« Après tout, repris-je en riant, j'ai été élevé dans
la foi calviniste, et je ne devrais pas être étonné d'entendre parler du crime comme d'un phénomène d'atavisme.

— En vérité, dit le docteur, si nous nous servons de
ce mot, ce n'est point pour en flétrir votre génération ;
je l'appelle ainsi — j'en demande pardon à Edith —
parce que, toute question de milieu à part, nous nous
croyons meilleurs que vous n'étiez. De votre temps, les
dix-neuf vingtièmes des délits — et je comprends dans
ce mot les infractions de tout genre — provenaient de
l'inégalité des fortunes. Le pauvre était tenté par la
misère, le riche par le plaisir d'augmenter son gain ou
de conserver ses gains passés. Directement ou indirec-
tement, la soif de l'argent, — et l'argent signifiait alors
toutes les jouissances possibles, — formait le mobile
unique du crime, la racine d'où pullulait une végéta-
tion empoisonnée que vos lois, votre justice, votre
police, avaient grand'peine à empêcher d'étouffer la
société entière. Le jour où la nation devint l'unique
dépositaire de la fortune publique, et qu'en prévenant
l'accumulation des richesses, nous abolîmes la misère
et garantîmes à tous le bien-être, ce jour-là, nous avons
coupé la racine, et l'arbre vénéneux qui couvrait la
société de son ombre s'est desséché en un jour,
comme l'outre de Jonas. Quant au nombre relativement

minime d'attentats contre les personnes n'ayant point
le lucre pour mobile, attentats qui, même de vos jours,
n'étaient guère perpétrés que par les natures igno-
rantes et brutales, ils sont presque inconnus au vingtième
siècle, où l'éducation et les bonnes manières ne sont
plus le privilège de quelques-uns, mais sont répandues
dans le peuple entier. Vous comprenez maintenant
pourquoi nous nous servons du mot atavisme dans le
sens de crime. C'est parce que toutes les raisons qui
motivaient les crimes n'existant plus, lorsqu'un cas
isolé se présente, nous ne pouvons y reconnaître que le
rejeton attardé et monstrueux d'une disposition ances-
trale. Vous appelie cleptomanes les gens qui volaient
sans motif, et, quand le cas était certain, vous trouviez absurde de traiter ces maniaques en voleurs. Votre
attitude envers ces véritables cleptomanes est précisément celle que nous affectons envers les victimes de
l'atavisme : la pitié accompagnée d'une contrainte ferme
mais bénigne.

— Vos tribunaux ne doivent pas avoir beaucoup
d'ouvrage, m'écriai-je. Point de propriété privée, point
de contestations commerciales entre particuliers, point
de successions à répartir, ni de dettes à récupérer : je
ne crois pas, dans ces conditions, qu'il puisse subsister
le moindre procès civil; et, comme il n'y a plus
d'attentats contre la propriété et très peu d'attentats
contre les personnes, il me semble que vous pourriez
vous passer presque absolument de juges et d'avocats.

— Quant aux avocats, c'est bien ce que nous faisons,
répliqua le docteur; il ne nous semblerait pas raisonnable, dans un cas où le seul intérêt de la nation est
de découvrir la vérité, de demander le concours de
personnes qui ont un intérêt professionnel à la dissi-
muler ou à la travestir.

— Mais, alors, qui défend les accusés ?

— Si c'est un criminel, il n'a pas besoin de défen-
seur, car, la plupart du temps, il avoue son crime,

répondit le docteur. L'interrogatoire de l'accusé n'est pas, comme chez vous, une simple formalité ; d'habitude c'est la fin du procès.

— Vous ne voulez pas dire que l'homme qui n'avoue pas est acquitté de plein droit ?

— Non, sans doute ; nul n'est accusé à la légère, et si l'accusé nie, le procès n'en suit pas moins son cours. Mais, je le répète, les procès sont rares, parce que, dans la plupart des cas, le coupable avoue. S'il nie et que sa culpabilité soit prouvée, la pénalité est doublée. Mais le mensonge est tenu dans un tel mépris parmi nous, que les criminels mêmes hésitent à s'en servir pour échapper à la justice.

— Voilà certainement la nouvelle la plus étonnante que vous m'ayez encore dite, m'écriai-je ; si le mensonge est passé de mode, vous avez bien réalisé les paroles du prophète : « Un nouveau monde, de nouveaux cieux où règne la justice. »

— Vous n'êtes pas seul de cet avis, répondit le docteur. Quelques personnes estiment, en effet, que nous sommes entrés dans l'ère du millénium, et cette théorie est au moins spécieuse. Mais, pourquoi tant vous étonner que le mensonge ait disparu ? Même de votre temps, il n'était guère admis dans la bonne société, entre égaux. Le mensonge était l'arme du lâche en présence du danger, et l'arme du coquin devant l'appât du lucre. L'inégalité des conditions et la convoitise offraient une prime continuelle à l'hypocrisie. Cependant, même alors, l'homme qui n'éprouvait ni crainte ni passion honteuse méprisait le mensonge. Maintenant que nous sommes tous égaux socialement, qu'on n'a rien à craindre et rien à gagner du prochain, le mépris du mensonge est passé dans les habitudes de tout le monde. Aussi, je le répète, même un scélérat hésite à y recourir. Cependant, si la défense plaide « non coupable », le juge désigne deux de ses collègues pour examiner et rapporter les deux côtés

de la question. Combien ces magistrats diffèrent de
vos avocats et de vos accusateurs à gages, déterminés
d'avance à condamner ou à absoudre ! Vous pouvez en
juger par le fait que, tant que les deux commissaires
ne sont pas d'accord sur la justesse du verdict, la
cause est remise en état, et la moindre équivoque
dans le langage d'un des juges serait un scandale
inouï.

— Ainsi, ce sont des juges qui rapportent le pour et
le contre de chaque affaire, et un autre juge qui la
décide ?

— Certainement ; ces magistrats siègent, à tour de
rôle, à la barre et au fauteuil, et sont tenus d'agir
avec la même sévérité, soit comme procureurs, soit
comme juges. Le système consiste précisément à faire
juger chaque cause par trois magistrats, chacun à son
point de vue, et, quand ils sont d'accord sur un verdict,
nous supposons que nous approchons de la vérité autant
qu'il est humainement possible de le faire.

— Vous avez donc abandonné le système du jury ?

— Il pouvait être utile, comme instrument de répression, du temps de vos avocats à gages, avec une cour
quelquefois vénale et placée dans des conditions d'in-
vestiture qui compromettaient souvent son indépendance ; aujourd'hui, ces garanties sont inutiles ; il n'est
pas concevable que nos juges obéissent à un autre
mobile qu'à celui de la justice.

— Comment vos magistrats sont-ils élus ?

— Ils constituent une exception à la règle qui
décharge tous les hommes du service public à l'âge de
quarante-cinq ans ; le président nomme annuellement
les juges parmi ceux qui ont atteint cet âge. Le nombre en est très limité, et l'honneur est considéré si
grand qu'il compense et au delà cette prolongation de
service ; bien qu'on puisse le décliner, cela se fait
rarement. Les juges sont nommés pour cinq ans, et
non rééligibles. Les membres de la cour suprême, qui

est gardienne de la constitution, sont choisis parmi
les juges de grades inférieurs; quand il s'y produit
une vacance, les juges inférieurs, dont les fonctions
expirent cette année, choisissent, comme dernier acte
de leur magistrature, celui de leurs collègues restant
en charge qu'ils jugent le plus digne de ce poste
suprême.

— Comme il n'existe point de carrière judiciaire qui
puisse servir de pépinière à la magistrature, dis-je, vos
juges sortent sans doute directement de l'École de
droit ?

— Nous n'avons plus d'école de droit, répliqua le
docteur en souriant. La législation, comme science
spéciale, n'existe plus. C'était un système de casuisti-
que nécessité par la structure artificielle de l'ancienne
société; de nos jours, nous ne trouvons plus à appliquer que quelques maximes très simples. Tout ce qui
touche les rapports des hommes entre eux est infiniment moins compliqué au vingtième siècle que de votre
temps. Nous n'aurions plus d'occupation pour ces
experts en l'art de couper un cheveu en quatre qui
siégeaient et plaidaient en vos tribunaux. N'allez pas
cependant nous soupçonner de mépris envers ces
illustrations du passé, parce que nous n'en avons pas
l'emploi. Au contraire, nous professons le plus grand
respect, mêlé de terreur, pour ces hommes qui, seuls,
arrivaient à comprendre et à débrouiller l'interminable
écheveau de droits réels et personnels qu'impliquait votre
système. Rien ne peut donner une idée plus saisissante
de la complication de votre société que la nécessité où
vous étiez de prendre la crème intellectuelle de chaque
génération afin de pourvoir au recrutement d'un corps
de savants, de *pandits*, capables de rendre vos lois
vaguement intelligibles à ceux dont le sort en dépendait. Les traités de vos grands légistes, les Blackstone
et les Story, reposent tranquillement dans nos bibliothèques à côté des œuvres de Duns Scot et de ses

pareils, comme autant de monuments curieux d'une rare subtilité intellectuelle consacrée à des sujets qui n'intéressent plus le monde moderne. Nos juges sont tout bonnement des hommes d'un âge mûr, discrets, instruits et judicieux. J'allais oublier de vous parler d'une des fonctions importantes des juges inférieurs, ajouta le docteur ; elle consiste à juger toutes les plaintes d'iniquité portées par de simples soldats de l'armée industrielle contre un supérieur. Toutes ces questions sont entendues et réglées, sans appel, par un seul juge : on ne requiert trois juges que pour les cas graves.

— Ce tribunal, dis-je, me paraît très nécessaire avec votre système, car celui qui est traité avec injustice ne peut pas, comme de mon temps, changer d'emploi.

— Pourquoi pas ? répondit le docteur. Non seulement chaque travailleur est sûr d'obtenir justice si sa plainte est fondée, mais encore, si ses relations avec son chef d'équipe sont désagréables, il peut, sur demande, obtenir un déplacement. Je sais bien que, de votre temps, lorsque l'ouvrier n'était pas satisfait, il était libre de quitter son patron ; mais en même temps que son patron, il perdait ses moyens d'existence. Chez nous, cet inconvénient n'existe pas. Nous exigeons une discipline absolue dans l'armée industrielle ; mais le droit de l'ouvrier à être traité avec justice et considération lui est garanti par la nation tout entière. L'officier commande, et le soldat obéit, mais aucun officier n'est assez haut placé pour se permettre des façons hautaines vis-à-vis d'un ouvrier, fût-il de la dernière classe. Quant à la brutalité et à la grossièreté d'un employé quelconque dans ses relations avec le public, ce sont là, parmi les délits de moindre importance ceux qui seraient assurés de la plus prompte répression Nos juges exigent non seulement la justice, mais aussi la courtoisie en toute circonstance. Les plus hautes capa-

cités, les plus éminents services n'excusent pas les procédés grossiers ou blessants. »

Pendant que le docteur discourait, il me semblait
qu'il m'avait beaucoup parlé de la nation et très peu
des gouvernements d'États. Je demandai donc si la
réorganisation du pays, converti en une armée industrielle, avait entraîné l'abolition des États fédérés?

« Forcément, répondit le docteur. Les États auraient
voulu s'immiscer dans le contrôle et dans la discipline
de l'armée industrielle, qui exige une direction centrale et uniforme. D'ailleurs, la grande simplification
de la tâche gouvernementale rendait superflus ces
vieux rouages. La tâche presque exclusive de l'administration est de diriger les industries du pays; la
plupart des anciennes attributions des gouvernements
n'existent plus. Nous n'avons plus d'organisation militaire, plus d'armée ni de marine; nous n'avons pas de
ministère des finances; nous n'avons ni Trésor, ni services financiers, ni collecteurs d'impôts. Restent la
justice et la police, et vous avez vu comment l'absence
de tentation, en supprimant la plupart des délits, a
simplifié l'énorme machine judiciaire d'autrefois; le
rôle et le nombre des fonctionnaires de la police ont
diminué dans la même proportion.

— Mais sans législatures d'États, avec un congrès se
réunissant tous les cinq ans seulement, comment venez-
vous à bout de l'œuvre législative?

— Nous n'en avons pas, répliqua le docteur, ou du
moins si peu que rien. Il est rare que le congrès,
quand il se réunit, ait à examiner des lois de quelque
importance; même alors son pouvoir se borne à les
recommander au congrès suivant, afin qu'aucun changement ne soit fait à la hâte. Du reste, si vous voulez
réfléchir un moment, vous verrez que nous n'avons
guère lieu à légiférer. Les principes fondamentaux qui
régissent notre société ont aplani, une fois pour toutes,
les malentendus qui, de votre temps, exigeaient l'inter-

vention constante du législateur. Les quatre-vingt-dix-neuf centièmes de vos lois concernaient la définition et la protection de la propriété particulière, ainsi que les rapports entre acheteurs et vendeurs. Nous n'avons plus ni propriété privée, ni achats, ni ventes, et, par conséquent, la raison d'être de toute la législation d'autrefois a disparu. Autrefois, la société était une pyramide placée sur son sommet; toutes les lois naturelles de la gravitation humaine tendaient constamment à la renverser; l'équilibre — ou, pour mieux dire, le déséquilibre — ne pouvait être maintenu que par un système compliqué d'étais et d'arcs-boutants sans cesse renouvelés sous forme de mesures législatives. Un congrès central et quarante législatures d'États, produisant environ vingt mille lois par an, suffisaient à peine à cette tâche écrasante. Maintenant, la société repose sur sa base, et elle a aussi peu besoin de soutien que les montagnes éternelles.

— Mais, en dehors du gouvernement central, vous devez avoir au moins des autorités municipales?

— Certainement; elles ont même des fonctions importantes et étendues, qui consistent à pourvoir au confort et à la récréation du public, aux embellissements des villages et des villes.

— Mais n'exerçant aucun contrôle sur le travail de leurs administrés, n'ayant aucun salaire à offrir, comment peuvent-elles produire le moindre travail?

— Chaque ville a le droit de retenir, pour les travaux d'intérêt public, une certaine quote-part du travail que ses enfants apportent à la masse de la nation. Cette quote-part, chiffrée en crédit, peut être employée d'une façon quelconque, au gré des autorités municipales. »

XX

Ce jour-là, dans l'après-midi, Edith me demanda si par hasard j'étais retourné voir la chambre souterraine où l'on m'avait trouvé?

« Pas encore, lui répondis-je; à parler franc, j'ai reculé devant cette visite par crainte des vieux souvenirs et des émotions violentes qu'elle pourrait réveiller.

— Oh oui ! dit-elle, vous avez bien fait de vous abstenir, j'aurais dû y penser.

— Non, je suis content que vous m'en parliez. Le danger — si danger il y avait — n'a vraiment existé que pendant un ou deux jours ; grâce à vous — à vous surtout et toujours — je marche maintenant d'un pas si ferme, si assuré, dans ce monde nouveau, que si vous consentiez à m'accompagner là-bas pour éloigner les fantômes, je serais très disposé à y retourner cet après-midi. »

Edith eut un instant d'hésitation ; puis, voyant que je ne plaisantais pas, elle accepta ma proposition.

De la maison, on apercevait, à travers les arbres, le remblai de terres rejetées produit par les fouilles, et quelques pas nous menèrent à l'endroit. Les lieux étaient restés dans le même état qu'au moment de la découverte, sauf qu'on avait réparé la toiture et laissé la porte entre-bâillée. Nous descendîmes par le talus de l'excavation, et nous entrâmes dans la chambre faiblement éclairée.

A l'intérieur, il n'y avait rien de changé depuis le soir où je m'étais endormi, pour ne me réveiller que cent treize ans plus tard.

Je restai en contemplation et en silence pendant quelques minutes.

Je remarquai qu'Edith me regardait à la dérobée avec une expression de crainte mêlée de sympathie. Je lui tendis la main, elle y plaça la sienne ; sa douce étreinte répondit à la mienne comme pour me rassurer; enfin elle murmura :

« Ne ferions-nous pas mieux de sortir d'ici? Je vous en prie, ne poussez-pas l'expérience trop loin ! Comme tout cela doit vous sembler étrange !

— Au contraire, répondis-je, il n'en est rien, et c'est ce qui me semble le plus étrange !

— Quoi, cela ne vous paraît pas étrange? reprit-elle.

— Nullement, dis-je ; les émotions auxquelles vous me croyez en proie et auxquelles je m'attendais moi-même en revoyant ces lieux — tout simplement, je ne les ressens pas. Je me rends compte de tout ce que suggèrent les choses qui m'environnent, mais sans le trouble que je prévoyais. J'en suis encore plus étonné que vous, mademoiselle. Depuis cette matinée mémorable où vous êtes venue à mon secours, j'ai évité de penser à ma vie d'autrefois, de même que j'ai évité de venir ici, dans la crainte d'émotions violentes; je me fais l'effet d'un homme qui a condamné à l'immobilité un membre blessé, craignant une sensibilité extrême, et qui, en essayant enfin de s'en servir, s'aperçoit qu'il est paralysé.

— Voulez-vous dire que vous avez perdu la mémoire?

— Non pas ; j'ai le souvenir de toute ma vie anté-rieure, mais une absence totale de sensations aiguës. Tout est présent à ma mémoire, avec une lucidité par-faite ; mais il semble qu'un siècle ait passé sur ma conscience comme sur ma tête. Peut-être réussirons-nous à expliquer cela. L'effet du changement des mi-lieux est semblable à celui du temps qui s'écoule et semble reculer le passé. Quand je me réveillai pour la première fois de cette léthargie, il me semblait que ma vie d'autrefois était d'hier; mais depuis que je me suis

familiarisé avec ce qui m'entoure, et que je commence
à réaliser les changements prodigieux qui ont transformé le monde, je n'éprouve plus aucune difficulté
à comprendre que j'ai dormi pendant un siècle. Pouvez-vous concevoir ce que veut dire vivre cent ans
dans l'espace de quatre jours? Il me semble, en vérité,
que je viens de passer par là : voilà pourquoi ma vie
d'autrefois prend un air reculé et comme irréel. Com-
prenez-vous?

— Je comprends, dit Edith pensivement, et je trouve
que nous devrions tous être reconnaissants à Dieu
qu'il en soit ainsi, car cela vous épargne bien des souffrances.

— Imaginez-vous, repris-je, qu'un homme ait
entendu parler de la mort d'un de ses amis, de
longues, longues années — peut-être l'espace d'un
demi-siècle — après l'événement. Je me figure que ses
sentiments ressembleraient à ceux que j'éprouve
aujourd'hui. Quand je pense à mes amis d'autrefois,
au chagrin que j'ai dû leur causer, c'est avec une
mélancolie raisonnée plutôt qu'avec une véritable
angoisse; on dirait un chagrin enterré depuis longtemps, longtemps.

— Vous ne nous avez pas encore parlé de vos amis,
dit Edith; en aviez-vous beaucoup pour vous pleurer?

— Grâce au Ciel, j'avais peu de parents, répondis-
je, pas de plus proches que des cousins. Mais j'avais
une amie — pas une parente — qui m'était plus
chère que toute ma famille. Elle portait votre nom,
mademoiselle; elle devait être ma femme un jour.
Hélas !

— Hélas ! soupira Edith, son cœur a dû se bri-
ser. »

Je ne sais quel écho de la sympathie profonde que
me témoignait cette charmante enfant toucha une
fibre de mon cœur engourdi.

Mes yeux, secs jusqu'alors, s'inondèrent de pleurs,

et lorsque je me ressaisis, je m'aperçus qu'elle aussi avait pleuré à chaudes larmes.

« Dieu bénisse votre cœur compatissant! lui dis-je. Voudriez-vous voir son portrait? »

Un médaillon, retenu par une chaînette d'or et renfermant le portrait d'Edith, était resté attaché sur ma poitrine pendant toute la durée de mon long sommeil : je l'ouvris et le passai à la jeune fille. Elle le saisit avec empressement, fixa longuement les traits de ce visage charmant, puis les effleura de ses lèvres.

« Je sais qu'elle était bonne, charmante, digne en un mot de vos larmes ; mais n'oubliez pas que son cœur a cessé de souffrir depuis longtemps et qu'elle est là-haut depuis presque un siècle. »

C'était vrai ; si vif qu'eût pu être son chagrin, il y avait presque un siècle qu'elle avait cessé de pleurer ! Mon soudain accès calmé, mes propres larmes séchèrent.

Je l'avais tendrement aimée dans ma vie d'autrefois — mais il y avait de cela cent ans! Peut-être sur cet aveu m'accusera-t-on de manquer de sensibilité? Mais je crois que personne n'a pu traverser une expérience assez semblable à la mienne pour avoir le droit de me juger.

Au moment de quitter la chambre, mes yeux s'arrêtèrent sur le grand coffre-fort resté dans un coin; je le montrai à Edith et lui dis :

« Ceci était ma chambre de sûreté et ma chambre à coucher en même temps. Là-bas, dans ce coffre, sont enfouis plusieurs milliers de dollars en or, et je ne sais combien de titres de crédit. Si, à l'époque où je m'endormis, j'avais pu deviner combien durerait mon sommeil, j'aurais cru cependant que l'or resterait une provision assurée pour mes besoins dans n'importe quel pays et dans n'importe quel siècle à venir. J'eusse répudié comme une haute fantaisie l'idée qu'un temps pourrait venir où cet or perdrait sa valeur vénale!

Cependant, je me suis réveillé ici, au milieu d'un peuple où une charretée d'or n'achèterait pas une tranche de pain ! »

Comme on peut s'y attendre, je ne réussis pas à faire comprendre à Edith qu'il y eût là quelque chose de remarquable.

« Mais pourquoi donc aurait-on du pain pour de l'or? » dit-elle simplement.

XXI

Le docteur Leete avait proposé d'employer la matinée du lendemain à la visite des écoles et des collèges de la ville, se réservant d'y joindre quelques explications sur le système pédagogique du vingtième siècle.

« Vous constaterez, me dit-il en sortant, plusieurs différences sensibles entre notre système et le vôtre; mais ce qui vous frappera le plus, c'est que la jouissance d'une éducation supérieure — autrefois le privilège d'une fraction infinitésimale de la société — se trouve aujourd'hui à la portée de tous. Nous penserions n'avoir rempli notre tâche qu'à moitié en égalisant les conditions matérielles de la vie, si nous n'y joignions les bienfaits de l'éducation.

— Mais la dépense doit être considérable? demandai-je.

— La dépense absorbât-elle la moitié ou les trois quarts des revenus de la nation, personne n'y trouverait à redire. Mais, en réalité, l'éducation de dix mille jeunes gens ne reviendra jamais dix fois, ni même cinq fois plus cher que celle d'un millier. Le principe économique de la réduction proportionnelle des frais en raison

de la grandeur des entreprises s'applique également
au budget de l'instruction publique.

— De mon temps, repris-je, l'éducation dans les
collèges était terriblement coûteuse.

— Si l'on peut s'en rapporter à vos historiens,
répondit le docteur, ce n'était pas l'éducation qui
coûtait cher, mais les prodigalités et les extravagances
que vous y joigniez. Les frais d'éducation proprement
dite ne paraissent pas avoir été très élevés; ils eussent
été moindres encore avec une clientèle plus nombreuse. Chez nous, l'éducation supérieure n'est pas
plus coûteuse que les cours élémentaires, puisque,
pareils à nos ouvriers, les professeurs reçoivent indistinctement les mêmes honoraires. Nous avons simplement ajouté, au système d'éducation obligatoire en
usage il y a cent ans dans l'État de Massachusetts, une
demi-douzaine de classes de perfectionnement qui
conduisent nos jeunes gens jusqu'à l'âge de vingt et un
ans et leur confèrent ce que vous appeliez de votre
temps l'éducation d'un homme du monde, au lieu de
les lancer au large à quatorze ou quinze ans, sans
autre bagage intellectuel que la lecture, l'écriture et
la table de multiplication.

— Mais, répondis-je, indépendamment des frais
qu'entraînaient ces années supplémentaires d'enseignement, nous aurions craint de ne pas pouvoir
rattraper le temps perdu au point de vue des carrières
industrielles. Les enfants des classes pauvres entraient
en apprentissage vers l'âge de seize ans, ou plus jeunes,
et savaient leur métier à vingt ans.

— Je ne crois pas que ce système fût avantageux,
même matériellement, répondit le docteur; les grands
avantages que donne l'éducation dans l'exercice de
toutes sortes de métiers, à l'exception des plus grossiers, compensent promptement ce peu de temps consacré à l'acquérir.

— Et nous craignions aussi, continuai-je, qu'une

éducation supérieure, en rendant les jeunes gens aptes aux professions libérales, ne les détournât du travail manuel.

— J'ai lu quelque part, répondit le docteur, qu'il en était ainsi au dix-neuvième siècle, et cela n'est pas étonnant, car le travail manuel signifiait le contact avec une classe grossière, inculte et ignorante, qui n'existe plus aujourd'hui. Autre raison pour qu'un tel sentiment ait existé alors : tous les hommes recevant une éducation supérieure étaient censés destinés à l'exercice des carrières libérales ou au désœuvrement élégant; si l'on rencontrait une semblable éducation chez quelqu'un qui ne vivait ni de ses rentes ni d'un art libéral, on y voyait tout de suite la preuve d'ambitions déçues, la marque d'une vocation manquée, bref un signe d'infériorité plutôt que de supériorité. Aujourd'hui que l'éducation la plus soignée est estimée nécessaire pour permettre à un homme de tenir sa place dans la société, abstraction faite de sa profession, le préjugé n'existe plus.

— Après tout, repris-je, aucune somme d'instruction ne peut suppléer la bêtise naturelle ou d'autres défauts intellectuels. A moins que le niveau des capacités n'ait beaucoup monté depuis mon temps, j'estime qu'une éducation supérieure est de la peine perdue pour une notable partie de la population. Nous étions d'avis qu'il fallait s'assurer si un esprit était digne de culture avant de le cultiver, de même qu'une certaine fertilité naturelle du sol est nécessaire pour rémunérer les frais du labour.

— Ah! dit le docteur Leete, je suis heureux que vous ayez choisi cette image : j'allais m'en servir pour vous exposer nos vues modernes sur l'éducation. Vous dites qu'on ne s'amuse pas à cultiver un terrain qui ne rembourse pas le laboureur. Cependant, de votre temps on cultivait bien des terrains qui, au début, ne couvraient pas les frais de culture. Je fais allusion aux

jardins, aux parcs, aux prairies, et en général à tous
les terrains qui se trouvent dans de telles conditions,
qu'en les laissant se couvrir de broussailles et de mauvaises herbes, ils deviendraient incommodes et déplai-
sants. On les cultive, néanmoins, et, bien qu'ils produi-
sent peu de chose, il n'est pas de terrain qui, dans un
sens, rémunère davantage le cultivateur. N'en est-il
pas ainsi des hommes et des femmes qui nous entou-
rent dans le monde, dont les voix résonnent conti-
nuellement à nos oreilles, dont la conduite affecte de
mille manières notre sensibilité, en un mot, qui font
partie des conditions de notre vie au même titre que
l'air que nous respirons, ou tout autre élément physi-
sique nécessaire à notre existence? Je dis plus, si nous
n'étions pas en mesure de donner l'instruction à tous,
nous devrions plutôt choisir, comme objet de ce bienfait, les natures ternes et peu douées que les intelligences privilégiées, qui peuvent, à la rigueur, se passer de notre aide. Pour me servir d'une phrase courante
du dix-neuvième siècle, la vie ne vaudrait pas la peine
d'être vécue s'il nous fallait vivre au milieu d'une
population d'hommes et de femmes ignorante, grossière, sans éducation, ce qui était le sort de votre élite
intellectuelle. Un homme bien lavé n'est-il pas incom-
modé au milieu d'une foule qui offense l'odorat? Peut-
on vivre heureux dans un appartement princier dont
toutes les fenêtres ouvrent sur une étable? Cependant,
ceux qu'on intitulait les heureux de votre temps étaient
absolument dans cette situation. Je sais que la classe
pauvre et ignorante enviait la classe riche et instruite;
mais, à nos yeux, les riches d'alors, environnés de
misère et d'abrutissement, ne nous semblent guère
mieux partagés que les pauvres. L'homme cultivé d'a-
lors ressemblait à un individu enfoncé jusqu'aux épaules dans un marais nauséabond et qui se consolerait
avec un flacon de sels. Peut-être commencez-vous à
comprendre maintenant comment nous envisageons la

question d'instruction universelle. Rien n'est plus important pour chaque individu isolé que de se sentir environné de personnes intelligentes et sociables : la nation ne saurait donc contribuer plus efficacement à son bonheur qu'en élevant convenablement ses voisins. Donner aux uns une éducation très soignée et laisser les autres dans une ignorance profonde, c'était élargir encore l'abime entre les classes et en faire comme des espèces naturelles distinctes, dépourvues de tout moyen de communication. Quoi de plus inhumain que cette conséquence d'une éducation inégale? Assurément, l'éducation intégrale ne fait pas disparaître toutes les différences naturelles entre les hommes, mais le niveau général en devient singulièrement plus élevé. La brutalité est éliminée. Tous les hommes ont une notion des humanités, une lueur des choses de l'esprit. Tous sont au moins capables d'admirer la culture encore plus haute à laquelle ils n'ont pu atteindre. Ils peuvent, dès lors, jouir eux-mêmes et faire jouir les autres, dans une certaine mesure, des plaisirs raffinés de la vie sociale. Votre société polie du dix-neuvième siècle, qu'était-elle, après tout, sinon un groupe d'oasis microscopiques au milieu d'un vaste désert? Une seule génération de la société moderne représente une plus grande somme de vie intellectuelle que cinq siècles du passé. Je dois ajouter un autre motif, un motif essentiel qui nous parait imposer le système de l'éducation intégrale : c'est l'intérêt de la génération future à être pourvue de parents instruits. Notre système repose sur trois principes : premièrement, le droit de chaque individu à l'éducation la plus complète que la nation puisse lui donner pour son propre agrément et son propre avantage ; deuxièmement, le droit qu'ont ses concitoyens à le faire bien élever, comme nécessaire à *leurs* jouissances ; troisièmement, le droit de l'homme qui va naître à grandir dans une famille intelligente et distinguée. »

Je ne ferai pas une description détaillée de tout ce
que je vis dans les écoles ce jour-là. M'étant peu
occupé, dans ma vie antérieure, de questions pédago-
giques, les comparaisons que j'aurais pu faire
n'offraient qu'un faible intérêt. Cependant, je fus
frappé de la large place donnée aux exercices physiques, ainsi que du fait que, dans le classement des
élèves, on tenait compte des notes obtenues dans les
jeux athlétiques au même titre que des notes de science
et de littérature. Je ne fus pas moins impressionné en
constatant la santé florissante de ces jeunes gens. Mes
observations précédentes relatives à l'aspect physique
de mes hôtes et des personnes que j'avais rencontrées
m'avaient déjà suggéré la pensée qu'une amélioration
générale de l'espèce avait dû se produire; maintenant,
lorsque je comparais ces jeunes gens vigoureux, ces
fraîches jeunes filles, aux visages que j'avais vus dans
les écoles du dix-neuvième siècle, je ne pus m'empêcher d'en faire la remarque au docteur, qui m'écouta
avec un vif intérêt.

« Votre témoignage sur ce point est inestimable, dit-
il ; nous croyons à l'existence du progrès que vous
venez de constater, mais ce sont seulement des considérations théoriques qui nous y font conclure. Votre
situation actuelle, unique en son genre, vous permet
de juger ce point avec une autorité incontestable, et
votre opinion, si jamais vous la publiez, produira certainement une profonde sensation. Au surplus, il
serait vraiment extraordinaire que la race ne se fût
pas améliorée. De votre temps, l'opulence corrompait une
partie de la société par l'oisiveté du corps et de l'esprit,
tandis que la pauvreté sapait la vitalité des masses par
le surmenage, la mauvaise nourriture et les logements
insalubres. Les travaux exigés des enfants, les fardeaux
imposés aux femmes, affaiblissaient les sources mêmes
de la vie. Toutes ces conditions malfaisantes ont fait
place aux conditions diamétralement opposées. On

soigne et l'on nourrit bien les jeunes enfants; le travail qu'on exige est limité à la période du plus grand
développement physique, et n'est jamais excessif. Les
soucis matériels, pour soi-même et sa famille, l'inquiétude du lendemain, la bataille incessante de la vie
avec ses efforts et ses soucis néfastes qui ruinaient
l'esprit et le corps, tout cela est inconnu de nos jours.
N'est-il pas naturel qu'une amélioration de l'espèce
résulte d'un pareil changement ? Nous en avons
recueilli déjà maintes preuves caractéristiques. La
démence, par exemple, qui, au dix-neuvième siècle, était
un fruit à la fois terrible et commun de votre existence insensée, la démence a presque disparu avec son
alternative, le suicide. »

XXII

Nous avions pris rendez-vous, avec Mme Leete et
Edith, au restaurant de l'Eléphant. Après le dîner ces
dames nous laissèrent seuls, avec notre vin et nos
cigares, à discuter une foule de sujets.

« Docteur , dis-je au cours de notre conversation,
moralement parlant, il serait insensé de ma part de
ne point admirer votre système social quand je le
compare à tous ceux qui l'ont précédé et surtout à
celui qui florissait de mon temps. Admettons que je
vienne à retomber de nouveau dans un sommeil magnétique aussi long que le premier, et que l'horloge du
temps recule au lieu d'avancer, si à mon réveil je racon-
tais à mes amis du dix-neuvième siècle tout ce que j'ai
vu chez vous, ils tomberaient d'accord que votre monde
était un paradis d'ordre, de bonheur et d'équité. Mais,
mes contemporains étaient des gens très pratiques et,

après avoir exprimé leur admiration pour la beauté
morale et la splendeur matérielle du système, ils se
seraient mis à calculer et à me demander où vous
puisiez tout l'argent nécessaire à la félicité des hommes;
car, il n'y a pas de doute, l'entretien de toute une
nation sur un tel pied de confort et de luxe doit
absorber infiniment plus de richesses que nous n'en
pouvions produire de notre temps. Or, si je suis en
mesure de leur expliquer suffisamment presque tous
les autres traits de votre système, il me serait impossible de les renseigner sur ce point spécial; sur quoi
ils me répondraient (car je le répète, ils étaient excel-
lents calculateurs) que j'ai fait un rêve, et ne croi-
raient pas un mot de toute l'histoire. Je sais que de
mon temps le produit annuel de la nation, en admettant qu'il eût été partagé aussi également que possible,
n'aurait pas fourni plus de trois ou quatre cents dollars
par tête, en d'autres termes, à peine de quoi subvenir
aux nécessités rudimentaires de la vie. Comment
se fait-il que vous disposiez d'une somme si supérieure ?

— Votre question est très justifiée, dit le docteur, et je
n'en voudrais nullement à vos amis si, le cas échéant
et en l'absence d'une réponse satisfaisante, ils déclaraient toute votre histoire un conte à dormir debout. A
vrai dire, c'est une question à laquelle je ne pourrais
pas répondre d'une manière complète, en une séance.
Et, quant aux statistiques exactes qui doivent appuyer
mon exposition, je devrai vous référer à ma bibliothèque. Mais il serait certainement dommage de vous
laisser mettre *a quia* par vos vieilles connaissances,
faute de quelques renseignements généraux.

« Commençons par plusieurs petits chapitres, sur lesquels nous réalisons des économies qui vous étaient
inconnues. Nous n'avons plus de dettes nationales, plus
de dettes d'États, de comtés, de municipalités, ni
aucuns paiements à faire de ce chef. Nous n'avons pas

de dépenses militaires ou navales en hommes ni en matériel, n'ayant ni armée, ni flotte, ni milice. Nous n'avons pas de services de perception, pas d'armées de collecteurs de taxe. Quant à nos magistrats, à notre police, à nos shérifs et geôliers, la force dont disposait, de votre temps, le seul État de Massachusetts suffit aujourd'hui pour la nation entière. Nous n'avons pas une classe de criminels mettant la société au pillage. Le nombre de personnes absolument incapables de travailler, telles que les malades, les infirmes de toute sorte qui constituaient autrefois une si grande charge pour la classe valide, est réduit à une proportion presque imperceptible, grâce aux conditions améliorées de confort et d'hygiène. Un autre point sur lequel nous économisons beaucoup, c'est l'absence d'argent et de ces milliers d'occupations ayant trait aux opérations financières qui détournaient une quantité d'hommes des professions vraiment productives. N'oubliez pas non plus, sans vouloir rien exagérer, que les prodigalités déréglées de l'homme riche pour son luxe personnel n'existent plus, que nous n'avons plus d'oisifs, plus de frelons, ni parmi les riches, ni parmi les pauvres.

« Un autre facteur important de la misère d'autrefois, c'était la perte de travail et de temps qu'entraînaient les travaux domestiques, cuisine, blanchissage, etc., exécutés dans les maisons particulières et auxquels nous appliquons le système coopératif.

« J'arrive à une économie plus considérable qu'aucune de celles là, ou même que toutes ensemble : c'est l'organisation de notre système distributeur, par lequel le travail, qui nécessitait autrefois l'intervention d'une armée de marchands, de négociants, de boutiquiers, de courtiers, d'agents, de commis-voyageurs, de maisons de gros et de détail, d'intermédiaires de toute sorte avec une déperdition infinie d'énergie dans les transmissions multiples et interminables, se

fait aujourd'hui avec dix fois moins de monde et
sans qu'un seul rouage donne un seul tour de roue
inutile.

« Vous avez déjà une idée du fonctionnement de ce
système. Nos statisticiens estiment que la quatre-ving-
tième partie du nombre total de nos ouvriers suffit
aujourd'hui pour ce travail de distribution qui, de
votre temps, en absorbait un huitième. Jugez quelles
pertes vous faisiez ainsi sur les forces productives du
travail !

— Je commence à comprendre, dis-je, d'où vous
tirez ces richesses si supérieures aux nôtres.

— Je vous demande pardon, répliqua le docteur, mais
vous pouvez à peine l'entrevoir encore ; les économies
dont je vous ai parlé jusqu'à présent, prises dans leur
ensemble, avec l'épargne de travail et de matériel
direct et indirect qui en résulte, représentent peut-
être l'équivalent de la moitié de votre production
annuelle. Mais ces chiffres ne méritent guère d'être
mentionnés, en comparaison d'autres sources de gaspillage, supprimées de nos jours, qui résultaient fata-
lement du fait que les industries de la nation étaient
confiées à des entreprises privées. Quelques économies
que vos contemporains aient réalisées sur la consommation des produits, quelque merveilleux qu'ait été
le progrès des inventions mécaniques, ils n'auraient
jamais pu sortir du bourbier de la pauvreté, tant qu'ils
restaient fidèles à ce système. On ne saurait imaginer
une méthode mieux calculée pour gaspiller l'énergie
des hommes. Mais, pour l'honneur de l'intelligence
humaine, il faut dire que ce système n'a jamais été
inventé. Ce n'était que la survivance des siècles pri-
mitifs, le legs d'une époque où le manque d'organisation sociale rendait impossible toute espèce de coopération.

— J'admets volontiers, dis-je, qu'au point de vue
moral, notre système industriel était fort mauvais ; mais,

11

comme simple machine à produire la richesse, il nous semblait admirable.

— Ainsi que je vous le disais tout à l'heure, répliqua le docteur, le sujet est trop complexe pour être discuté ici dans tous ses détails, mais si vous tenez à savoir la principale critique économique que nous autres, modernes, nous dirigeons contre votre système, la voici en quelques mots.

« Nous comptons quatre conséquences désastreuses qu'entraîne le fait de confier la direction industrielle à des individus irresponsables devant le pays, et dépourvus de toute entente, de tout concert mutuels.

« Premièrement, pertes occasionnées par des entreprises manquées.

« Secondement, pertes résultant de la concurrence et de l'hostilité mutuelle des industriels.

« Troisièmement, pertes occasionnées par les excès de production et les crises périodiques, entraînant, par contre coup, l'arrêt des affaires.

« Quatrièmement, pertes provenant, en tout temps, du capital et du travail sans emploi.

« Chacune de ces grandes causes, prise isolément, suffirait à expliquer la différence entre votre pauvreté et notre abondance.

« Prenons d'abord les pertes occasionnées par les entreprises manquées. De votre temps, la production et la distribution des marchandises s'effectuaient sans entente ni organisation ; on n'avait pas les moyens de savoir au juste l'importance de la demande de certains produits, ni le chiffre même de la production. Toute entreprise privée était donc pleine d'inconnu et de risques. L'entrepreneur, n'ayant aucune idée d'ensemble du champ insdustriel telle que la possède notre gouvernement, ne connaissait avec certitude ni les besoins du public, ni les combinaisons imaginées par les capitalistes rivaux pour les satisfaire. Aussi, ne sommes-nous nullement surpris d'apprendre qu'il y avait plusieurs chances contre une pour qu'une entreprise donnée échouât, et que bien souvent on ne décrochait la timbale qu'après avoir fait plusieurs fois faillite.

« Mettez qu'un cordonnier, pour chaque paire de souliers qu'il fabrique, gâche la matière et le temps nécessaires à quatre ou cinq paires, il se trouverait à peu près dans les mêmes conditions pour faire fortune que vos contemporains avec leur système d'entreprises privées et leur moyenne de quatre ou cinq faillites contre un succès.

« La deuxième grande cause de gaspillage était la concurrence. Le champ de l'industrie était un champ de bataille immense, grand comme le monde, où les travailleurs, en s'attaquant mutuellement, dépensaient des moyens et de l'énergie, qui, réunis en un seul effort — comme chez nous — les eussent tous enrichis. De merci, de quartier, dans cette lutte, il n'en était jamais question. Entrer de propos délibéré dans un champ d'affaires, détruire l'entreprise des premiers occupants, et planter son pavillon sur leurs ruines, c'était un exploit qui ne manquait jamais d'exciter l'admiration populaire.

« Il n'y a aucune exagération à comparer cette espèce de combat avec l'état de guerre réel, si l'on pense à l'agonie mentale et physique des combattants, à la misère qui engloutissait le vaincu et ceux qui dépendaient de lui.

« Rien ne paraît plus insensé à un homme du vingtième siècle que le spectacle d'hommes, exerçant la même industrie, et se faisant la guerre au couteau, au lieu de fraterniser comme des camarades qui visent un même but final. On dirait de la folie, une scène des Petites Maisons. Mais, à voir les choses de plus près, il n'en est rien.

« Vos contemporains, avec leur politique d'égorgement mutuel, savaient fort bien ce qu'ils faisaient. Les producteurs du dix-neuvième siècle ne travaillaient pas

comme les nôtres pour l'intérêt commun; chacun, au
contraire, ne visait qu'à se maintenir, lui personnellement, aux dépens de la communauté. Si, en travaillant de
la sorte, ils augmentaient par contre-coup la fortune
publique, c'était indé endamment de leur volonté. Le
contraire était bien plus ordinaire. Les pires ennemis
du commerçant étaient nécessairement ceux qui travaillaient dans la même branche que lui ; car, selon votre
système qui faisait de l'intérêt privé le mobile de la production, chaque producteur particulier n'avait pas de
plus cher désir que de voir se raréfier l'article de sa
fabrication ; il était de son intérêt qu'on n'en consommât
pas plus qu'il ne pouvait produire lui-même; tous
ses efforts tendaient à assurer ce résultat en ruinant
et en décourageant ses concurrents. Avait-il réussi à
détruire tous ceux qu'il pouvait, sa politique consistait
à s'entendre avec les survivants, les forts, et à substituer à la lutte entre concurrents, la lutte d'un syndicat
contre le public. On atteignait ce but en formant « un
coin » dans le marché, selon votre expression, c'est-
à-dire en haussant les prix à la dernière limite que le
public pouvait endurer sans se résigner à se passer de
la marchandise. Le rêve du producteur d'alors était
de mettre le grappin sur un article de première nécessité, afin de pouvoir menacer le public de la famine et
de régler les prix en conséquence. Voilà, monsieur
West, ce qu'on appelait de votre temps « un système
producteur ». Je laisse à votre jugement de décider si
cela ne ressemble pas plutôt à un système destiné à
empêcher la production.

« Un jour que vous aurez le temps, je vous demanderai de m'expliquer (car je ne suis jamais arrivé à le
comprendre) comment vos contemporains, qui paraissent avoir été si fins sous tant d'autres rapports, ont
jamais pu se résoudre à confier l'approvisionnement
de la nation à une classe de gens qui avait tout intérêt
à l'affamer. Je vous assure que ce qui nous étonne, ce

n'est pas d'apprendre que le monde n'ait pas pros-
péré dans de telles conditions, mais c'est qu'il n'ait
pas péri d'inanition, et cet étonnement augmente quand
on considère les autres causes prodigieuses de gaspillage qui caractérisaient votre époque.

« Outre la perte de travail et de capital, provenant de
votre guerre industrielle et du défaut de direction
industrielle, votre système était sujet à des convulsions
périodiques qui engloutissaient tout le monde, sages
et fous, extorqueurs aussi bien que victimes. Je fais
allusion aux crises commerciales qui se succédaient, à
des intervalles de cinq à dix ans, anéantissant l'industrie de la nation, ruinant les petites entreprises, muti-
lant les plus fortes, et suivies par de longues périodes
de temps difficiles, pendant lesquels les capitalistes
recueillaient péniblement leurs forces dispersées et les
travailleurs mouraient de faim ou se mutinaient. Puis,
venait une courte saison de prospérité, suivie à son
tour d'une autre crise, avec sa queue d'années de ma-
rasme. A mesure que le commerce se développait, rendant les nations mutuellement solidaires, ces crises
devenaient universelles, tandis que la persistance du
malaise augmentait, en raison de l'étendue de territoire atteint par les convulsions et de l'absence de
centres de ralliement. Plus l'industrie devenait complexe, et plus le capital qu'elle employait devenait
immense, plus aussi se multipliaient ces cataclysmes
industriels, jusqu'à ce que, vers la fin de dix-neuvième
siècle, on en vint à avoir deux mauvaises années contre
une bonne, et que le système industriel, plus étendu et
plus imposant que jamais, menaçât de s'écrouler sous
son propre poids.

« Après des discussions interminables, vos écono-
mistes paraissent avoir abouti alors à cette conclusion
désespérante, qu'on n'était pas plus maître d'éviter
ces crises, que d'empêcher un orage ou une année
de sécheresse. Il ne restait plus qu'à les endurer comme

des fléaux nécessaires et quand ils avaient passé, à reconstruire, à nouveaux frais, l'édifice fracassé de l'industrie, comme dans les régions volcaniques on voit, après un tremblement de terre, les habitants rebâtir leur villes, sur le site dévasté.

« Vos contemporains étaient dans le vrai, quand ils considéraient les causes de la perturbation comme inhérentes à leur système industriel; ces causes tenaient en effet à sa racine même et le mal devait grandir en proportion de l'extension que prenait la fabrication.

« L'une des causes était le manque de tout contrôle central des différentes industries et, par conséquent, l'impossibilité de régler et de coordonner leur développement parallèle. Il en résultait qu'à chaque instant elles ne marchaient plus au pas les unes avec les autres et que leur production n'était plus en rapport avec la demande. En ce qui concerne la demande on n'avait point de *criterium* semblable à celui que nous fournit aujourd'hui la distribution organisée. Le premier symptôme que la mesure était dépassée dans un groupe industriel quelconque, c'était un effondrement des prix, la banqueroute des producteurs, l'arrêt de la production, la réduction des salaires ou le renvoi des ouvriers. Ces phénomènes se produisaient constamment dans beaucoup d'industries, même pendant ce qu'on appelait les bonnes années. Mais, une crise survenait seulement, lorsque l'industrie malade avait une certaine étendue. Le marché était alors encombré de marchandises dont personne ne voulait, au delà d'une certaine quantité, à aucun prix. Les salaires et profits de ceux qui fabriquaient les articles surabondants étaient réduits, sinon supprimés, leur pouvoir d'acheter, à titre de consommateur, d'autres espèces de marchandises, était paralysé et il s'ensuivait une surabondance artificielle de marchandises dont il n'y avait pas surabondance naturelle, jusqu'à ce que leurs prix fussent baissés à leur tour et que les fabricants, mis hors de combat, vissent tarir la source de leurs revenus. Alors c'était la crise générale, et rien ne pouvait l'arrêter jusqu'à ce qu'on eût engouffré l'équivalent de la rançon d'une nation tout entière.

« Une autre cause, inhérente à votre système, qui produisait et aggravait souvent vos crises économiques, c'était le mécanisme du numéraire et du crédit. Le numéraire était nécessaire quand la production était dans des mains privées ; il fallait acheter et vendre pour se procurer les commodités de la vie. Ce procédé avait cependant l'inconvénient évident de substituer à la nourriture, aux vêtements et à d'autres objets réels, une simple représentation conventionnelle de leur valeur. La confusion produite dans les esprits par cette substitution, amena le système du crédit avec ses prodigieuses illusions. Déjà habitués à recevoir de l'argent pour des marchandises, les hommes acceptèrent bientôt des promesses pour de l'argent, ils cessèrent de chercher, derrière la représentation, l'objet représenté. L'argent n'était déjà que le signe de richesses réelles, le crédit fut le signe d'un signe. Il y avait une limite naturelle à la quantité d'or et d'argent (le numéraire proprement dit), mais il n'y en avait point au crédit ; il en résulta que l'étendue du crédit (c'est-à-dire des promesses d'argent), cessa bientôt d'être en rapport avec la quantité du numéraire, à plus forte raison avec le stock réel de richesses.

« Avec un pareil système, des crises fréquentes et périodiques étaient commandées par une loi aussi absolue que celle qui renverse un édifice débordant de son centre de gravité.

« Une de vos fictions était de croire que seuls le gouvernement et les banques autorisées par lui émettaient du numéraire ; mais en réalité, quiconque faisait crédit d'une dollar émettait du numéraire d'une valeur équivalente et, par là, contribuait à enfler la circula-

tion jusqu'à la prochaine crise. La grande extension du
système de crédit était un des traits caractéristiques
de la fin du dix-neuvième siècle ; elle est responsable,
dans une large mesure, des crises commerciales presque incessantes qui marquèrent cette période. Quelque périlleux que fût le crédit, on ne pouvait guère
s'en passer car, faute de toute autre organisation
nationale du capital, c'était le seul moyen dont vous
disposiez pour le concentrer et le diriger vers des entreprises industrielles. Le crédit contribua ainsi puissam-
ment à exagérer le principal péril du système individualiste, en fournissant aux industries particulières les
moyens d'absorber des fractions disproportionnées du
capital disponible et, de cette façon, de préparer le
désastre. Les entreprises commerciales étaient toujours
fortement endettées vis-à-vis des banquiers et des capitalistes, et le brusque retrait de leur crédit, aux premiers
symptômes d'une crise, avait généralement pour effet
de la précipiter. Le malheur de vos contemporains,
c'est qu'ils étaient obligés de cimenter les pierres
de leur bâtisse industrielle avec une matière que le
moindre choc pouvait rendre explosive. Supposez un
maçon qui, au lieu de chaux, emploierait de la dynamite !

« Comparez votre système au nôtre, et vous verrez
combien ces convulsions commerciales étaient inutiles
et résultaient uniquement de l'abandon de l'industrie
à la direction privée. La surproduction des marchandises, dans certaines spécialités, qui était le cauchemar
de votre époque, n'est plus possible aujourd'hui car,
grâce à la liaison de la production et de la distribution, l'approvisionnement est toujours proportionné
aux demandes, de même que la vitesse d'une machine
est gouvernée par son régulateur. Supposez même que,
par une erreur de calcul, une marchandise quelconque
ait été fabriquée en trop grande quantité, l'arrêt ou la
diminution de production de cet article n'aura point

pour conséquence de mettre qui que ce soit sur le
pavé. Les ouvriers congédiés retrouvent immédiatement un emploi dans quelqu'autre département de
la vaste usine nationale et il n'y a d'autre perte de
temps que celle qui résulte de leur déplacement. Quant
à l'engorgement produit, la nation est assez riche pour
l'absorber rapidement, jusqu'à ce que l'équilibre soit
rétabli entre la production et la demande. En pareil
cas, nous n'avons pas, comme chez vous, un mécanisme
complexe dont les multiples rouages ne servent qu'à
multiplier le désordre initial. Bien entendu, n'ayant
pas de numéraire, à plus forte raison n'avons-nous pas
de crédit. Il n'y a pas d'intermédiaire entre l'acheteur
et les objets réels, farine, fer, bois, laine, travail, dont
l'argent et le crédit étaient chez vous les signes, gros
d'illusions et de dangers. Dans nos calculs de prix de
revient, il ne peut y avoir d'erreurs ; sur le produit
annuel, on prélève le montant indispensable à l'entretien du peuple et l'on pourvoit au travail nécessaire
pour assurer la consommation de l'année à venir. Le
résidu, en matériel et en travail, représente la somme
qui peut, en toute sécurité, être dépensée en améliora-
tions.

« Quand les récoltes sont mauvaises, le surplus au
bout de l'année est moins important, voilà tout. A part
les faibles influences de causes naturelles de ce genre,
nos affaires ne subissent pas de fluctuations. La prospérité matérielle du pays poursuit son cours sans interruption, de génération en génération, comme une
rivière qui, sans cesse, creuse et élargit son lit.

« Vos crises commerciales, monsieur West, continua le docteur, comme chacune des grandes plaies que
je viens de citer, étaient suffisantes à elles seules pour
empoisonner à jamais votre existence. Mais, j'ai encore
à vous entretenir d'une des grandes causes de la pauvreté du dix-neuvième siècle, je veux parler de l'oisiveté
d'une partie notable du capital et du travail. Chez nous,

l'administration a pour devoir d'utiliser chaque once de capital et de travail disponibles dans le pays. De votre temps, il n'existait de contrôle général, ni du capital, ni du travail, et, souvent, une grande quantité de l'un et de l'autre restaient sans emploi.

« Le capital, disiez-vous, est naturellement timide, et le fait est qu'il ne pouvait être que timide sous peine d'être téméraire, à une époque où une entreprise quelconque avait trois chances contre une d'avorter. Il n'est pas de moment où, à l'abri de garanties sérieuses, on n'eût trouvé à augmenter, dans de vastes proportions, les capitaux consacrés à l'industrie productive. La quote-part du capital utilement employé était soumise à des fluctuations constantes, selon le degré d'incertitude ou de confiance dans la stabilité de la situation industrielle, de sorte que le rendement des industries nationales variait considérablement d'année en année. Mais comme, même aux époques les plus prospères, le risque industriel était généralement très élevé, une grande partie du capital restait toujours oisive.

« Remarquez encore que la pléthore des capitaux en quête de placements d'une sécurité relative envenimait la concurrence entre capitalistes, dès qu'une occasion de bénéfices se présentait. L'oisiveté du capital, résultat de sa timidité, entraînait naturellement une oisiveté correspondante, du travail. Au surplus, chaque changement dans l'organisation des affaires, la moindre altération dans les conditions du commerce et des manufactures, sans parler des innombrables faillites commerciales qui avaient lieu tous les ans, laissaient constamment une foule de gens sans emploi, pendant des semaines, des mois, des années entières. Un grand nombre de ces chercheurs d'emploi parcouraient le pays et finissaient par devenir des vagabonds et des criminels de profession. « Du travail ! » tel était le cri de cette armée permanente de mécontents qui, aux époques de crises, voyai. grossir ses contingents et son désespoir, au point de menacer la stabilité du gouvernement.

« Quelle démonstration plus probante de l'imbécillité d'un système destiné à enrichir la nation, que le fait que dans une ère de pauvreté si générale, les capitalistes étaient obligés de s'égorger les uns les autres pour assurer un placement sûr à leur capital, et que les ouvriers provoquaient des émeutes et des incendies, par ce qu'ils ne trouvaient pas d'ouvrage !

« Maintenant, monsieur West, continua le docteur, je vous ferai observer que tout ce que je viens de vous expliquer n'est qu'un tableau des avantages négatifs de notre organisation nationale ; je n'ai fait que vous montrer les défauts et les inepties du système d'entreprises privées dont nous sommes débarrassés. Vous avouerez que ces avantages seuls suffiraient à expliquer pourquoi notre siècle est plus riche que le vôtre. Mais, les plus grands avantages que nous ayons sur vous, les avantages positifs, je les ai à peine mentionnés. Supposez le système d'entreprises privées exempt des grandes lacunes que je viens de signaler ; supposez qu'il n'y existe pas de gaspillages provenant d'efforts mal dirigés, d'erreurs dans la direction. Supposez encore qu'il n'y ait pas d'efforts neutralisés ou multipliés en pure perte, par le fait de la concurrence ; supprimez encore les pertes occasionnées par les paniques, les crises industrielles, par les banqueroutes, par l'oisiveté du capital et du travail. Imaginez, en un mot, que tous ces maux, qui sont essentiels au système individualiste, puissent être évités par miracle, tout en conservant le principe du système. Même dans ce cas, la supériorité des résultats de notre organisation actuelle demeurerait écrasante.

« Vous aviez, même de votre temps, d'assez grandes manufactures de produits textiles. Vous avez, sans doute, visité ces vastes établissements, couvrant des hectares de terrain, employant des milliers de bras, combinant sous un même toit et sous un même contrôle les cent étapes de fabrication qui transforment la balle de coton en une balle de calicot luisant.

« Vous aurez admiré l'immense économie de travail et de force mécanique, résultat de la parfaite harmonie établie entre le travail de chaque bras et de chaque machine et, sans doute, vous aurez réfléchi combien serait moindre le travail accompli avec le même nombre d'ouvriers si cette force était dispersée et si chaque ouvrier travaillait indépendamment. M'accuserez-vous d'exagération si je vous dis que le maximum de travail produit par ces ouvriers, travaillan séparément, fut augmenté non seulement de quelques pour cent, mais multiplié plusieurs fois quand leurs efforts furent réunis sous un seul contrôle?

« Eh bien, monsieur West, c'est dans la même proportion que l'organisation de l'industrie nationale, sous un seul contrôle, de façon à combiner toutes les activités, a multiplié le résultat total au delà du maximum obtenu par l'ancien système, même abstraction faite des quatre grandes causes dont nous avons fait mention. L'efficacité de la force productive d'une nation, dirigée par des myriades de capitalistes, quand même ceux-ci ne seraient pas à l'état de guerre permanente, est en regard de ce que l'on obtient sous une direction unique, comme la puissance militaire d'une horde de barbares commandée par un millier de petits chefs, comparée à celle d'une armée disciplinée sous les ordres d'un seul général.

— D'après tout ce que je viens d'apprendre, dis-je, je ne m'étonne plus que la nation se soit enrichie; je m'étonne que vous ne soyez pas tous devenus des Crésus

— Ma foi, répliqua le docteur, nous ne manquons de rien, nous vivons avec tout le luxe désirable. Cette rivalité d'ostentation qui, de votre temps, engendrait l'extravagance, sans contribuer au confort, n'a pas de

raison d'être dans une société où chaque citoyen dispose exactement des mêmes revenus. Notre ambition
s'arrête aux objets qui constituent de véritables jouissances. Nous pourrions, à la vérité, avoir de plus grands
revenus individuellement, s'il nous plaisait de dépenser
ainsi le surplus de notre production commune, mais
nous préférons les affecter aux travaux d'utilité générale, aux divertissements publics, à la construction de
théâtres, de salles de concert, de galeries, dont la
nation entière puisse jouir, ainsi qu'aux récréations
populaires. Vous n'avez pas encore fait connaissance
avec notre genre de vie, monsieur West! Nous avons
le bien-être dans nos intérieurs, mais nous réservons
la splendeur et le luxe au côté social de notre vie,
à celui que nous partageons avec nos concitoyens.
Quand vous nous connaîtrez plus à fond, vous saurez
où va l'argent, comme on disait de votre temps, et je
pense que vous admettrez que nous en faisons un bon
usage.

« Je suppose, remarqua le docteur, quand, au sortir
du restaurant, nous nous acheminâmes vers la maison,
que nous aurions piqué au vif les adorateurs de Mam-
mon dans votre siècle, en déclarant qu'ils ne savaient
pas gagner d'argent. C'est cependant le verdict que
l'histoire a prononcé sur eux. Leur système d'industries désorganisées et antagonistes était aussi inepte
au point de vue économique, qu'abominable au point
de vue moral. L'égoïsme était leur seule science et,
dans la production industrielle, l'égoïsme s'appelle
suicide. La concurrence, qui est l'instinct de l'égoïsme,
est un autre nom pour la déperdition des forces, tandis que l'art de se concerter est le secret de la production efficace; l'ère de la richesse véritable ne peut commencer que le jour où la préoccupation d'augmenter
sa fortune personnelle s'efface devant le désir d'enrichir le fonds commun!

« Même si le principe du partage égal pour tous les

hommes n'était pas le seul fondement humain et rationnel de la société, nous devrions l'encourager, au seul point de vue économique, attendu qu'aucune harmonie industrielle n'est possible jusqu'à ce que l'influence dissolvante de l'égoïsme ait disparu. »

XXIII

Ce même soir, pendant que j'étais assis avec Edith dans la chambre à musique, prêtant l'oreille à quelques numéros du programme qui avaient attiré mon attention, je profitai d'un moment de silence pour dire à ma voisine :

« J'ai une question à vous adresser, mais je crains d'être indiscret.

— Je vous en prie, dit-elle d'un ton encourageant.

— Je me fais l'effet de quelqu'un qui a écouté aux portes, dis-je, et qui, ayant saisi quelques bribes d'une conversation qui semblait le concerner, a l'audace de se faire connaître et de demander qu'on lui répète ce qui lui a échappé.

— Un écouteur aux portes ! répéta-t-elle, stupéfaite.

— Oui, dis-je ; mais un écouteur digne d'indulgence, vous voudrez bien l'admettre.

— Voilà qui est mystérieux, fit-elle.

— Oui, dis-je, si mystérieux que je me suis demandé si les paroles que je vais vous répéter ont jamais été prononcées, ou bien si je les ai rêvées ! Il faut que vous m'éclairiez là-dessus. Voici ce dont il s'agit : quand je m'éveillai de ce sommeil séculaire, la première impression dont j'eus conscience fut un bruit de voix causant autour de moi. Ces voix, je les reconnus plus tard pour celles de vos parents et la vôtre. Je me souviens avoir, tout d'abord, entendu dire à votre père : « Il va ouvrir les yeux, il ne devrait voir qu'une « personne à la fois. » Puis, vous disiez (si vraiment je n'ai pas rêvé) : « Alors promets-moi de ne pas lui en parler. » Votre père paraissait hésiter à vous faire cette promesse; mais vous insistiez et votre mère étant intervenue, il finit par céder. Quand j'ouvris les yeux, je ne vis que lui. »

J'étais absolument sincère en avouant que je ne savais pas si j'avais rêvé ou non cette conversation, car l'idée que ces personnes pussent savoir sur mon compte quoi que ce soit que j'ignorasse moi-même — moi, le contemporain de leurs arrière-grands parents! — cette idée m'était incompréhensible. Cependant, quand je vis l'effet que mes paroles avaient produit sur Edith, je compris que ce n'était pas un rêve, mais que j'étais en présence d'un nouveau mystère, plus profond encore qu'aucun de ceux qui m'avaient été dévoilés. Dès l'instant qu'elle saisit l'objet de ma question, Edith parut en proie au plus grand embarras. Ses yeux, toujours si francs et si droits, fléchissaient devant mon regard, et son visage s'empourprait du front jusqu'à la nuque.

« Pardonnez-moi, lui dis-je, dès que je fus revenu de l'étonnement où me plongea son attitude, ce n'était donc vraiment pas un rêve? Je sens qu'il y a là un secret qui me concerne, et que vous me cachez. Franchement, n'est-ce pas un peu dur qu'un homme dans ma situation ne puisse pas obtenir tous les renseignements nécessaires sur ce qui le concerne ?

— Cela ne vous concerne pas... je veux dire, pas directement, répondit-elle d'une voix à peine intelligible.

— Mais cependant cela me concerne; d'une façon ou d'une autre, il faut que cela soit quelque chose qui m'intéresse, persistai-je.

— Je ne sais même pas trop si cela vous intéresserait, répondit-elle, s'aventurant à me regarder et rougissant

de plus belle, mais avec un sourire singulier qui
trahissait un certain sentiment de comique au milieu
de son désarroi. Je ne sais vraiment pas si cela vous
intéresserait.

— Mais votre père allait me le dire, lui dis-je d'un
ton de reproche, et c'est vous qui l'en avez empêché!
Oui, il était d'avis de me l'apprendre. »

Elle ne répondit pas. Elle était si adorable dans sa
confusion que je fus tenté de pousser ma pointe, autant
par le désir de prolonger la situation que pour satisfaire ma curiosité.

« Je ne le saurai donc jamais? Ne me le direz-vous
jamais? demandai-je.

— Cela dépend, répondit-elle après un long silence.

— Et de quoi cela dépend-il?

— Ah! vous m'en demandez trop. »

Puis, dirigeant vers moi ses yeux impénétrables,
ses joues allumées et ses lèvres souriantes, bref un
ensemble fait pour la rendre absolument ensorcelante,
elle ajouta :

« Que penseriez-vous si je vous disais que cela
dépend de... vous?

— De moi? repris-je. Comment est-ce possible?

— Mais, monsieur West, nous perdons de la musique
exquise, » me dit-elle pour toute réponse.

Et, se tournant vers le téléphone, elle fit vibrer dans
la pièce le rythme d'un adagio. Puis, elle s'arrangea
de façon que le concert ne nous laissât plus un instant
pour causer. Elle regardait devant elle, se donnant
l'apparence d'être absorbée dans la musique; mais le
flot de carmin qui montait à ses joues démentait son
affectation. Lorsque, enfin, elle consentit à reconnaître
que j'avais joui assez longtemps du programme et que
nous nous levâmes pour quitter la chambre, elle vint
droit à moi et me dit, sans lever les yeux:

« Monsieur West, vous dites que j'ai été bonne pour
vous; je n'en suis pas aussi persuadée. Mais si vous

persistez à le croire, promettez-moi de ne pas essayer
de nouveau de me faire dire ce que vous m'avez
demandé ce soir, et promettez-moi aussi de n'inter-
roger aucune autre personne à ce sujet, ni mon père
ni ma mère, par exemple. »

A cet appel, il n'y avait qu'une réponse possible.

« Je vous le promets, mademoiselle, et pardonnez-
moi de vous avoir fait de la peine, dis-je. Je ne vous
aurais jamais questionnée, si j'avais pu prévoir que
cela vous chagrinerait. Mais ne trouvez-vous pas ma
curiosité un peu justifiée ?

— Certainement, aussi je ne vous en blâme nullement.

— Et, un jour peut-être que je ne vous tourmenterai
pas, ajoutai-je, puis-je espérer que vous me le direz
de vous-même ?

— Peut-être, murmura-t-elle.

— Peut-être, seulement ? »

Puis, levant les yeux, elle me jeta un regard rapide,
et profond.

« Oui, dit-elle, je crois que je finirai par vous le
dire un jour. »

Et ce fut la fin de notre conversation, car elle ne me
laissa pas le temps d'en dire davantage.

Je crois que, ce soir-là, le docteur Pillsbury lui-
même eût été impuissant à me procurer le sommeil.
Depuis quelques jours, le mystère avait été ma nourriture ordinaire, mais rien ne m'avait encore intrigué
comme celui dont Edith me suppliait de ne pas rechercher la clef. C'était un double mystère. D'abord, comment concevoir qu'elle pût connaître un secret concer-
nant ma personne, moi, revenant d'un siècle évanoui ?
Puis, même en admettant que cela fût, comment expli
quer l'émotion qui s'emparait d'elle, dès qu'il en était
question ?

Il est des énigmes si compliquées qu'on ne hasarde
même pas l'hypothèse d'une solution. Celle-ci é ait

du nombre. En général, j'ai l'esprit trop pratique pour perdre mon temps à deviner des rébus : mais un rébus incarné dans une délicieuse jeune fille a beau être compliqué, il n'en est pas moins fascinant. Sans doute ce joli carmin qui monte à un front virginal raconte aux hommes de tous les siècles et de tous les pays le même secret ; mais attribuer à un motif de ce genre la rougeur d'Edith, que je connaissais si peu, étant donné surtout que le mystère remontait aux temps avant notre rencontre, c'eût été de ma part une fatuité intolérable. Et pourtant, Edith était un ange, et il eût fallu ne pas être un jeune homme pour que la raison pût bannir cette nuit-là, de mon sommeil, les beaux rêves de roses et d'or.

XXIV

Le lendemain, je descendis de bon matin, dans l'espoir de rencontrer Edith seule ; mais je fus déçu dans mon espérance. Ne la trouvant pas dans la maison, je la cherchai dans le jardin ; elle n'y était pas davantage. Au cours de mes pérégrinations, je visitai la chambre souterraine et m'y reposai un instant. Sur la table se trouvaient quelques revues et quelques journaux ; il me vint à l'esprit que le docteur Leete serait curieux de parcourir un journal de Boston de l'an 1887, et j'en emportai un.

Je rencontrai Edith à déjeuner. Elle rougit en m'apercevant, mais semblait être entièrement maîtresse d'elle-même. Le docteur s'amusa beaucoup à lire le journal que je lui avais apporté ; comme dans toutes les autres feuilles de cette époque, il y était beaucoup question de grèves, de désordres ouvriers, de boycottage, de programmes, de menaces anarchiques, etc.

« A propos, dis-je au docteur, qui venait de lire à haute voix quelques-uns de ces passages, quelle part les adeptes du drapeau rouge ont-ils prise à l'établissement du nouvel ordre de choses ? Je me souviens qu'aux dernières nouvelles ils faisaient beaucoup de tapage.

— Ils n'ont rien fait que tâcher d'en empêcher l'établissement, répliqua le docteur ; ils s'acquittèrent très bien de cette tâche, tant qu'ils durèrent, car leurs discours inspiraient tant de dégoût, que les meilleurs projets de réforme sociale ne trouvaient plus d'auditeurs. Une des manœuvres les plus habiles de la réaction fut de subventionner ces gens-là.

— Les subventionner ? demandai-je non sans étonnement.

— Certainement, répliqua le docteur. Aujourd'hui, aucun historien sérieux ne met en doute qu'ils ne fussent payés par les détenteurs des grands monopoles, pour agiter le drapeau rouge, pour parler de pillage et d'incendie, le tout afin d'alarmer les timides et d'empêcher toute réforme sérieuse. Ce qui m'étonne le plus, c'est que vous soyez tombés dans le piège si naïvement.

— Quelles raisons avez-vous de supposer que le parti rouge recevait des subsides ? demandai-je.

— Simplement parce qu'ils doivent s'être aperçus que, pour un ami, ils faisaient, par leur politique, mille ennemis des réformes sociales. Supposer qu'ils n'étaient pas payés pour cela, serait les taxer d'une folie inconcevable (1). Aux Etats-Unis, moins que dans tout autre pays, aucun parti ne pouvait espérer arriver

1. J'admets qu'il est difficile d'expliquer autrement la conduite des anarchistes, et cependant l'opinion qu'ils étaient aux gages des capitalistes paraît dénuée de fondement. (*L'auteur.*)

à ses fins avant de gagner à ses idées la majorité de le nation, ainsi que le fit le parti national.

— Le parti national ? m'écriai-je ; il a dû se former après mon temps ; je suppose que c'était un parti ouvrier ?

— Nullement, répliqua le docteur. Les partis ouvriers, réduits à leurs seules forces, n'auraient jamais pu accomplir quelque chose de grand, ni de durable. Leurs bases étaient trop étroites pour y fonder des projets d'une portée nationale. Ce n'est que lorsque le remaniement du système social et industriel sur une base morale et dans le but d'une production plus efficace des richesses fut reconnu comme l'intérêt, non d'une seule classe, mais de toutes les classes de la société — riches et pauvres, jeunes et vieux, instruits et ignorants, hommes et femmes — c'est alors seulement qu'il y eut des chances de réussir dans l'œuvre de réforme. C'est alors que survint le parti national, pour l'exécuter selon les méthodes politiques. Ce nom fut probablement adopté parce que le but du parti était de « nationaliser » les fonctions de production et de distribution. En fait, aucun autre nom ne lui eût convenu ; son programme n'était-il pas de réaliser le concept de la nation avec une grandeur et une plénitude qu'on n'avait pas soupçonnées auparavant, non plus comme une association d'hommes en vue de certaines fonctions politiques qui ne touchaient que de très loin et très superficiellement à leur bonheur, mais comme une famille, une vie en commun, un arbre géant, effleurant le ciel, et dont les feuilles sont les hommes, nourris de la sève et la nourrissant à leur tour ? C'était le parti patriotique par excellence ; il cherchait à justifier le patriotisme, en l'élevant de la nature d'un instinct à la hauteur d'un dévouement rationnel, en faisant du sol natal une vraie patrie, une mère qui fit vivre le peuple, et non une idole pour laquelle il dût mourir. »

XXV

La personnalité d'Edith m'avait, comme de juste, vivement impressionné depuis le jour où j'étais devenu, d'une si singulière façon, l'hôte de son père; après ce qui s'était passé la veille, il était naturel que je fusse plus que jamais préoccupé d'elle. Ce qui la caractérisait, ce qui m'avait le plus frappé en elle dès l'origine, c'était une droiture sereine et une franchise ingénue, qui semblaient plutôt l'apanage d'un jeune homme de sentiments nobles et innocents que d'une jeune fille. J'étais curieux de savoir dans quelle mesure cette qualité lui était personnelle, et jusqu'à quel point elle pouvait résulter des changements qui s'étaient opérés dans la position sociale de la femme, depuis le dix-neuvième siècle. Je saisis le moment où je me trouvai seul avec le docteur Leete, pour diriger la conversation sur ce sujet.

« Je suppose, lui dis-je, que les femmes d'aujourd'hui, étant débarrassées du fardeau du ménage, n'ont d'autres occupations que la culture de leurs charmes et de leur grâce naturelle?

— En ce qui nous concerne, nous autres hommes, reprit le docteur, nous trouverions (pour me servir d'une de vos expressions) qu'elles payeraient amplement leur place au soleil si elles se confinaient dans ce rôle ; mais, soyez sûr qu'elles ont beaucoup trop d'amour-propre pour consentir à être exclusivement les obligées de la société, fût-ce même en récompense de la parure qu'elles lui apportent. Assurément, elles saluèrent avec enthousiasme le système coopératif, qui les délivrait des soins du ménage, non seulement parce qu'ils étaient fatigants en eux-mêmes, mais

encore parce qu'ils constituaient un véritable gaspillage d'énergie. Mais elles n'acceptèrent d'être relevées
de ces sortes de travaux qu'à la condition de pouvoir
contribuer, par d'autres moyens plus efficaces et plus
agréables, à la prospérité commune. Nos femmes sont
membres de l'armée industrielle au même titre que
les hommes; elles ne la quittent que lorsque leurs
devoirs de maternité les] réclament. Il en résulte que
la plupart finissent par servir, à l'une ou l'autre époque de leur vie, pendant cinq, dix ou quinze années,
tandis que les femmes sans enfants accomplissent la
durée complète du service.

— Ainsi la femme ne quitte pas nécessairement le
service industriel dès qu'elle se marie?

— Pas plus que l'homme, répliqua le docteur. Et
pourquoi donc le quitter? Actuellement les femmes
mariées sont affranchies de la responsabilité des
ménagères, et un mari n'est] pas un enfant qui ait
besoin d'une bonne. »

Je repris :

« On regardait comme un des traits les plus regret-
tables de notre civilisation le travail excessif que nous
exigions des femmes; mais il me semble que vous tirez
encore plus d'elles que nous ne faisions. »

Le docteur répondit en riant :

« En effet, tout comme des hommes. Et cependant
les femmes de notre siècle sont très heureuses, et celles
du dix-neuvième siècle, à moins que les renseignements
que nous possédons à leur égard ne soient erronés,
menaient une existence bien misérable. La raison pour
laquelle les femmes, tout en étant pour nous de si
excellentes collaboratrices, sont si satisfaites de leur
sort, c'est tout simplement que, dans l'organisation de
leur travail, comme dans celle du travail masculin, nous
appliquons le principe de donner à chacun le genre
d'occupation qui lui convient le mieux. Les femmes
étant plus faibles physiquement que les hommes et

plus mal organisées pour certains genres d'industries, on tient compte de ces données dans le choix des travaux qui leur sont réservés et dans les conditions de ce travail. Partout les tâches les plus lourdes sont exécutées par les hommes, les moins fatigantes par les femmes. Dans aucun cas on ne permet à une femme de prendre un emploi qui ne soit absolument approprié aux exigences de son sexe, par son caractère comme par l'intensité de l'effort exigé. En outre, leurs journées de travail sont beaucoup plus courtes que celles des hommes ; on leur accorde de fréquents congés et tout le repos nécessaire à leur santé. Les hommes de notre époque comprennent si bien que la beauté et la grâce de la femme sont le plus grand charme de leur vie et le principal stimulant de leur activité, que s'ils permettent à leurs compagnes de travailler, c'est uniquement parce qu'il est reconnu qu'un certaine quantité de travail régulier, d'un genre adapté à leurs moyens, leur est salutaire pour le corps et pour l'esprit pendant la période de la plus grande vigueur physique. Nous croyons que la santé florissante de nos femmes, qui les distingue de celles de votre temps, est due, en grande partie, à ce qu'elles ont toutes des occupations salubres et qui les intéressent.

— D'après ce que vous venez de me dire, j'ai compris que la femme fait partie de l'armée industrielle ; mais comment peut-elle être régie par le même système de promotion et de discipline que les hommes, alors que les conditions de son travail sont si différentes ?

— Elles obéissent à une discipline entièrement différente, répondit le docteur, et constituent plutôt une force alliée qu'une partie intégrante de l'armée masculine. Elles ont un général en chef femme, et vivent sous un régime exclusivement féminin. Ce général, ainsi que les officiers supérieurs, sont choisis dans la catégorie des femmes qui ont terminé leur service, de la même façon que sont élus les chefs dans l'armée masculine et le président de la nation. La générale de l'armée féminine a un siège dans le cabinet du président; elle peut opposer son veto à toutes mesures relatives au travail des femmes, sauf appel au congrès. J'ai oublié de vous dire, en parlant de la magistrature, que nous avons, à côté des juges masculins, des juges femmes nommés par leur générale. Les affaires où les deux parties appartiennent au sexe féminin sont jugés par des magistrats femmes; dans les contestations entre hommes et femmes, le verdict doit être rendu par deux juges appartenant aux sexes différents.

— Ainsi, la femme semble organisée, dans votre système, comme une sorte d'*imperium in imperio*? dis-je.

— Jusqu'à un certain point, répliqua le docteur; mais cet empire intérieur est de telle nature, vous l'admettrez, qu'il n'offre pas un grand danger pour la nation. L'une des innombrables bévues de votre société était de ne pas reconnaître, en pratique, l'individualité distincte des deux sexes. L'attraction passionnelle, entre hommes et femmes, a trop souvent empêché de voir les profondes différences qui, sur tant de points, rendent les deux sexes étrangers l'un à l'autre. C'est en donnant libre jeu aux différences de sexe, plutôt qu'en cherchant à les oblitérer, ainsi que s'efforçaient de le faire quelques réformateurs de votre époque, que l'on peut à la fois sauvegarder le bonheur particulier de chaque sexe et l'attraction que chacun d'eux exerce sur l'autre. De votre temps, il n'y avait pas de carrière pour les femmes, à moins qu'elles n'entrassent dans la voie peu naturelle d'une concurrence avec les hommes. Nous leur avons créé un monde à part, avec ses émulations, ses ambitions, ses professions, et je vous assure qu'elles s'en trouvent fort bien. Il nous semble que les femmes étaient à plaindre entre toutes les victimes de votre civilisation. Même à si longue distance, nous nous sentons pénétrés de commisération au spectacle de leurs vies ennuyées et atrophiées, arrêtées par le mariage, par l'horizon étroit que bornaient matériellement les quatre murs de leur maison, moralement un cercle mesquin d'intérêts personnels. Je ne parle pas seulement ici des classes les plus pauvres, où la femme était presque toujours abrutie et lentement tuée par un travail excessif; je parle aussi des classes aisées et même riches. Pour se consoler des grands chagrins, ainsi que des petits ennuis de la vie, elles ne pouvaient se réfugier dans l'atmosphère vivifiante du monde extérieur; les seuls intérêts qui leur fussent permis étaient ceux de la famille. Une pareille existence eût réussi à ramollir le cerveau des hommes ou à les rendre fous. Aujourd'hui, tout cela est changé. On n'entend plus des femmes regretter de n'être pas des hommes, ni des parents souhaiter avoir des garçons plutôt que des filles. Nos filles ont, autant que nos fils, l'ambition d'arriver. Le mariage ne signifie plus pour elles la prison, et ne les sépare pas davantage des grands intérêts de la société, de la vie affairée du monde. Ce n'est qu'au moment où la maternité éveille, dans l'esprit de la femme, des soucis nouveaux, qu'elle se retire du monde pour un temps. Plus tard, quand elle le veut, elle vient reprendre sa place parmi ses camarades, sans perdre jamais le contact avec elles. En un mot, la femme est aujourd'hui plus heureuse qu'elle ne l'a jamais été, et distribue plus de bonheur autour d'elle.

— Je me figure, dis-je, que l'intérêt que prennent les jeunes filles à leurs carrières industrielles et leurs ambitions nouvelles doivent avoir pour effet de les détourner du mariage? »

Le docteur Leete sourit.

« N'ayez point d'inquiétude sous ce rapport, monsieur West; le Créateur a pris soin que, malgré toutes les modifications que les hommes et les femmes peuvent introduire dans leur condition respective, l'attraction mutuelle demeure constante et toujours la même. Comment en douter, quand on voit qu'à une époque comme la vôtre, où la lutte pour l'existence devait absorber toutes les pensées, où l'avenir semblait si incertain qu'il paraissait presque criminel d'assumer les responsabilités de la paternité, que même à cette époque, dis-je, on n'ait pas discontinué de prendre et de donner des femmes en mariage! Quant à l'amour, un de nos auteurs prétend que le vide laissé dans l'esprit des hommes et des femmes, par l'absence des soucis journaliers, a été entièrement rempli par l'amour. Je vous prie de croire que c'est une légère exagération. Du reste, le mariage est si peu un obstacle dans la carrière d'une femme, que les plus hautes positions dans l'armée féminine sont exclusivement réservées à celles qui ont été épouses et mères, parcequ'elles seules représentent leur sexe, dans toute sa dignité.

— Les cartes de crédit sont-elles distribuées aux femmes comme aux hommes?

— Naturellement.

— Mais, en raison des interruptions fréquentes dans leur travail, je suppose que le crédit qui leur est alloué est moins important que le vôtre?

— Moins important! s'écria le docteur. Non pas. Il n'y a de différence pour personne; s'il y en avait une à faire, ce serait en faveur des femmes. Quel service présente plus de titres à la gratitude nationale, que celui de mettre au monde et d'élever des enfants pour la patrie? Selon nous, personne ne mérite mieux du pays que de bons parents. Il n'est pas de tâche moins égoïste, plus désintéressée (bien que le cœur y trouve sa récompense), que d'élever des enfants qui prendront notre place quand nous ne serons plus de ce monde.

— D'après ce que vous me dites, la femme ne dépend plus du mari pour son entretien?

— Cela va sans dire, répliqua le docteur, et il en est de même des enfants par rapport à leurs parents; je ne parle que des moyens d'existence, non des soins d'affection. Lorsque l'enfant sera grand, le fruit de son

travail enrichira le fonds commun et non ses parents,
qui seront morts. Il est donc juste qu'il soit entretenu
aux frais de l'État. Chaque personne, femme, homme
ou enfant, est en compte direct avec la nation, sans
intermédiaire, sauf le rôle de tutelle des parents.
Comme membre de la nation, tout individu a le droit
d'être entretenu par elle; qu'importent, à cet égard,
des relations de parenté ou d'alliance avec d'autres
membres de la même association? Faire dépendre une
personne d'une autre, pour ses moyens de subsistance,
serait contaire au sens moral, ainsi qu'à toute théorie
sociale rationnelle. Et que deviendraient, sous un
régime pareil, la liberté et la dignité personnelles? Je
sais bien que vous vous considériez comme libres au
dix-neuvième siècle. Mais le mot ne pouvait avoir alors
le même sens qu'aujourd'hui, sans quoi vous n'auriez
pas songé à l'appliquer à une société dont chaque
membre, pour ainsi dire, était placé vis-à-vis d'autres
personnes dans un rapport d'étroite et humiliante
dépendance, le pauvre dépendant du riche, l'employé
du patron, la femme du mari, l'enfant de ses parents.
Au lieu de répartir les produits de la nation directement entre ses membres, comme l'exigent la nature et
le bon sens, on dirait que vous vous êtes ingéniés à
découvrir un système compliqué de distribution, de la
main à la main, entraînant le maximum d'humiliation
personnelle pour tous ses bénéficiaires. Quant à la
dépendance matérielle de la femme vis-à-vis de l'homme,
qui était dans vos mœurs, peut-être dans le cas d'un
mariage d'inclination l'amour mutuel le rendait-il
supportable; cependant il devait toujours y avoir là
quelque chose d'humiliant pour celles qui avaient le
cœur haut placé. Mais, que dire des cas innombrables
où la femme, avec ou sans mariage, était forcée de se
vendre pour vivre? Vos contemporains mêmes, si
aveugles aux laideurs les plus révoltantes de leur état
social, paraissent avoir compris cette injustice. Mais,

c'est par pitié seulement qu'ils déploraient le sort de la femme. Ils ne sentaient pas qu'il y avait autant de duperie que de cruauté dans l'accaparement par l'homme de tous les produits du globe, tandis que la femme devait ramper et mendier pour obtenir sa part. Mais, monsieur West, je m'emballe, comme s'il n'y avait pas plus de cent ans que tout cela est passé, et comme si vous étiez responsable de tout ce que vous déploriez, sans doute, aussi vivement que moi.

— Il faut bien que je supporte ma part de responsabilité dans l'état du monde d'alors, répondis-je; tout ce que je puis dire, comme circonstance atténuante, c'est qu'avant que la nation fût mûre pour le système actuel de production et de distribution organisées, aucune amélioration, sérieuse dans la condition de la femme, n'était possible. La raison de son infériorité, c'était, comme vous le dites vous-même, sa dépendance matérielle vis-à-vis de l'homme, et je ne vois pas d'autre organisation qui pût, à la fois, affranchir la femme de l'homme et affranchir les hommes les uns des autres. Je suppose qu'un changement aussi radical dans la condition des femmes a dû se traduire par quelques modifications dans les relations sociales des deux sexes. Ce sera pour moi le sujet d'une étude intéressante.

— Ce qui vous frappera peut-être le plus, dit le docteur, c'est l'entière franchise, l'absence de contrainte qui caractérisent actuellement ces relations, et qui contrastent avec les façons artificielles et hypocrites de votre temps. On se rencontre dorénavant d'égal à égal et, si l'on se courtise, c'est par amour seulement. Autrefois, comme la femme dépendait de l'homme pour son entretien, tout le profit matériel du mariage était pour elle. Cette vérité était brutalement avouée dans les classes ouvrières, tandis que, dans le monde policé, elle était palliée et comme dissimulée sous un système de conventions, dont le but était de

faire croire précisément le contraire, à savoir que
l'homme était l'avantagé. Pour soutenir cette convention, il paraissait essentiel qu'il jouât toujours le rôle
de prétendant. Aussi rien n'était considéré comme plus
choquant de la part d'une femme que de trahir ses
sentiments pour un homme, avant qu'il eût manisfesté
le désir de l'épouser. Oui, nous avons dans nos bibliothèques des livres du dix-neuvième siècle, consacrés
uniquement à l'examen de cette question : une femme
peut-elle, dans des circonstances exceptionnelles,
prendre les devants et révéler son amour, sans
compromettre son sexe? Tout cela nous paraît singulièrement absurde, et cependant, nous comprenons
qu'étant données vos mœurs le problème avait son côté
sérieux. Car, lorsqu'une femme, en parlant d'amour à
un homme, l'invitait, pour ainsi dire, à assumer le
fardeau de son entretien, on conçoit que la fierté et la
délicatesse aient pu entraver les élans du cœur. Quand
vous irez dans notre monde, monsieur West, préparez-
vous à être bombardé de questions à ce sujet, par nos
jeunes gens, qui prennent naturellement un intérêt
tout particulier à ce trait curieux des vieilles mœurs.

— Ainsi les jeunes filles du vingtième siècle parlent
d'amour les premières?

— S'il leur plaît ainsi; elles ne se donnent pas plus
de mal pour cacher leurs sentiments que ne font leurs
prétendants. La coquetterie est aussi méprisée chez
l'homme que chez la femme. La froideur affectée trom-
pait rarement vos amoureux; elle les égarerait absolument de nos jours, tant cet artifice est tombé en désué-
tude,

— Une des conséquences de l'émancipation de la
femme, dis-je, que je devine tout seul, c'est qu'il ne
doit plus y avoir que des mariages d'inclination.

— Cela va sans dire, répliqua le docteur,

— Une société où il n'y a que des mariages d'amour!
oh! ciel! docteur, vous ne sauriez imaginer l'étonnement

d'un homme du dix-neuvième siècle qui entend parler
d'un phénomène pareil !

— Je le devine jusqu'à un certain point, dit le docteur,
mais, ce fait a peut-être une signification plus profonde
encore que vous ne pensez. Il signifie que, pour la première fois, dans l'histoire de l'humanité, le principe de
la sélection sexuelle, avec sa tendance à conserver et à
perpétuer les meilleurs types de l'espèce et à éliminer
les types inférieurs, ne rencontre plus d'obstacles qui
contrarient son action. La misère, le désir d'un chez soi
ne déterminent plus les femmes à donner comme pères
à leurs enfants des hommes qu'elles ne peuvent ni
aimer, ni respecter. L'argent et le rang social ne détour-
nent plus l'attention des qualités personnelles. Les
louis ne parent plus le front étroit des sots. Les dons
personnels : esprit, caractère, beauté, éloquence, générosité, courage, sont sûrs d'être transmis à la postérité.
Chaque génération passe à travers un crible plus serré
que le précédent. Les vertus qui attirent la nature
humaine sont conservées, les vices qui l'éloignent sont
stérilisés. Sans doute, beaucoup de nos femmes mêlent
la vanité à l'amour et cherchent à faire de beaux mariages ; mais même alors, elles ne cessent pas d'obéir à
la loi naturelle, car on n'appelle plus de nos jours *un
beau mariage* épouser une fortune ou un titre, mais
épouser un homme qui s'est élevé au-dessus des autres
par l'éclat ou la solidité des services rendus à l'humanité. Ce sont eux qui constituent, aujourd'hui, la seule
aristocratie dont l'alliance puisse enorgueillir. Vous
parliez, l'autre jour, de la supériorité physique de
notre race, comparée à celle de vos contemporains.
Une cause de ce progrès, plus efficace que toutes les
autres, ç'a été l'action ininterrompue du principe de la
sélection sexuelle sur les qualités de deux ou trois
générations successives. Quand vous aurez fait une
étude plus approfondie de notre société, vous y constaterez un progrès intellectuel et moral aussi bien qu'un

progrès physique. Comment en serait-il autrement, puisque non seulement une des grandes lois de la nature travaille librement au salut de la race, mais qu'un profond sentiment moral y collabore? L'individualisme, qui de vos jours, était l'âme de la société, était non seulement fatal à tout sentiment de fraternité hu-humaine, mais encore au sentiment de responsabilité du vivant envers la génération à venir. Aujourd'hui, ce sentiment de la responsabilité, méconnu autrefois, est devenu, par excellence, la loi morale de l'époque; une conviction intense du devoir renforce l'instinct naturel qui pousse à rechercher, dans le mariage, ce qu'il y a de plus beau et des plus noble dans l'autre sexe. Aussi, pas un des stimulants que nous avons imaginés pour développer l'industrie, le talent, le génie, la perfection en tous genres, pas un, dis-je, n'est comparable à celui qu'exercent les femmes qui jugent le combat, se réservant elles-mêmes en récompense au vainqueur. Il n'y a guère de célibataires de nos jours que ceux qui n'ont pas su s'acquitter dignement des devoirs de la vie. Il faut qu'une femme ait du courage, et un bien triste courage, lorsque, par pitié pour l'un de ces infortunés, elle défie l'opinion publique au point de l'accepter pour mari. C'est son sexe surtout qui la juge sévèrement. Nos femmes se sont élevées à toute la hauteur de leur sentiment de responsabilité, comme gardiennes du monde futur, à qui sont confiées les clefs de l'avenir. Leur sentiment du devoir sur ce point confine à un instinct religieux. C'est un culte auquel elles initient leurs filles dès l'enfance. »

Après être rentré dans ma chambre cette nuit, je restai à lire un roman de Berrian, que le docteur Leete m'avait prêté, et dont le sujet rappelait la fin de sa conversation sur la responsabilité des procréateurs. Imaginez ce sujet traité par un romancier du dix-neuvième siècle ; il se fût attaché à exciter la sympathie maladive du lecteur en faveur de l'égoïsme sentimental des amants et sa révolte contre la loi non écrite qu'ils outragent. Tout autre est le point de vue de *Ruth Elton*. Mais qui n'a pas lu ce chef d'œuvre? Qui ne se souvient de l'éloquence entraînante avec laquelle Berrian développe ce thème: « Sur ceux qui vont naître, notre pouvoir est comme celui de Dieu; notre responsabilité envers eux est pareille à la sienne envers nous. Puisse-t-il nous traiter ainsi que nous les traitons nous-mêmes! »

XXVI

Si jamais personne fut excusable d'avoir oublié les jours de la semaine, c'était moi. Je crois que si l'on m'avait raconté que le mode de supputation du temps était entièrement changé, qu'au lieu de sept jours, la semaine en comptait cinq, dix ou quinze, je l'aurais cru sans la moindre surprise après tout ce que j'avais déjà vu et entendu du vingtième siècle. La première fois que je me préoccupai de savoir le jour de la semaine, ce fut le lendemain, à déjeuner; le docteur me demanda si j'avais envie d'entendre un sermon.

« C'est donc dimanche aujourd'hui? m'écriai-je.

— Oui! fut la réponse. C'est l'autre vendredi que nous avons fait l'heureuse découverte de la chambre souterraine à laquelle nous devons le plaisir de votre société. Vous vous êtes réveillé pour la première fois samedi, un peu après minuit et, pour la seconde fois, dimanche après midi, en pleine possession de vos facultés.

— Ainsi, vous célébrez encore toujours le dimanche et vous avez encore des sermons? dis-je. Nous avions des prophètes qui annonçaient que l'un et l'autre usage seraient abolis, longtemps avant l'époque où vivons. Je suis curieux de savoir comment l'église

s'accorde avec le reste de votre organisation. Sans
doute, vous avez une manière d'Église nationale avec
des prêtres officiels? »

Le docteur éclata de rire, et Mme Leete, ainsi qu'Edith,
paraissait beaucoup s'amuser.

— « Oh! monsieur West, dit la jeune fille, quelles
drôles de gens nous devons vous paraître ! Dès le dix-
neuvième siècle, vous en aviez assez des Églises nationales, et vous vous figurez que nous les avons réta-
blies ?

— Mais comment concilier l'existence d'églises privées et d'un clergé indépendant avec l'attribution à
l'État de tous les édifices et le service industriel obligatoire? répondis-je.

— Les pratiques religieuses ont naturellement beaucoup changé depuis cent ans, répliqua le docteur,
mais, fussent-elles restées invariables, notre système
social s'en accommoderait parfaitement. La nation fournit à toute personne ou association de personnes la
jouissance des édifices sacrés, moyennant un loyer, et
tant que le locataire paie son terme, il reste en
jouissance de l'immeuble. Quant aux prêtres, s'il se
trouve un groupe de personnes qui désirent s'assurer
les services particuliers d'un individu, en dehors du
service général de la nation, elles peuvent se les procurer (avec le consentement de l'intéressé) de la même
façon dont nous nous procurons nos éditeurs, je veux
dire, en indemnisant la nation, au moyen de leur carte
de crédit, pour la perte, ainsi occasionnée. à l'industrie générale. L'indemnité payée à la nation, pour
l'individu, correspond au salaire payé, de votre temps, à
l'individu lui-même et les applications variées de ce système laissent libre jeu à l'initiative privée, dans tous
détails auxquels le contrôle national n'est pas applicable.—J'en reviens à notre sermon. Si vous désirez en
entendre un aujourd'hui, vous pouvez, à votre aise, ou
aller à l'église, ou rester à la maison.

13

— Entendre un sermon, en restant chez moi ?

— Vous n'avez qu'à nous suivre dans la chambre à musique et à choisir un fauteuil ! Il y a encore des gens qui préfèrent entendre les sermons à l'église ; mais la plupart de nos prédications, de même que nos auditions musicales, ont lieu dans des locaux acoustiques, reliés par des fils téléphoniques aux maisons des abonnés. Je vois dans le journal que M. Barton prêchera ce matin, et il ne prêche que par téléphone : son auditoire s'élève souvent à 150.000 personnes !

— Quand ce ne serait que pour la nouveauté de la chose, je serais bien aise d'entendre une bonne parole dans ces conditions, » repondis-je.

Une heure ou deux plus tard, Edith vint me chercher dans la bibliothèque, et je la suivis dans la chambre à musique, où M. et Mme Leete attendaient. Nous venions à peine de nous installer, quand une cloche sonna, et quelques minutes après, on entendit comme la voix d'un personnage invisible, parlant au diapason d'une conversation ordinaire. Voici ce que dit cette voix :

Sermon du révérend Barton.

« Nous avons parmi nous, depuis la semaine dernière, un critique du dix-neuvième siècle, un représentant en chair et en os de l'époque de nos arrière-grands-parents. Il serait singulier qu'un fait aussi étrange n'eût pas fortement impressionné notre génération. Beaucoup d'entre nous ont trouvé dans cet événement une occasion toute naturelle de reconstituer par la pensée la société d'alors, de se figurer ce que devait être la vie à cette époque. En vous proposant d'écouter quelques réflexions que j'ai faites à ce sujet, je crois donc suivre, plutôt que déranger le cours spontané de vos pensées. »

A ces mots, Edith chuchota quelques mots à l'oreille de son père ; il fit un signe d'assentiment, se tourna vers moi et me dit : « Monsieur West, ma fille prétend que vous éprouverez peut-être quelque gêne à écouter un discours sur le thème qu'on vient de nous indiquer. Voulez-vous qu'on vous mette en communication avec un autre prédicateur ?

— Non, non, au contraire, dis-je. Je suis on ne peut plus curieux d'entendre ce que va nous dire M. Barton.

— Comme il vous plaira, » répliqua mon hôte.

Pendant que son père me parlait, Edith avait touché un bouton, et la voix de l'orateur avait soudain cessé. Maintenant, elle touchait un autre bouton, et la voix grave et sympathique qui m'avait déjà si agréablement impressionné, emplit de nouveau la chambre.

« J'ose affirmer qu'il y a au moins un sentiment commun qu'a fait naître dans nos cœurs ce regard rétrospectif : c'est l'étonnement plus profond que jamais devant les changements prodigieux que le court espace d'un siècle a suffi à produire dans les conditions matérielles et morales de l'existence humaine. Je n'insisterai pas sur le contraste entre la misère où étaient plongés alors la nation et le monde entier et le bien-être dont ils jouissent aujourd'hui ; après tout, la différence était peut-être aussi grande entre l'Amérique du dix-septième siècle et celle du dix-neuvième, entre l'Angleterre de Guillaume le Conquérant et celle de la Reine Victoria.

« C'est en considérant le côté moral de la révolution, que nous nous trouvons en présence d'un phénomène sans précédent dans l'histoire, si loin que nous puissions remonter. Certes on serait excusable de s'écrier : « Voici enfin un miracle ! »

« Et cependant, le premier moment de surprise passé, si l'on examine d'un œil critique ce soi-disant prodige, on s'aperçoit qu'il ne tient nullement du pro-

dige, encore moins du miracle, et qu'il n'est même
pas nécessaire, pour expliquer le phénomène, de supposer une renaissance morale de l'humanité, ou une
destruction générale des méchants ; il trouve son explication, la plus simple, dans la réaction produite
sur la nature humaine par un milieu renouvelé. En
d'autres termes, à une forme de société fondée sur les
principes de l'égoïsme et qui ne faisait appel qu'au
principe brutal, antisocial de la nature humaine, on
a substitué des institutions basées sur le véritable intérêt, l'altruisme rationnel, et faisant appel aux instincts
généreux et sociables de l'humanité.

« Mes amis, si l'envie vous prenait de voir les hommes redevenir les bêtes féroces du dix-neuvième siècle,
vous n'auriez qu'à rétablir l'ancien régime social et
industriel, qui leur enseignait à considérer leurs semblables comme leur proie naturelle, et à trouver leur
profit dans la perte d'autrui. Sans doute, vous vous
dites qu'aucune nécessité, si puissante qu'elle fût,
n'aurait jamais pu vous décider à vous prévaloir de
votre supériorité physique ou intellectuelle pour
dépouiller vos concitoyens également nécessiteux. Mais
supposez qu'il ne s'agisse pas de votre seule existence
à vous même. Je sais que parmi nos ancêtres, il a dû
s'en trouver plus d'un qui, plutôt que de se nourrir
de pain, arraché aux autres, eût préféré renoncer à la
vie, s'il ne se fût agi que de la sienne. Mais, il n'en
avait pas le droit : de chères existences dépendaient de
lui. Les hommes aimaient alors comme on aime
aujourd'hui. Dieu sait quel courage il leur fallait
pour créer des enfants ; mais enfin ils en avaient, et
leurs enfants leur étaient, sans doute, aussi chers que
nous sont les nôtres ; il fallait les vêtir, les nourrir, les
élever. Les créatures les plus douces deviennent féroces, lorsqu'il s'agit de trouver la pâture de leurs petits,
et, dans cette société d'affamés, la lutte pour le pain
quotidien exaspérait les sentiments les plus tendres.

Pour faire vivre les siens, il n'y avait pas à hésiter :
l'homme devait plonger dans la lutte impure, il fallait tromper, supplanter, frauder, acheter à bas prix
et vendre le plus cher possible, ruiner le commerce
du voisin, qui n'avait pas d'autre gagne-pain pour sa
famille, il fallait exploiter ses ouvriers, pressurer ses
débiteurs, cajoler ses créanciers. On avait beau chercher et pleurer, il n'y avait pas d'autre moyen
pour gagner son pain et celui des siens, que de prendre la place de quelque concurrent plus faible, et
de lui arracher le pain de la bouche. Les ministres
de la religion eux-mêmes, n'étaient pas exempts de
cette affreuse nécessité. Pendant qu'ils prémunissaient
leurs ouailles contre l'amour de l'argent, ils étaient
forcés, par égard pour leurs familles, de veiller aux
avantages pécuniaires de leur vocation. Ah! les pauvres
gens! Etre astreints de prêcher la générosité, quand
ils savaient qu'en l'exerçant on se vouait à la misère;
recommander des lois de conduite que la loi de légitime défense obligeait tous les jours de violer! En
contemplant le spectacle inhumain de la société, ces
braves gens gémissaient sur la dépravation de la
nature humaine, comme si la créature la plus angélique eût pu conserver sa pureté, dans cette école de
Satan!

« Ah! mes amis, croyez-moi : ce n'est pas dans le
siècle fortuné où nous vivons, que l'humanité révèle
ce qu'il y a de divin dans son essence, mais bien dans
ces jours néfastes, où même l'âpre lutte pour la vie —
lutte où la merci eût été démence — ne parvint pas à
bannir entièrement du cœur humain toute générosité,
toute miséricorde.

« On comprend l'acharnement de ces hommes et de
ces femmes — qui dans d'autres conditions eussent
été animés des sentiments les plus tendres et les plus
sincères — à s'entre-déchirer, dans leur rage de se
procurer de l'argent à tout prix, quand on essaye de se

rendre compte de ce que signifiait alors la pauvreté.
La pauvreté c'était : pour le corps, la faim et la soif,
les tourments de la chaleur et du froid; dans la maladie, l'abandon; pendant la santé, le labeur incessant;
pour la nature morale: l'oppression, le mépris, l'endu-
rance de tous les outrages, les contacts grossiers dès
l'enfance, la perte de toute innocence enfantine, de
toute grâce féminine et de toute dignité virile, enfin,
pour l'esprit, la mort par l'ignorance, la torpeur de
toutes les facultés qui nous distinguent de la brute, la
réduction de la vie à un cercle monotone, de fonctions
physiques. Ah, mes amis! si l'on ne vous offrait que le
choix entre une condition pareille et le succès dans la
course à l'argent, est-ce que vous tarderiez beaucoup
à retomber au niveau moral de vos ancêtres?

« Il y a deux ou trois cent sans, un acte de barbarie fut
commis aux Indes, dans des circonstances particulièrement horribles qui en éterniseront la mémoire, malgré
le petit nombre des victimes. Des prisonniers anglais
furent enfermés dans un local dont l'air n'eût pas suffi
au dixième de leur nombre. Ces malheureux étaient
de braves soldats, de loyaux camarades; mais quand
l'agonie de la suffocation commença à les saisir, ils
oublièrent tout et entamèrent une lutte hideuse, de
chacun pour soi et de tous contre tous, pour se frayer
un chemin vers une des rares fissures, par où rentrait
un souffle d'air! C'était un combat où les hommes
devinrent des brutes, et dont le récit, fait par quelques rares survivants, émut nos ancêtres à un tel
point que, pendant plus d'un siècle, le trou noir de
Calcutta resta, dans leur littérature, comme le symbole
typique des extrémités de la souffrance humaine, dans
toute son horreur physique et morale. Ils ne se dou-
taient guère que le trou noir, avec son troupeau
d'hommes, se déchirant et s'écrasant les uns les autres
pour conquérir une place à la lucarne, deviendrait
pour nous une image frappante de la société du dix-

neuvième siècle; une image à laquelle il ne manque,
pour être entièrement fidèle, que les femmes, les petits
enfants, les vieillards et les infirmes, car là-bas il n'y
avait, du moins, que des hommes, durs à la souffrance.
Quand on pense que l'ancien système social, dont je
viens de parler, régna jusqu'à la fin du dix-neuvième
siècle, et que celui qui existe actuellement nous semble déjà vieux, nous ne pouvons nous empêcher d'être
surpris de la rapidité sans précédent avec laquelle
a du s'opérer un changement aussi éclatant. Mais, si
l'on observe attentivement l'état des esprits pendant
la dernière partie du dix-neuvième siècle, cet étonnement se dissipe dans une grande mesure. Bien qu'on
ne puisse dire d'une façon générale que l'intelligence
véritable régnât à cette époque dans aucun pays, la
génération d'alors était relativement éclairée, comparée
à celles qui l'avaient précédée. Il en résulta une perception plus vive que jamais des maux de la société. Ces
maux avaient été plus cruels, bien plus cruels, pendant les siècles passés. C'était le progrès de l'intelligence populaire, qui faisait toute la différence, de
même que l'aurore révèle des laideurs que les ténèbres
avaient enveloppées. La note dominante de la littérature de cette époque était la compassion pour les pauvres, les malheureux, une indignation contre la ban
queroute de la machine sociale, impuissante à atténuer
la misère humaine. Ces explosions de colère nous
apprennent que les meilleurs de ce temps-là conce-
vaie t, au moins par instants, la hideur morale du
spectacle environnant, et que les plus sensibles trouvaient dans l'intensité de leurs sympathies, une
angoisse presque intolérable.

« Bien que l'idée de l'unité de la famille humaine,
le sentiment réel de la fraternité, ne fût pas chez eux
l'axiome moral qu'ils sont devenus pour nous, il ne
serait pas juste de supposer que nos ancêtres n'aient
rien conçu et senti de semblable. Je pourrais vous lire

plus d'un passage éloquent de leurs écrivains, qui
démontre que cette idée existait très nettement chez
quelques-uns, et, sans doute, à l'état vague, chez beaucoup d'autres; n'oublions pas non plus que le dix-
neuvième siècle était chrétien — du moins de nom —
et le caractère absolument antichrétien de toute l'organisation commerciale et industrielle de la société
devait choquer, dans une certaine mesure, ces préten-
dus fidèles de Jésus-Christ. Quand on se demande
pourquoi, après que la grande majorité des hommes
eut reconnu les abus criants du système social, ils le
tolérèrent quand même, se contentant de discuter
quelques réformes insignifiantes, — on constate une
vérité extraordinaire. Les meilleurs de ces temps-là
étaient sincèrement convaincus que les seuls éléments
stables de la nature humaine, les seuls sur lesquels on
pût fonder un système social, étaient précisément les
penchants les plus pervers. On leur avait enseigné (et
ils croyaient) que la rapacité et l'égoïsme étaient le
ciment nécessaire de l'humanité, que toutes les associations humaines s'écrouleraient le jour où l'on essaye-
rait de réprimer ou d'émousser ces sentiments. En
somme, ils pensaient exactement le contraire de ce
qui nous paraît évident; ils croyaient que c'était
le principe antisocial de l'homme qui constituait la
force cohésive de la société.

« Il semble absurde de croire qu'on ait jamais eu de
pareilles convictions, et, cependant, il est établi histori-
quement que non seulement nos arrière-grands-
parents pensaient ainsi, mais que c'est cette idée qui
est responsable des retards qu'ont subis les réformes
sociales. C'est là tout le secret du pessimisme littéraire de la fin du dix-neuvième siècle, de sa poésie
morose, de son *humour* cynique ! Nos aïeux sentaient
bien que la situation de l'espèce était intolérable, mais
aucun espoir d'un avenir meilleur ne luisait à leurs
yeux. Ils croyaient que l'évolution humaine s'était

échouée dans une impasse, et qu'il n'était plus possible
d'avancer. On peut lire dans nos bibliothèques les
laborieux arguments des penseurs de ces temps-là, par
lesquels ils s'évertuaient à prouver qu'en dépit de la
profonde misère des hommes, pour je ne sais quelle
balance de motifs, il vaut mieux encore être que ne
pas être. Le mépris de soi-même engendrait le mépris
du créateur. La croyance religieuse était partout
ébranlée. A peine quelques pâles et furtives lueurs
s'échappaient d'un ciel voilé de doute et de terreur,
pour éclairer le chaos du monde. Nous sourions à l'idée
que les hommes puissent douter de celui dont ils res-
pirent le souffle et redouter les mains qui les ont
pétris. Mais, souvenons-nous que les enfants, braves
pendant le jour, ont souvent de folles terreurs la nuit.
L'aurore s'est levée depuis ; il est facile au vingtième
siècle de nous croire les enfants de Dieu.

« Je vous ai indiqué brièvement quelques-unes des
causes qui ont préparé l'esprit des hommes à la transformation de l'ordre ancien et la raison de conservation désespérée qui en retarda l'accomplissement.
S'étonner de la rapidité avec laquelle le changement
s'opéra, une fois qu'on en eût entrevu la possibilité,
serait oublier l'effet enivrant de l'espérance sur des
esprits longtemps nourris de désespoir. Le lever du
soleil, après une nuit si longue et si noire, dut être
éblouissant. Du jour où les hommes comprirent
qu'après tout l'humanité n'avait pas été créée pour
rester éternellement naine, mais qu'elle se trouvait au
seuil d'un avatar de progrès illimité, la réaction fut
irrésistible, rien ne put arrêter l'enthousiasme qu'inspirait la foi nouvelle.

« Cette fois, enfin, les hommes ont salué une cause
auprès de laquelle pâlissaient les plus grandes causes
de l'histoire, et comme des millions d'hommes étaient
prêts à mourir pour elle, elle put se passer de
martyrs.

« Un changement de dynastie, dans un petit royaume
du monde d'autrefois, a coûté souvent plus de vies
que la révolution qui remit enfin la race humaine dans
le droit chemin. Sans doute, il ne convient pas à celui
qui jouit des bienfaits de notre siècle resplendissant,
de souhaiter un autre sort ; cependant, j'ai souvent
pensé que j'échangerais volontiers ma part de cet âge
d'or et de sérénité, contre une place dans cette ora-
geuse époque de transition, où des héros enfoncèrent
la porte grillée de l'avenir, et révélèrent aux regards
avides d'une humanité désespérée, — au lieu du mur
d'airain qui barrait sa route, — une perspective de
progrès sans fin, dont la lumière nous éblouit encore.

« Vous connaissez l'histoire de cette révolution, la
dernière, la plus grande et la moins sanglante de
toutes. Dans l'espace d'une génération, les hommes
abandonnèrent les traditions sociales et les pratiques
des barbares ; ils adoptèrent un ordre social digne
d'êtres raisonnables ; renonçant à leurs habitudes
déprédatrices, ils devinrent camarades de travail,
trouvèrent dans la fraternité à la fois le secret du
bonheur et celui de la richesse.

« Qu'aurai-je à manger et à boire? avec quoi
m'habillerai-je ? » Le problème était insoluble tant
que le *moi* était au commencement et à la fin. Lorsque le point de vue individuel fut échangé pour le
point de vue fraternel, lorsqu'on se demanda : « Que
mangerons-*nous*? que boirons *nous*? avec quoi nous
habillerons-*nous* ? » les difficultés s'évanouirent. Pour
la masse de l'humanité, la tentation de résoudre le
premier problème avait abouti à la pauvreté et à la
servitude; mais, dès que la nation devint à la fois
l'unique capitaliste et l'unique patron, non seulement
l'abondance succéda à la pauvreté, mais les derniers
vestiges de la servitude d'homme à homme disparurent de la terre. Le principe de l'esclavage humain,
si fréquemment et si vainement combattu, était enfin

anéanti. Les moyens de subsistance ne furent plus
distribués comme une aumône par l'homme à la
femme, le patron à l'employé, le riche au pauvre ; ils
furent répartis d'un fonds commun, comme autour de
la table d'un père de famille. Il n'était plus possible,
désormais, à un homme, d'utiliser ses semblables,
comme de vils instruments, pour son profit personnel.
L'estime publique fut désormais la seule récompense.
L'arrogance et la servilité disparurent des rapports
sociaux. Pour la première fois, depuis la création,
l'homme se tint droit devant Dieu. Plus de mendiants
et plus d'aumônes. Dans le royaume de la justice, la
charité devint sans emploi. Les dix commandements
devinrent presque superflus, dans un monde où il n'y
avait plus ni tentation pour le voleur, ni prétexte pour
le mensonge, ni place pour l'envie, ni occasion pour la
violence. Le vieux rêve de : Liberté, Egalité, Fraternité, caressé depuis si longtemps, et raillé par tant de
siècles, était enfin réalisé.

« De même que dans l'ancien ordre des choses
l'homme généreux, sensible et juste, se trouvait, par
ces qualités mêmes, placé dans une situation désavan-
tageuse à l'égard de la lutte pour la vie, ainsi dans la société nouvelle la froideur, l'avarice et l'égoïsme, mettent
l'homme à l'index de l'humanité. Maintenant que les
conditions de la vie sont organisées, pour la première
fois, de manière à ne pas développer chez l'homme
ses plus mauvais instincts, maintenant que la
prime qui encourageait l'égoïsme est attribuée au
désintéressement, on est enfin à même de voir ce
qu'est réellement la nature humaine, affranchie des
influences pervertissantes. Les tendances dépravées,
qui avaient obscurci l'essence divine de l'humanité,
disparurent, comme les champignons des souterrains
périssent au grand air. Les qualités nobles s'épanoui-
rent dans une soudaine floraison et, pour la première
fois dans l'histoire, l'humanité fut tentée de s'éprendre

d'elle même. Nous assistons à cette révélation, que ni
les théologiens, ni les philosophes des temps anciens
n'avaient voulu admettre, à savoir que la nature
humaine, dans ses qualités essentielles, est bonne, que
les hommes par leurs penchants naturels sont généreux, compatissants et aimants, animés d'élans divins
vers la tendresse et le sacrifice, puisqu'ils sont l'image
du Créateur, et non sa caricature. L'oppression séculaire, pesant sur les rapports de la vie, n'est point
parvenue à oblitérer le fonds de noblesse qu'il y avait
dans l'espèce, et, affranchie de toute entrave, tel qu'un
arbre courbé qui se redresse, elle reprit, soudain, sa
rectitude naturelle.

« Pour me résumer par une figure, permettez-moi
de comparer l'humanité des temps anciens à un rosier
planté dans un marais, arrosé d'eau croupissante et
respirant, la nuit, les vapeurs empestées d'une rosée
venimeuse. Des générations innombrables de jardiniers s'étaient épuisées en efforts pour le faire fleurir,
mais, à part, çà et là, un bouton mal ouvert, portant
un ver au cœur, leur peine demeurait infructueuse.
D'aucuns prétendaient même que la plante n'était point
un rosier, mais un arbuste nuisible, bon à être déra-
ciné ou brûlé. Cependant, la majorité des horticulteurs
estimaient que l'arbuste appartenait bien à la famille
des roses, mais qu'une tare indélébile empêchait
l'éclosion des boutons. Quelques-uns maintenaient
que l'arbuste était bon, que le terrain marécageux faisait
tout le mal et que, placée dans de meilleures conditions, la plante prospérerait davantage. Mais, ces personnes n'étaient pas des jardiniers de profession ; les
gens de métier les traitaient de théoriciens et de
rêveurs, et la masse se faisait l'écho de ce jugement.
Quelques philosophes prétendaient que, même admis
que la plante pût mieux réussir ailleurs, il y aurait
plus de mérite pour les boutons à fleurir dans un
marais, que sur un terrain favorable : les boutons arrivés

à maturité étaient plus rares, leurs fleurs plus
pâles, sans parfum, mais ils représentaient un plus
grand effort moral, que s'ils avaient fleuri spontanément
dans un jardin.

« Les jardiniers de profession ainsi que les philosophes eurent gain de cause. Le rosier resta enraciné
dans le marais et l'ancien mode de culture continua.
On appliquait, sans cesse, aux racines, de nouveaux
engrais et des recettes variées, dont chacune était
spécialement prônée comme étant la plus efficace
pour détruire les parasites. Cet état de choses dura
longtemps. De temps en temps, les uns croyaient
découvrir une amélioration légère dans l'aspect de
l'arbuste, tandis que d'autres déclaraient qu'il dépé-
rissait. En somme il n'y avait pas de changement
notable. Enfin, dans une année de découragement
général, le projet de transplantation fut remis sur le
tapis et rencontra, cette fois, la faveur du public.
« Essayons! » dit la voix du peuple ; et le rosier de
l'humanité fut transplanté dans une terre douce,
sèche et chaude où il fut baigné par le soleil, caressé
par les étoiles et bercé par le zéphir. On s'aperçut
alors que c'était bien un rosier ; les parasites disparurent et l'arbuste ne tarda pas à être couvert de
fleurs éclatantes, dont le parfum embauma l'univers.

« C'est un gage de la destinée assignée à notre âme,
que ce désir vers la perfection, qui nous fait trouver
insignifiants nos résultats de la veille et toujours plus
éloigné le but à atteindre.

« Si nos ancêtres avaient conçu la possibilité d'un
régime social, où les hommes vivraient dans la confraternité la plus absolue, sans convoitise ni querelle, où,
moyennant une certaine somme de travail proportionné à leur santé et à leurs goûts, ils vivraient sans
plus de soucis du lendemain, que des plantes arrosées
par des sources intarissables, — s'ils avaient pu concevoir un régime pareil, ils eussent cru entrevoir le para-

dis, le ciel, et qu'il ne restait rien à désirer au delà.

« Et nous, nous, qui avons atteint cette cime qu'ambitionnaient leurs regards, nous avons déjà presque oublié — à moins qu'une occasion extraordinaire, comme celle d'aujourd'hui, nous le rappelle — que le sort de l'humanité n'a pas toujours été ainsi. Il nous faut un effort d'imagination pour nous représenter le régime social de nos aïeux ; nous les trouvons grotesques. La solution du problème de la vie matérielle, la disparition du souci et du crime, loin de nous paraître le couronnement de nos efforts, ne semble que le préliminaire de tout véritable progrès. Jusqu'à présent, nous avons seulement secoué une entrave folle et inutile, qui empêchait nos ancêtres de viser au but réel de l'existence. Nous sommes allégés pour la course, voilà tout. Nous sommes comme l'enfant qui vient d'apprendre à se tenir debout. Le jour où l'enfant marche pour la première fois est pour lui un événement ; il s'imagine que c'est un exploit incomparable et cependant, un an plus tard, il a déjà oublié qu'il n'a pas toujours su marcher, son horizon n'a fait que s'élargir. Certes, son premier pas n'en reste pas moins un événement considérable, mais comme point de départ seulement, non comme fin. L'affranchissement matériel de l'humanité au siècle au dernier peut être considéré comme une seconde naissance de l'espèce, qui a fortifié la première. Depuis ce moment, l'homme est entré dans une nouvelle phase de développement spirituel, dans une évolution de facultés plus élevées, dont nos ancêtres soupçonnaient à peine l'existence. Au lieu du profond pessimisme et du découragement lugubre du dix-neuvième siècle, la pensée vivante de notre âge est une conception enthousiaste des bienfaits de notre existence terrestre actuelle, et des horizons illimités qui s'ouvrent à nous. Le perfectionnement physique, intellectuel et moral de l'humanité est reconnu comme but suprême de tous les efforts et de tous les sacrifices.

Pour la première fois, l'humanité a sérieusement entre-
pris de réaliser l'idéal que Dieu mit en elle, et chaque
génération doit l'élever d'un échelon.

« Si vous me demandez ce que j'entrevois, après que
des générations sans nombre auront passé, je répondrai que la route s'ouvre infinie et que son extrémité
disparaît dans la lumière. Car l'homme doit revenir à
Dieu, la demeure céleste, sous deux formes : l'individu
par la mort, l'espèce, par l'accomplissement de son
évolution, lorsque le secret divin caché dans son
germe, aura achevé de se dérouler. Donc, avec une
larme pour le passé ténébreux, tournons-nous vers
l'avenir éblouissant, voilons nos yeux et marchons en
avant. Le long et triste hiver de l'espèce est fini. L'été
commence. L'humanité a dépouillé la chrysalide et les
cieux s'ouvrent devant elle. »

XXVII

Je n'ai jamais pu m'expliquer pourquoi, durant ma
vie d'autrefois, l'après-midi du dimanche m'inspirait
toujours des pensées mélancoliques, éteignant toutes
les couleurs de la nature et projetant sur les objets
comme une ombre d'ennui et de tristesse. Les heures,
que j'accusais toujours d'aller trop vite, me paraissaient, ce jour-là, avoir perdu leurs ailes. Était-ce par
réminiscence de cette habitude anciennement prise ?
Toujours est-il que, malgré le changement si complet
des circonstances, je tombai dans un profond découragement le soir du premier dimanche que je passai au
vingtième siècle. Cette fois, cependant, ma tristesse
pouvait invoquer une cause réelle. J'avais entendu, le
matin, le sermon très éloquent du révérend Barton,

décrivant, en traits de feu, l'énorme gouffre moral qui séparait le dix-neuvième siècle du vingtième; ses paroles sensées et philosophiques sonnaient dans mon âme; je comprenais maintenant, pour la première fois, le sentiment mêlé de pitié, de curiosité et d'aversion que je devais exciter autour de moi, en 'ma qualité de revenant d'une époque abhorrée.

La bonté excessive avec laquelle me traitaient mes hôtes et surtout la gracieuse Edith m'avait empêché jusqu'à présent de réfléchir que leur opinion réelle à mon égard devait, au fond, être la même que celle de toute la génération à laquelle ils appartenaient. Qu'il en fût ainsi du docteur et de son aimable femme, passe encore, quoique j'en éprouvasse un vrai chagrin; mais la pensée qu'Edith partageait elle-même ce sentiment, voilà qui était plus que je ne pouvais endurer. L'effet écrasant que cette révélation produisit sur moi me fit apercevoir clairement ce que le lecteur a peut-être déjà deviné : que j'aimais Edith. Était-ce étonnant? L'occasion d'où naquit notre intimité, le jour où ses mains m'arrachèrent du gouffre de la démence, sa sympathie qui était comme le souffle divin grâce auquel j'avais pu supporter cette existence nouvelle, mon habitude de la regarder comme une sorte de médiatrice entre le monde qui m'entourait et moi-même, toutes ces circonstances avaient préparé un résultat qu'aurait suffi d'ailleurs à produire le charme de sa personne et de son caractère. Il était inévitable qu'elle fût devenue à mes yeux la seule femme de la terre, et cette phrase avait un tout autre sens dans ma bouche que dans celle d'un amant vulgaire. Et maintenant que je me sentais tout à coup pénétré de la vanité de l'espoir que je commençais à caresser, je ressentais non seulement les souffrances habituelles d'un amoureux meurtri, mais, en plus, la sensation d'un isolement, d'un vide affreux, un abandon tel qu'aucun homme avant moi, si malheureux qu'il fût, ne pouvait en avoir éprouvé de pareil. Il est évident que mes hôtes s'aperçurent de mon abattement, et ils firent de leur mieux pour me distraire. Edith, surtout, souffrait de ma peine, je le voyais; mais, selon la perversion habituelle d'un cœur amoureux, ayant eu, un moment, la folie de rêver autre chose, je ne trouvai plus aucune douceur dans une bonté que je savais désormais n'être que de la sympathie.

Après m'être renfermé, pendant la plus grande partie de l'après-midi, dans ma chambre, j'allai, vers la tombée de la nuit, faire un tour au jardin. Le ciel était chargé, l'air chaud et tranquille s'imprégnait de senteurs automnales. Me trouvant près de l'entrée des fouilles, j'entrai dans la chambre souterraine et m'y assis. « Voici, murmurai-je, mon seul et vrai foyer. Restons-y pour n'en plus sortir. » M'aidant du secours des objets familiers qui m'entouraient, je cherchai une triste consolation en évoquant les formes et les visages qui remplissaient ma vie d'autrefois. Vains efforts; toute vie les avait bien quittés. Depuis près d'un siècle, les étoiles scintillaient au-dessus de la tombe d'Edith Bartlett et de toute sa génération.

Ainsi, le passé était mort, écrasé sous le poids d'un siècle, et moi j'étais exclu du présent. Nulle part il n'y avait de place pour moi. Je n'étais, à vrai dire, ni mort, ni vivant!...

« Pardonnez-moi de vous avoir suivi. »

Je levai les yeux. Edith était debout sur le seuil de la chambre; elle me regardait en souriant, mais les yeux remplis d'une tristesse compatissante.

« Renvoyez-moi si je vous dérange, dit-elle; mais, nous nous sommes aperçus que vous étiez démoralisé. Vous m'aviez promis de me prévenir quand cela vous reprendrait. Vous n'avez pas tenu parole. »

Je me levai et m'approchai de la porte, essayant de sourire, mais faisant, je crois, assez triste figure, car

14

le spectacle de sa beauté raviva en moi, d'une façon plus poignante encore, les motifs de mon découragement.

« Je me sentais un peu seul, voilà tout, dis-je. Ne vous êtes-vous jamais dit que mon isolement est plus profond que ne le fut jamais celui d'aucun être humain, et qu'il faudrait presque inventer un mot nouveau pour le décrire ?

— Ah ! ne dites pas de ces choses-là, ne vous laissez pas envahir par de telles idées, il ne le faut pas ! s'écria-t-elle, les yeux tout humides. Ne sommes-nous pas vos amis ? C'est votre faute, si vous ne voulez pas nous permettre de l'être. Rien ne vous oblige à vous isoler ainsi.

— Vous êtes bonne, trop bonne pour moi, dis-je, mais croyez-vous que j'ignore que c'est uniquement de la pitié, de la douce pitié peut-être, mais de la pitié seulement, que je vous inspire ? Il faudrait être fou pour ne pas comprendre combien je dois paraître différent des hommes de votre génération ; je dois vous faire l'effet singulier et troublant d'une épave venue d'une rive inconnue, et dont la solitude vous touche en dépit de ce qu'elle a de ridicule. Vous avez été assez bonne et j'ai été assez insensé pour oublier presque qu'il devait en être ainsi, pour m'imaginer qu'avec le temps je finirais par m'acclimater (comme nous disions) parmi vous ; que je sentirais un jour comme les autres hommes qui vous environnent, et vous ferais à peu près le même effet qu'eux. Mais le sermon de M. Barton m'apprend ce qu'il y a d'illusoire dans cette espérance, combien la distance entre vous et moi doit vous sembler infranchissable.

— Ah ! ce misérable sermon, s'écria-t-elle presque en larmes, je ne voulais pas qu'on vous le laissât entendre. Que sait-il de vous ? Il a puisé ses renseignements sur le dix-neuvième siècle dans de vieux bouquins poudreux, et voilà tout. Il ne vous est rien ; pourquoi ce

qu'il vous dit pourrait-il vous contrarier ? Notre opinion, à nous qui vous connaissons, ne vous est-elle pas
plus précieuse que celle d'un homme qui ne vous a jamais
vu ? Ah ! monsieur West, vous ne savez pas, vous ne
sauriez imaginer ce que je souffre en vous voyant si
désespéré. Je ne puis le supporter. Que puis-je vous
dire ? Comment vous convaincre que vous vous méprenez
entièrement sur la nature des sentiments que vous
nous inspirez ? »

Comme le jour de ma première crise, elle venait vers
moi, me tendant les mains dans un geste secourable ;
comme alors, je les saisis et je les pressai dans les
miennes. Sa poitrine se soulevait, et le léger tremblement de ses doigts, que je serrais convulsivement,
trahissait l'intensité de son émotion. Sur sa physionomie, on lisait la lutte angéliquement indignée de la
pitié contre les obstacles qui la réduisaient à l'impuis-
sance. Jamais, assurément, la compassion féminine ne
porta un masque aussi délicieux. Tant de beauté et de
bonté unies faisaient fondre mon âme ; il me semblait
que je ne pouvais mieux faire que de lui avouer la
vérité. Sans doute, je n'avais pas une lueur d'espoir ;
mais, d'autre part, je n'avais aucune crainte de la
fâcher, elle était trop miséricordieuse pour cela. Aussi,
je finis par lui dire :

« C'est beaucoup d'ingratitude de ma part de que ne
pas me contenter de toute la bonté que vous m'avez
témoignée et que vous me témoignez encore. Mais
seriez-vous assez aveugle pour ne pas comprendre pourquoi cette bonté ne suffit pas à me rendre heureux ? Ne
voyez-vous pas que c'est... parce que j'ai été assez fou
pour vous aimer ? »

A ces dernières paroles, elle rougit profondément,
ses yeux se baissèrent devant les miens, mais elle ne
fit pas d'effort pour arracher ses mains des miennes.
Pendant quelques instants, elle resta debout ainsi,
un peu haletante ; puis, rougissant plus que jamais,

mais avec un sourire éblouissant, elle me regarda et
dit :

« Êtes-vous sûr que ce n'est pas vous qui êtes aveugle? »

Ce fut tout, mais ce fut assez : si incroyable, si inexpli-
cable que cela parût, je compris que cette radieuse
enfant d'un âge d'or avait laissé tomber sur moi plus
que sa compassion ; elle me donnait son amour. Malgré
cet aveu, et au moment même où je l'étreignais dans
mes bras, il me semblait encore que j'étais sous l'influence d'une hallucination de bonheur :

« Si je suis fou, m'écriai-je, ah! puissé-je le rester!

— C'est moi que vous devez croire folle, murmura-
t-elle en s'échappant de mes bras, alors que j'avais à
peine goûté le miel de ses lèvres. Hélas! que devez-vous
penser de moi, qui me jette ainsi dans les bras d'un
homme que je ne connais que depuis huit jours! Je ne
voulais pas me trahir de sitôt, mais vous m'avez fait
tant de peine, que je ne savais plus ce que je disais.
Non, non, il ne faut plus que vous m'approchiez avant
de savoir qui je suis. Après cela, vous vous excuserez
très humblement auprès de moi d'avoir pensé — car
je sais que vous le pensez — que j'étais un peu trop
prompte à prendre feu. Quand vous saurez qui je
suis, vous serez forcé de convenir que c'était mon
devoir de vous aimer à première vue et qu'aucune
jeune fille, au cœur bien placé, n'eût pu faire autrement. »

On me croira volontiers, si j'affirme que je me serais
parfaitement passé de ses explications ; mais Édith
déclara qu'il y aurait trêve de baisers, jusqu'à ce qu'elle
se fût pleinement justifiée, et je fus obligé de suivre la
charmante énigme dans la maison.

En arrivant auprès de sa mère, elle chuchota quelques mots à l'oreille de Mᵐᵉ Leete, rougit et se sauva,
nous laissant seuls ensemble.

Je découvris alors que, si étrange qu'eût été mon

aventure, je n'en apprenais que maintenant le trait le
plus étrange. J'appris de la bouche de Mme Leete,
qu'Edith n'était autre que l'arrière-petite-fille de ma
bien-aimée perdue, Edith Bartlett.

Après avoir porté mon deuil pendant quatorze ans,
celle-ci avait fait un mariage de convenance, dont
naquit un fils qui fut le père de Mme Leete. Mme Leete
n'avait jamais vu sa grand'mère, mais elle avait beaucoup entendu parler d'elle, et, lorsque sa fille vint au
monde, elle lui donna le nom d'Edith. Cette homo-
nymie contribua à augmenter l'intérêt que l'enfant
porta, en grandissant, à tout ce qui concernait sa
bisaïeule et surtout à l'histoire tragique du fiancé
d'Édith Bartlett, mort, croyait-on, dans l'incendie qui
détruisit sa maison. C'était une de ces aventures bien
faites pour émouvoir la sympathie d'une enfant romanesque, et la pensée que le sang de la pauvre héroïne
coulait dans ses veines rehaussait de beaucoup l'intérêt
qu'y prenait la jeune fille. Un portrait d'Edith Bartlett,
ainsi que quelques-uns de ses papiers, entre autres un
paquet de mes propres lettres se trouvaient parmi les
reliques de la famille. Le portrait était celui d'une
ravissante jeune femme dont la vue seule faisait naître
une foule de pensées tendres et romanesques. Mes
lettres donnèrent à Edith une idée très nette de ma
personnalité; les deux réunis suffirent pour faire de
cette vieille et triste histoire, à ses yeux, une réalité
très présente. Il paraît qu'elle disait souvent à ses
parents, comme par manière de plaisanterie, qu'elle
ne se marierait pas, à moins de trouver un amoureux
comme Julien West, mais qu'il n'y en avait plus de
pareils au vingtième siècle.

Bien entendu, tout ceci n'était que le rêve éveillé
d'une enfant dont l'âme n'avait pas encore connu
l'amour, et il n'en serait rien résulté de sérieux, sans
la découverte, un beau matin, de la voûte encavée dans
le jardin de son père et la révélation de l'identité de

son locataire. Lorsque ce corps apparemment sans vie eut été transporté dans la maison, le portrait trouvé dans mon médaillon fut immédiatement reconnu pour être celui d'Edith Bartlett; en rapprochant ce fait des autres circonstances, on sut immédiatement que je ne pouvais être que Julien West. Même sans l'espoir de me rendre à la vie — et personne n'y songea d'abord— Mme Leete me dit que cet événement eût laissé dans l'esprit de sa fille une impression ineffaçable. Le pressentiment de quelque subtile volonté de la destinée, liant son sort au mien, n'aurait-il pas exercé, dans de pareilles circonstances, une fascination irrésistible sur n'importe quelle femme?

Une fois que j'étais revenu à la vie, et que j'avais paru, dès l'abord, trouver un charme particulier à sa société, Edith s'était-elle trop hâtée de répondre à la sympathie que je semblais lui témoigner? Mme Leete m'en laissait juge ; elle ajouta que, si même j'étais de cet avis, il ne fallait pas perdre de vue que nous étions au vingtième siècle, non au dix-neuvième, et que, maintenant, l'amour grandissait plus vite et s'exprimait plus franchement qu'alors.

En quittant Mme Leete, j'allai vers Edith. Je commençai par prendre ses deux mains et je restai longtemps devant elle, plongé dans une contemplation muette de son visage. Pendant que je la fixais, le souvenir de cette autre Edith, qui avait été comme anesthésié par l'accident terrible qui nous avait séparés, commença à se réveiller en moi ; mon cœur était comme fondu par des sensations à la fois très douces et très pitoyables. Car, celle qui ravivait d'une façon si poignante le souvenir de ma perte était aussi destinée à me la faire oublier. On eût dit qu'à travers ces beaux yeux, les yeux d'Edith Bartlett plongeaient dans les miens et m'envoyaient un sourire de consolation. Ma destinée n'était pas seulement la plus bizarre, mais certainement aussi la plus heureuse qu'un homme pût rêver. Un double

miracle s'accomplissait en ma faveur. Échoué sur la
grève de ce monde étranger, je ne m'y trouvais plus
seul et sans compagne. Mon amour, que j'avais cru
perdu, avait retrouvé un corps pour me consoler. Lorsque, enfin, dans une extase de gratitude et de tendresse, je pressai la délicieuse enfant dans mes bras,
les deux Edith étaient comme confondues dans mon
cœur, et jamais, depuis lors, elles n'ont été entièrement séparées.

Je m'aperçus bientôt qu'Edith, de son côté, éprouvait un dédoublement semblable de personnalité. Il
est certain que jamais deux jeunes fiancés n'eurent
une conversation aussi extraordinaire que la nôtre, ce
soir-là. Elle paraissait beaucoup plus désireuse de
m'entendre parler d'Edith Bartlett que d'elle-même ;
de savoir comment je l'avais aimée, que d'apprendre
combien je l'aimais elle-même, récompensant les douces paroles que j'adressais à une autre par des larmes,
des sourires et des étreintes.

« Il ne faut pas m'aimer trop pour moi-même, dit-
elle. Je serai très jalouse pour elle, je ne permettrai
pas que vous l'oubliez ! Je vais vous dire quelque chose
qui vous paraîtra peut-être étrange : ne croyez-vous
pas que les âmes reviennent quelquefois sur la terre
pour accomplir une chose qui leur tient au cœur ? Que
diriez-vous, si je vous avouais que j'ai cru parfois que
son âme revivait en moi, et que mon vrai nom était
Edith Bartlett et non Edith Leete ? Je n'en sais rien,
sans doute : aucun de nous ne peut dire qui il est,
d'où il vient ; mais je le sens. Cela vous étonne-t-il,
sachant à quel point je m'intéressais à vous et à elle,
même avant de vous connaître ? Ainsi, vous voyez,
vous n'avez pas besoin de vous donner de peine pour
m'aimer ; pourvu que vous lui soyez fidèle à elle, il
n'y a pas de danger que je sois jalouse. »

Le docteur était sorti cet après-midi, et je ne pus
m'entretenir avec lui que plus tard. Les nouvelles que

je lui communiquai n'étaient, sans doute, pas inat-
tendues; il me serra la main cordialement.

« En toute autre circonstance, mon cher West, dit-il,
j'estimerais que cette démarche a été faite après une
accointance bien courte. Mais, décidément, ces circonstances sortent de l'ordinaire. Pour être tout à fait
sincère, fit-il en souriant, je devrais peut-être ajouter
que, bien que je consente de grand cœur à la combi-
naison proposée, vous n'avez pas de raison de m'en
être particulièrement reconnaissant. Mon consentement
n'est qu'une pure formalité. Une fois le secret du médaillon révélé, ce dénouement était inévitable. C'est
heureux qu'Edith se soit trouvé là pour racheter le
gage de son arrière-grand'mère; sans cela, je crains
que la loyauté de Mme Leete... vous m'entendez. »

Ce soir-là, la lune baignait le jardin de sa clarté et,
jusque vers minuit, nous nous promenâmes ensemble,
Edith et moi, essayant de nous habituer à notre bonheur.

« Qu'aurais-je fait, si vous ne m'aviez pas témoigné
de sympathie? dit-elle; j'en avais si peur! Qu'aurais-
je fait, alors que je sentais que je vous étais vouée?
Dès que vous êtes revenu à la vie, j'étais aussi sûre que si
elle me l'avait dit elle-même que je devais la remplacer auprès de vous; mais il fallait, pour cela, votre
consentement. Ah! ce matin-là, où vous paraissiez si
terriblement dépaysé parmi nous, comme je brûlais
de vous dire qui j'étais! Mais je n'osais pas desserrer
les lèvres; je craignais que papa ou maman...

— C'est donc cela que vous ne vouliez pas que votre
père me dît! m'écriai-je en lui rappelant la conversation qu'il me semblait avoir entendue, en sortant de
ma léthargie.

— Sans doute, dit-elle en riant. Il vous a fallu tout
ce temps pour le deviner? Papa, n'étant qu'un homme,
croyait que vous vous sentiriez plus à votre aise, si
l'on vous disait qui nous étions. Il ne se préoccupait

pas de moi le moins du monde. Mais maman me comprenait et, alors, on fit ce que je voulais. Je n'aurais jamais osé vous regarder en face, si vous aviez su qui j'étais. C'eût été m'imposer à vous d'une façon par trop hardie. J'ai même peur que vous ne jugiez ainsi mon attitude d'aujourd'hui. Je me suis donné assez de peine pour éviter votre censure, car je sais que, de votre temps, on exigeait que les jeunes filles dissimulassent leurs sentiments, et j'avais horriblement peur de vous scanda''ser. Bon Dieu, que cela devait être dur pour elles ! Toujours cacher leur amour comme on le ferait d'une faute ! Pourquoi croyaient-elles que c'était si mal d'aimer, avant d'en avoir obtenu la permission ? Une permission pour aimer ! Les hommes se fâchaient-ils donc, quand les jeunes filles les aimaient ? Voilà qui n'est plus dans nos idées modernes. Je n'y comprends absolument rien. C'est une des choses les plus curieuses de ce temps-là, qu'il faudra que vous m'expliquiez... Est-ce qu'Edith Bartlett était aussi sotte que les autres ? »

Après avoir plusieurs fois vainement tenté de nous séparer, elle finit par insister pour que nous nous disions bonsoir, et j'allais imprimer sur ses lèvres un dernier baiser, lorsqu'elle me dit, avec une espièglerie indescriptible :

« Il y a une chose qui m'inquiète : Êtes-vous bien sûr que vous pardonniez à Edith Bartlett d'en avoir épousé un autre que vous ? Les livres du dix-neuvième siècle nous montrent les amants plutôt jaloux qu'épris, c'est pourquoi je vous fais cette question. Comme je serais soulagée de savoir que vous n'en voulez pas, rétrospectivement, à mon arrière-grand-père d'avoir épousé votre bien-aimée ! Puis-je dire au portrait de mon arrière-grand'mère, quand j'irai dans ma chambre, que vous lui pardonnez tout à fait son infidélité ? »

Cette saillie de coquetterie moqueuse — que telle fût ou non l'intention de mon interlocutrice — me toucha

au vif et, en me touchant, me guérit d'un absurde sentiment qui ressemblait quelque peu à la jalousie, et
dont j'avais eu vaguement conscience, depuis que
Mme Leete m'avait parlé du mariage d'Edith Bartlett.
Même pendant que je tenais son arrière-petite-fille
dans mes bras (tant nos sentiments manquent souvent
de logique), je ne m'étais pas rendu compte que, sans
ce mariage, cette situation n'aurait jamais pu se réaliser. L'absurdité de cet état d'esprit n'eut d'égale que
la promptitude de ma résipiscence, lorsque la question
malicieuse d'Edith dissipa le brouillard de mes idées.

Je l'embrassai en riant.

« Vous pouvez l'assurer de mon pardon le plus absolu,
lui dis-je ; mais, si elle avait épousé tout autre que
votre arrière-grand-père, j'aurais pris autrement la
chose. »

En rentrant dans ma chambre, je n'ouvris pas, comme
d'habitude, le téléphone musical pour me transporter
doucement dans le royaume des songes. Pour une fois,
mes pensées faisaient une musique plus harmonieuse
que tous les orchestres du vingtième siècle, et je restai
dans cet enchantement jusque vers le matin, où je
m'endormis.

XXVIII

« Je suis un peu en retard, monsieur. Mais j'ai eu plus
de mal que d'habitude à réveiller monsieur. »

La voix était celle de mon domestique Sawyer. Je me
dressai en sursaut sur mon séant et regardai autour de
moi. J'étais dans ma chambre souterraine. La douce
lumière de la lampe qui brûlait toujours dans l'appartement illuminait les murs et les meubles familiers. A

mon chevet, je vis le domestique, tenant à la main le verre de sherry qui devait, selon la prescription du docteur Pillsbury, raviver les fonctions vitales engourdies, au sortir du sommeil magnétique.

« Monsieur devrait avaler ceci d'un trait, dit-il, lorsque je le regardai d'un air ahuri. Monsieur paraît un peu... chose, et cela lui fera du bien. »

Je vidai le verre et je commençai à comprendre ce qui m'était arrivé. C'était bien simple. Toute cette histoire du vingtième siècle, je l'avais rêvée. J'avais rêvé de cette race d'hommes éclairés et sans soucis, de leurs institutions si ingénieusement simples, du nouveau Boston avec sa superbe forêt de dômes et de clochers, avec ses jardins et ses fontaines, avec son confort universel. L'aimable familiarité à laquelle je m'étais abandonné, mon hôte et mentor, le docteur Leete, sa femme et leur fille, cette seconde et plus délicieuse Edith, ma fiancée, — tout cela n'était que du rêve.

Pendant longtemps, je conservai l'attitude dans laquelle cette conviction m'avait enhavi, assis sur mon lit, regardant dans le vide, absorbé dans l'évocation mentale des scènes et des incidents de ma vision fantastique. Sawyer, effrayé de ma mine, demandait avec inquiétude ce que j'avais. Secoué par son insistance, je finis par reconnaître l'endroit où je me trouvais. Je fis un effort pour rassembler mes esprits, et je rassurai ce fidèle serviteur en lui disant que je me sentais très bien.

« J'ai fait tout bonnement un rêve extraordinaire, lui dis-je, un rêve vraiment extraordinaire. »

Je m'habillai machinalement, la tête lourde et mal à mon aise; je pris mon café au lait avec des petits pains que Sawyer avait l'habitude de me préparer avant ma sortie. Un journal du matin était sur la nappe; j'y jetai les yeux. Le journal portait la date du 31 mai 1887. Bien que sorti de mon rêve du vingtième siècle, je n'en éprouvai pas moins une nouvelle secousse devant cette

démonstration palpable que le monde n'avait vieilli
quede quelques heures, depuis que je m'étais endormi.
Je parcourus le sommaire, en tête du journal, et j'y lus
ce qui suit :

Affaires étrangères. — Guerre imminente entre la
France et l'Allemagne. — Nouveaux crédits demandés
aux Chambres françaises pour rétablir l'équilibre des
effectifs militaires. — Probabilité d'une conflagration
générale en cas de guerre. — Grande misère parmi les
ouvriers sans travail à Londres. — Manifestation
monstre en perspective. — Inquiétude des pouvoirs
publics. — Grèves étendues en Belgique. — Le gouvernement se prépare à réprimer les émeutes. — Le scandale du travail féminin dans les mines de charbons en
Belgique. — Evictions générales en Irlande.

Intérieur. — L'épidémie des malversations. — Sous-
traction d'un demi-million de dollars à New-York. —
Un dépôt détourné par des administrateurs. — Orphe-
lins laissés sans le sou. — Un système de vol habile-
ment organisé par un caissier : 50.000 dollars disparus.
— Les barons des charbonnages décident d'augmenter
le prix du charbon et de diminuer la production. —
Le syndicat des blés à Chicago. — Une coterie fait
monter le prix des cafés. — Enorme accaparement de
terres par les syndicats de l'Ouest. — Révélation de
faits de corruption scandaleux parmi les fonctionnaires
de Chicago. — Grandes faillites de maisons de commerce. — Craintes d'une crise commerciale. — Une
association de voleurs avec effraction. — Assassinat
d'une femme à New-Haven. — Un propriétaire tué par
un voleur. — Suicide à Worcester d'un ouvrier sans
travail. — Une famille nombreuse abandonnée sans
ressources. — Un couple de vieillards, à New-Jersey,
met fin à ses jours plutôt que de s'adresser à l'Assis-
tance publique. — Nombreux renvois d'ouvrières dans
les grandes villes. — Progrès de l'ignorance dans l'Etat

de Massachusetts. — On demande de nouveaux asiles
d'aliénés. — Adresses prononcées le « Jour de la Décoration ». — Discours du professeur Brown, sur la grandeur morale de la civilisation au dix-neuvième siècle.

Je m'étais bien réveillé au dix-neuvième siècle ; plus
de doute possible à ce sujet. Ce sommaire d'un journal
n'était-il pas comme un microcosme complet, un
résumé de l'esprit du siècle, dignement couronné par
ce dernier trait de fatuité ? Après le réquisitoire terrible que renfermait cet abrégé du sang versé dans un
jour, de l'universelle avidité et de la tyrannie universelle, parler de la grandeur morale du dix-neuvième
siècle semblait du cynisme digne de Méphistophélès.
Et cependant, de tous ceux qui avaient ouvert le journal ce matin, j'étais peut-être le seul que cet étalage de
cynisme révoltât ; hier encore, je ne m'en serais pas
plus aperçu que les autres. C'est ce rêve singulier qui
avait changé mes idées. Je ne saurais dire combien de
temps je restai sous son influence, revivant par la pensée dans ce monde fictif, dans cette ville magnifique,
avec le confort de ses maisons particulières et la splen
deur de ses édifices publics. J'avais encore devant moi
ces visages qui ne portaient l'empreinte ni de l'arrogance, ni de la servilité, qui ne respiraient ni rapacité,
ni inquiétude, ni ambition fiévreuse ; je revoyais les
formes majestueuses d'hommes et de femmes qui
n'avaient jamais tremblé devant leurs semblables, soit
par crainte, soit par intérêt, et qui, selon les paroles
du sermon qui tintaient encore dans mes oreilles, « se
tenaient droit devant Dieu ».

Ce fut avec un profond soupir et le sentiment d'une
perte irréparable, bien que la perte ne fût que d'un
rêve, que je secouai enfin ma rêverie et quittai la
maison.

Je dus m'arrêter, au moins une douzaine de fois,
avant d'arriver à la rue de Washington, tant la vision

persistante du Boston de l'avenir me faisait paraître
étrange le Boston du présent. La malpropreté et l'odeur
nauséabonde des rues me frappèrent, comme si jamais
auparavant je ne m'en étais aperçu. Hier encore, je
trouvais fort naturel que les uns fussent vêtus de soie
et les autres de haillons, que ceux-ci parussent bien
nourris et ceux-là affamés. Aujourd'hui, au contraire,
les disparates criants dans l'habillement et les conditions sociales des différentes personnes qui se cou-
doyaient sur les trottoirs me choquaient à chaque pas.
Ce qui me choquait encore davantage, c'était l'indiffé-
rence complète du riche devant la détresse des misé-
rables. Étaient-ce des êtres humains, ces hommes qui
pouvaient contempler la misère de leurs semblables
sans qu'un trait s'altérât dans leurs visages? Et cependant, je me rendais bien compte que ce n'étaient pas
mes contemporains qui avaient changé, mais moi-
même! J'avais rêvé d'une ville où tous les hommes
vivaient en communauté, comme les enfants d'une
même famille, et se protégeaient mutuellement.

Un autre trait de la physionomie du Boston réel qui
m'étonnait comme étonnent les choses familières vues
sous un nouveau jour, c'était le règne des affiches et
des annonces. Dans le Boston du vingtième siècle, cet
usage était inconnu, parce qu'il n'était pas nécessaire ; mais, ici, les murs des édifices, les fenêtres, les
quatrièmes pages des journaux, les pavés eux-mêmes,
tout, excepté le ciel, était couvert par les boniments
d'individus qui s'épuisaient en moyens ingénieux pour
rançonner le public à leur profit. Sous toutes les varia-
tions reparaissait un thème unique : « Venez au
secours de John Jones. Qu'importent les autres? Ce
sont des voleurs. Moi, John Jones, je suis le seul hon-
nête homme. Venez chez moi. Achetez chez moi.
Écoutez-moi, pas d'erreur : John Jones est votre
homme. Que les autres crèvent de faim, mais, au nom
du ciel, souvenez-vous de John Jones! »

Était-ce la pitié ou le dégoût qui dominait dans ce spectacle ? Je ne sais, toujours est-il que je me fis l'effet d'un étranger dans ma ville natale.

« Malheureux, fus-je tenté de m'écrier, vous qui, n'ayant pu apprendre à vous entr'aider, êtes condamnés à mendier les uns des autres, du haut en bas de l'échelle ! Cet horrible charivari d'arrogance éhontée et de dénigrement mutuel, ce vacarme étourdissant de fanfaronnades opposées, d'appels, d'adjurations, ce système étonnant de mendicité impudente, qu'est-ce autre chose que le produit nécessaire d'une organisation sociale où la permission de servir le monde selon ses moyens, au lieu d'être reconnue comme un droit essentiel de chacun, n'est jamais que le prix d'une lutte pénible ? »

J'atteignis la rue de Washington à l'endroit le plus affairé, et je m'arrêtai court, riant à gorge déployée, au grand scandale des passants ; rien au monde n'eût pu m'en empêcher, tant me semblait ridicule cette file interminable d'achalandages, souvent de la même nature, s'étalant à perte de vue des deux côtés de la rue. Des magasins ! toujours des magasins et encore des magasins ! des lieues de magasins ! Dix mille magasins pour distribuer les denrées nécessaires aux habitants d'une seule ville, qui, dans mon rêve, les recevait toutes d'un unique entrepôt, au fur et à mesure qu'elles étaient commandées par une des grandes succursales de quartier, où l'acheteur, sans perte de temps, ni de peine, trouvait, sous un seul toit, les échantillons de tous les produits du monde ! Là, le travail de distribution était si minime que son prix n'augmentait que d'une fraction imperceptible le prix de revient des marchandises. En somme, on ne payait que le prix de la fabrication. Mais ici, rien que la distribution des marchandises, les transmissions qu'elles subissaient, augmentaient le prix coûtant d'un quart, d'un tiers, quelquefois d'un demi, sinon davantage. Le consommateur paye ces milliers d'installations, il paye leur loyer, leur état-major de surveillants, leurs escouades de vendeurs, leur armée de comptables, de courtiers, et tout l'argent qui se gaspille en annonces, en hostilités mutuelles. Quel procédé infaillible pour réduire une nation à la mendicité !

Étaient-ce des hommes sensés ou des enfants que je voyais autour de moi, et qui conduisaient leurs affaires de cette façon ? Des êtres sensés, ces hommes qui ne s'apercevaient pas de la folie qu'ils commettaient en surchargeant le prix de la marchandise une fois fabriquée, avant qu'elle entrât dans les mains de l'acheteur ? Si les gens se servent, pour manger, d'une cuiller qui laisse échapper la moitié du contenu dans le trajet de l'assiette aux lèvres, n'ont-ils pas des chances de mourir de faim ?

J'avais passé un millier de fois à travers cette rue de Washington, j'avais observé les us et coutumes des marchands ; mais aujourd'hui, il me semblait que j'y passais pour la première fois, tant la curiosité qu'ils m'inspiraient était nouvelle. Je remarquai avec étonnement les devantures de magasins remplies de marchandises, disposées avec le goût le plus raffiné, le soin le plus minutieux pour attirer l'œil du passant. Je vis cette foule de dames s'arrêtant pour regarder, et les patrons épiant avec anxiété l'effet de l'amorce. J'entrai dans un magasin ; je vis l'inspecteur à l'œil de faucon guettant les chalands, surveillant les employés, s'assurant qu'ils ne manquaient pas à leur consigne, et cette consigne c'était de faire acheter, toujours, toujours, toujours, — pour de l'argent comptant, si le client en avait, à crédit s'il n'en avait pas, dût-il acheter ce dont il n'avait pas besoin, plus qu'il n'avait besoin, et plus qu'il n'avait les moyens d'acheter. Par moments, je perdais le fil, et ce spectacle m'ahurissait. Pourquoi cette rage de pousser les gens à la consommation ? Qu'y a-t-il de commun entre cette chasse au

client et le commerce légitime qui consiste à distribuer
des produits parmi ceux qui en ont besoin ? N'était-ce
pas le comble du gaspillage que d'imposer aux uns le superflu et de priver les autres du nécessaire ? Chacun de ces
exploits appauvrissait la nation. A quoi donc pensaient
ces employés ? A ce moment, je me souvins qu'il n'agis-
saient pas en qualités d'agents distributeurs, comme
ceux que j'avais vus en rêve dans les magasins de Boston. Ils ne servaient pas l'intérêt public, mais leurs
intérêt personnel ; peu leur importait l'effet ultime de
leurs agissements sur la prospérité générale, pourvu
qu'ils grossissent leur propre magot ; car ces marchandises leur appartenaient, et plus ils en vendaient, plus
ils en tiraient profit. Encourager la prodigalité, tel
était le but que se proposaient expressément les dix
mille boutiquiers de Boston. Cependant, ces marchands
et ces employés n'étaient pas plus méchants que le
reste de leurs concitoyens. Obligés de gagner leur vie
et de soutenir leurs familles, où eussent-ils trouvé un
métier qui ne les forçât pas à placer leur intérêt personnel au-dessus de tout autre? On ne pouvait leur
demander de mourir de faim, en attendant un ordre de
choses tel que celui que j'avais vu dans mon rêve, où
l'intérêt de chacun se confondait avec l'intérêt de tous.
Mais, grand Dieu ! comment s'étonner, avec un système
pareil, que la ville fût laide et malpropre, les gens mal
vêtus et tant de malheureux en haillons et mourant de
faim ?

Peu de temps après, je me transportai dans le quartier méridional de Boston où se trouvent les grandes
manufactures. J'avais visité ce quartier des centaines
de fois, comme la rue de Washington ; cependant ici,
de même que là-bas, je saisis pour la première fois la
vraie signification de ce que je voyais. Autrefois j'étais
tout fier de savoir que Boston possédait, au dire des
statisticiens, quatre mille fabriques indépendantes ;
aujourd'hui, c'est précisément cette multiplicité d'éta-

blissements indépendants qui me révélait le secret de
l'insignifiance de notre industrie prise dans son ensemble. Si la rue de Washington m'avait fait l'effet d'un
Bicêtre, je me trouvais ici devant un Bicêtre agrandi de
toute la distance qui sépare la production de la distribution. Car, non seulement ces quatre mille établissements ne travaillaient pas de concert, et par ce fait
seul travaillaient dans des conditions prodigieusement
désavantageuses, mais, comme si cet état de choses
n'impliquait pas déjà une perte suffisante de puissance,
ils employaient toute leur habileté à se frustrer mutuellement, priant pendant la nuit et travaillant pendant le jour pour la destruction des entreprises rivales.

Le rugissement des roues et des marteaux résonnant
de tous côtés n'était pas le bourdonnement d'une
industrie pacifique, mais le cliquetis d'épées maniées
par des bras hostiles. Ces usines, ces magasins, étaient
autant de forteresses, chacune avec son drapeau, ses
canons braqués sur les magasins et les usines d'en face,
avec ses sapeurs disposant des mines souterraines
pour les faire sauter.

Dans chacun de ces forts, on veillait à la discipline
industrielle la plus sévère. Les divers bataillons obéis-
saient à une seule direction centrale. On ne tolérait ni
doubles emplois, ni mains inoccupées. Par quel hiatus
de logique expliquer alors la non-observation du
même principe dans l'organisation des industries
nationales prises dans leur ensemble? Si le manque
d'organisation peut compromettre la prospérité d'une
seule entreprise, comment ne comprend-on pas que ce
vice doit avoir ses effets infiniment plus désastreux lorsqu'il s'agit du système général de l'industrie? Comme
on se moquerait d'une armée qui n'aurait ni bataillons, ni régiments, ni brigades, ni corps d'armée, en un
mot pas d'unité plus grande que le peloton d'un caporal,
pas d'officiers dépassant le grade de caporal, et tous
les caporaux exerçant une autorité égale! Cependant,

c'est une armée semblable que formaient les industries manufacturières dans le Boston du dix-neuvième siècle. C'était une armée de quatre mille escouades indépendantes commandées par quatre mille caporaux indépendants, chacun muni d'un plan de campagne différent!

On voyait çà et là des groupes désœuvrés, les uns chômant parce qu'ils ne trouvaient pas d'ouvrage, les autres parce qu'ils ne pouvaient pas obtenir la rémunération qu'ils considéraient comme légitime.

J'accostai quelques-uns de ces derniers, et ils me confièrent leurs griefs. Je ne pus que leur adresser de faibles consolations.

Je vous plains de tout mon cœur, disais-je, votre salaire est bien minime, et, malgré cela, ce qui m'étonne, ce n'est pas que des industries dirigées de cette façon vous payent si mal, c'est qu'elles puissent vous payer quoi que ce soit. »

En retournant vers la partie péninsulaire de la ville, j'arrivai, vers trois heures, dans States street. Là, j'ouvris de grands yeux sur les bureaux des banquiers et des courtiers et d'autres établissements financiers, dont je n'avais pas rencontré le moindre vestige dans ma vision. Des hommes d'affaires, des employés de confiance, des garçons de recette, allaient et venaient dans ces bureaux, car l'heure de la fermeture approchait. Je me trouvai vis-à-vis de la banque où je faisais mes affaires; je traversai la rue, et, suivant la poussée de la foule, je me cachai dans un coin, d'où j'observai l'armée des commis maniant l'argent, et la queue de déposants devant les guichets. Un vieux monsieur, que je connaissais, l'un des directeurs de la banque, m'apercevant dans cette attitude contemplative, s'arrêta un moment.

« Quel spectacle intéressant, dit-il, ne trouvez-vous pas, monsieur West? Quelle prodigieuse machine! Je pense comme vous là-dessus. Quelquefois, je m'arrêta

moi-même pour admirer tout cela. C'est un poème,
monsieur, un vrai poème! Savez-vous bien, monsieur
West, que la banque est comme le cœur du système
industriel? C'est vers ce cœur ou de ce cœur que
découle, dans des flux et des reflux incessants, le sang
vital. Voici le flux ce soir, à demain matin le reflux. »

Et, satisfait de sa petite métaphore, le vieux monsieur
continua son chemin en souriant.

Hier encore, j'aurais trouvé la comparaison assez
juste ; mais, depuis, j'avais visité un monde infiniment
plus riche que celui-ci, où, cependant, l'argent était
inconnu et inutile. J'avais appris que l'argent n'a de
raison d'être, dans le monde actuel, que, parce que le
travail producteur de la subsistance nationale, au lieu
d'être considéré comme un intérêt général et primor-
dial, et, comme tel, dirigé par la nation, est abandonné aux efforts hasardeux d'individus séparés. Cette
erreur originelle rend nécessaire une série d'échanges
interminables, pour aboutir, coûte que coûte, à la distribution des produits. L'argent permet d'accomplir ces
échanges (pour voir avec quelle équité, il suffisait de
faire un tour dans les faubourgs populaires), il permet
de les accomplir à l'aide d'une armée d'individus en-
levés aux occupations productives, à travers de continuels
écroulements et au prix d'une influence démoralisante
sur l'humanité, qui justifie le nom flétrissant dont l'a
désigné la sagesse des siècles : « Or, source de tous les
maux. »

Pauvre vieux directeur, qui prenait les palpitations
fébriles d'un abcès pour les battements du cœur! Ce
qu'il appelait « une prodigieuse machine » était un
médiocre artifice imaginé pour remédier à un défaut
qu'il eût été facile d'éviter, lourde béquille destinée à
un estropié volontaire !

Après la fermeture des bureaux, j'errai sans but,
pendant une heure ou deux, dans le quartier des
affaires ; puis, je m'assis sur un des bancs publics, m'inté-

ressant à la foule qui passait, comme un voyageur qui
étudie la populace d'un pays étranger, tant mes concitoyens et leurs mœurs m'étaient devenus étrangers
depuis hier. J'avais vécu trente ans au milieu d'eux et
je n'avais jamais encore remarqué combien leurs
visages étaient fatigués et tirés, à tous, riches et
pauvres, traits fins du gentleman ou masque grossier
de l'homme inculte! Et, il fallait que cela fût; car,
aujourd'hui, je voyais plus clairement qu'auparavant,
que chacun, tout en marchant, se détournait pour
écouter le fantôme de l'incertitude, qui murmurait à
son oreille:

« Travaille tant que tu peux, mon ami; lève-toi de bon
matin et ne te repose qu'à la nuit; dérobe avec adresse
ou sers avec fidélité, jamais tu ne connaîtras la sécurité! Riche aujourd'hui, tu peux être pauvre demain.
Tu auras beau laisser des millions à tes enfants, tu ne
pourras jamais être certain que ton fils ne deviendra
pas le serviteur de ton serviteur ou que ta fille ne
devra pas se vendre pour du pain. »

Un homme qui passait à ce moment me glissa dans
la main un prospectus recommandant un nouveau mode
d'assurance sur la vie. Cet incident me fit penser au
seul moyen qui offrit, à ces femmes et à ces hommes
harassés de fatigue, un abri partiel contre l'incertitude.
Par ce moyen, les gens aisés pouvaient se procurer
l'espoir précaire qu'après leur mort ceux qu'ils aimaient,
pendant un temps au moins, ne seraient pas foulés
aux pieds des hommes. Mais c'était tout, et ceux-là
seuls pouvaient en profiter qui avaient les moyens de
payer. Oh! combien ce simulacre d'assurance, dont se
contentaient les pauvres enfants du désert, me semblait
misérable à côté de ce que j'avais vu dans ce pays idéal,
où chaque membre de la famille nationale était à
l'abri du besoin, grâce à une police signée par plus de
cent millions de ses concitoyens !

Un peu plus tard, j'ai un vague souvenir de m'être

trouvé debout sur les marches d'un édifice de Tremont
street, suivant de l'œil une parade militaire. Un régiment passait, et, pour la première fois, dans cette
journée lugubre, j'éprouvai une autre émotion que
celle de l'étonnement ou de la pitié. Ici, enfin, il y avait
de l'ordre et de la logique; un exemple de ce que la
coopération intelligente est en mesure d'accomplir. Et
dire que les personnes qui assistaient à ce spectacle, le
visage rayonnant, ne voyaient là qu'un objet de curiosité ! Pouvaient-elles ne pas s'apercevoir que c'était
cette action combinée, cette organisation, sous un seul
contrôle, qui transformaient cette poignée d'hommes
en une machine redoutable, capable de vaincre une
multitude dix fois plus nombreuses? Et, devant cette
évidence, pouvaient-ils manquer d'établir une comparaison entre les moyens scientifiques employés pour la
guerre et les moyens si peu scientifiques employés pour
les travaux de la paix? Ne se demanderaient-ils pas
pourquoi, et depuis quand, la recherche des moyens de
destruction paraissait chose plus importante à la
société que la nourriture et les vêtements ?

Le jour commençait à baisser, et les rues étaient
encombrées d'ouvriers et d'employés sortant des magasins et des fabriques. Entraîné par le courant, je ne
tardai pas à me trouver au milieu d'une scène de
malpropreté et de dépravation humaine que ne pouvait
offrir que le quartier populeux et infect de South-Cove.
J'avais vu le gaspillage insensé du travail humain; ici,
je voyais, dans sa forme la plus hideuse, la misère que
ce gaspillage avait engendrée.

Des portes et des fenêtres noircies de ces repaires
s'échappaient, de tous côtés, des bouffées d'air fétide,
A sentir les effluves qu'exhalaient les rues et les passages, on eût dit l'entrepont d'un navire chargé
d'esclaves. En passant, je saisissais au vol des visions
d'enfants pâles, agonisant dans une atmosphère mal-
saine; des femmes à la physionomie désespérée, défor-

mées par les privations, n'ayant conservé de la femme
que la débilité extrême, tandis que, des croisées entr'-
ouvertes, des filles lançaient des œillades impudiques.
Comme ces bandes affamées de chiens bâtards qui
infestent les rues des villes de l'Orient, des essaims
d'enfants, brutalisés et demi-nus, remplissaient l'air
de jurons et de cris, bataillant et culbutant sur les tas
de détritus qui encombraient les cours des maisons.

Rien de tout cela ne m'était nouveau. J'avais souvent
parcouru cette partie de la ville, souvent j'y avais
éprouvé un dégoût mêlé d'un certain étonnement
philosophique, en songeant aux extrémités que les
hommes peuvent endurer sans cesser de se cramponner
à la vie. Mais les abominations morales de mon siècle
m'apparaissaient sous un nouveau jour, aussi bien
que ses folies économiques. Des écailles m'étaient
tombées des yeux depuis que j'avais eu la vision d'un
autre siècle. Je ne considérai plus, avec une curiosité
endurcie, les tristes habitants de cet enfer comme des
créatures à peine humaines. Je reconnus en eux mes
frères, mes sœurs, mes parents, mes enfants, la chair
de ma chair et le sang de mon sang. Le grouillement
de la misère humaine qui m'entourait n'offusquait plus
seulement mes sens, mais me perçait le cœur comme la
lame d'un couteau, de sorte que je ne pus réprimer
les soupirs et les gémissements. Non seulement je
voyais, mais je sentais avec tout mon être.

Bientôt, en examinant ces malheureux de près, je
m'aperçus qu'il étaient tous morts. Leurs corps étaient
autant de sépulcres vivants.

Tandis que mon regard terrifié se portait de l'une de
ces têtes à l'autre, je fus pris d'une singulière hallucination. Je vis comme un fantôme incertain et transpa-
rent superposé à chacun de ces masques grossiers, je
vis la lumière idéale qui aurait éclairé ces visages si
l'esprit et l'âme avaient vécu. Ce ne fut que lorsque je
vis ces faces livides, lorsque je rencontrai leurs regards

pleins de reproches justifiés, que l'entière horreur du
désastre me fut révélée. Je fus pénétré de remords et
d'une douleur incommensurable, car j'étais un de
ceux qui avaient permis que ces choses fussent ainsi.
J'étais de ceux qui, sachant bien que ces choses existaient, n'avaient pas voulu en entendre parler, ni être
obligés d'y penser, qui avaient poursuivi leur route,
comme si elles n'existaient pas, ne cherchant que leur
plaisir et leur profit. Il me semblait voir maintenant,
sur mes vêtements, le sang de mes frères, dont les âmes
avaient été étranglées. La voix de leur sang m'accusait
du fond de la tombe. De chaque pierre de ces pavés
souillés, de chaque brique de ces repaires pestilentiels
sortait une voix qui poursuivait ma fuite en me
criant : « Caïn, qu'as-tu fait de ton frère ? »

Je ne me souviens pas clairement de ce qui se passa
ensuite, jusqu'au moment où je me trouvai sur les
marches sculptées de la superbe maison qu'habitait ma
fiancée, dans l'avenue de la République. Au milieu du
tumulte de mes pensées, ce jour-là, j'avais à peine
songé une fois à elle; mais, maintenant, obéissant à
je ne sais quelle impulsion instinctive, mes pas avaient
trouvé d'eux-mêmes le chemin familier de sa porte.
Lorsque j'arrivai, on était à dîner, mais on me fit prier
d'entrer. En dehors de la famille, je trouvai rassem-
blées là plusieurs personnes qui, toutes, m'étaient con-
nues. La table resplendissait d'argenterie et de porcelaines de prix. Les dames étaient somptueusement
habillées et couvertes de bijoux dignes de reines.
C'était une scène d'élégance coûteuse et de luxe déré-
glé. Les convives paraissaient tous d'excellente humeur ;
les rires sonnaient à travers un feu roulant d'esprit et
de plaisanteries.

Pour moi, après avoir erré à travers cette forêt de
misère où mon sang s'était transformé en larmes à
force d'angoisses et de pitié, il me semblait être tombé
dans quelque clairière, au milieu d'une société de gais

pique-niqueurs. Je restai sans rien dire jusqu'à ce qu'Edith commençât à se moquer de ma mine lugubre. Elle demandait ce que j'avais. Le reste de la compagnie fit chorus, et je devins la cible des sarcasmes et des quolibets. Tous voulaient savoir où j'étais allé, ce que j'avais pu voir, pour rapporter cet air d'enterrement?

« Je viens du Golgotha, répondis-je à la fin. J'ai vu l'humanité suspendue à la croix. Ne savez-vous donc pas quel spectacle le soleil et les étoiles éclairent dans cette ville, pour que vous puissiez penser et parler d'autre chose? Ignorez-vous qu'à deux pas de votre porte, il y a une multitude immense d'hommes et de femmes, de la chair de votre chair, dont l'existence, depuis la naissance jusqu'à la mort, n'est qu'une longue agonie? Ecoutez! leurs habitations sont si près des vôtres, que, si vous faisiez taire vos rires, vous entendriez leurs voix désespérées, les cris suppliants des petits enfants qui sucent la misère, les jurons grossiers des hommes saturés de désespoir, redevenus presque des brutes, le trafic d'une armée de femmes qui se vendent pour du pain! Quel tampon avez-vous donc mis dans vos oreilles pour ne pas entendre ce concert de lamentations plaintives? Pour moi, je n'entends plus autre chose. »

Mes paroles furent suivies d'un silence. Un frisson de pitié m'avait secoué, tandis que je parlais; mais, lorsque je regardai autour de moi, je m'aperçus que, loin d'être émus comme le mien, les visages n'exprimaient qu'une dure et froide surprise, où se mêlaient, dans la physionomie d'Edith, une extrême mortification, et dans celle de son père une vive colère. Les dames échangeaient des regards scandalisés; un monsieur avait mis son lorgnon, et m'étudiait d'un air de curiosité scientifique! Quand je m'aperçus que ces choses, qui me paraissaient si intolérables, ne les émouvaient pas le moins du monde, que les paroles qui faisaient fondre mon cœur n'avaient fait que les indisposer contre moi, je fus d'abord comme étourdi, puis accablé sous le dégoût et la douleur. Quel espoir restait-il pour les malheureux, pour le monde, quand des hommes sérieux, des femmes tendres, demeuraient insensibles à de pareilles infortunes! Alors, je m'imaginai que, peut-être, je ne m'étais pas bien exprimé. Sans doute, on se formalisait parce que j'avais paru faire des reproches, tandis que Dieu sait qu'à ce moment je ne songeais qu'à l'horreur du crime social, sans prétendre à distribuer les responsabilités.

Je réprimai les élans de ma passion, j'essayai de parler avec calme et logique, afin de corriger l'impression que j'avais produite. Je dis que je ne songeais pas à les accuser, eux ou la classe riche en général, d'être responsables de la misère humaine. Sans doute le superflu qu'ils gaspillaient si gaiement eût suffi à soulager bien des infortunes. Ces mets coûteux, ces vins généreux, ces étoffes luxueuses, ces bijoux étincelants, représentaient la rançon de bien des existences. Ils n'étaient assurément pas innocents du crime de prodigalité, dans un pays miné par la famine. Cependant, toutes les prodigalités des riches, mises bout à bout, ne pourraient qu'atténuer dans une faible mesure la pauvreté générale. Il y avait si peu à partager, que si même le riche et le pauvre prenaient part égale, chacun n'aurait, après tout, qu'un maigre croûton à ronger. Mais cette croûte serait adoucie et arrosée par le lait de la fraternité.

« C'est la folie des hommes, dis-je, et non la dureté de leur cœur, qui est la grande cause de la misère du monde. Ce n'est pas la faute de l'homme, ni d'une classe quelconque d'hommes, si la race humaine est si misérable: la faute en est à une colossale erreur! » Et alors je leur démontrai comment les quatre cinquièmes du travail de l'homme étaient dépensés en pure perte, par cette guerre de tous contre tous, par le manque d'organisation et de concert entre les travailleurs. Pour leur rendre la chose plus compréhensible, je pris pour exemple un terrain aride, dont le sol ne donnait de récoltes que grâce à un emploi judicieux des cours d'eau employés pour l'irrigation. Je leur montrai que, dans de pareils pays, la fonction la plus importante du gouvernement était de veiller à ce que l'eau ne fût pas gaspillée par l'égoïsme et l'ignorance des individus, afin d'éviter la famine. Par cette raison, l'emploi en était strictement et systématiquement réglé, et personne n'avait le droit de détourner les eaux, de les endiguer ou d'en abuser, par pur caprice, d'une façon quelconque.

« Le travail de l'homme, continuai-je, est la source fertilisante qui seule rend la terre habitable. Ce n'est jamais qu'une faible rivière, et il est nécessaire d'en régler l'usage par un système, qui distribue chaque goutte de la manière la plus avantageuse, si l'on veut que le monde entier vive dans l'abondance. Mais, comme la pratique actuelle est aux antipodes de toute saine méthode ! Chacun prétend se servir du précieux fluide, à son gré, ne songeant qu'à préserver sa récolte et à compromettre celle du voisin, afin de vendre la sienne plus cher. Tels champs sont inondés par dépit et par méchanceté ; d'autres se dessèchent, et la moitié de l'eau se perd inutilement. Sous un pareil régime, si quelques-uns peuvent conquérir le luxe, à force de vigueur et de malice, le lot du grand nombre est nécessairement la pauvreté ; celui des faibles et des ignorants, la misère noire et la famine perpétuelle. Que la nation affamée prenne en main les fonctions qu'elle a négligées et réglemente, pour le bien commun, le cours du fleuve qui alimente la vie ; la terre fleurira comme un jardin, et nul de ses enfants ne manquera de rien. »

Je décrivis le bonheur matériel, la clarté intellectuelle, l'élévation morale qui entoureraient alors l'existence de tous les hommes. Je parlai avec ferveur de ce nouveau

monde béni d'abondance, purifié par la justice, adouci
par la fraternité ; de ce monde dont j'avais fait le rêve,
mais qui pouvait si facilement devenir la réalité. Pour
le coup, je m'attendais à ce que les visages qui m'entouraient s'illuminassent d'une émotion semblable à
la mienne ; loin de là, ils devinrent plus sombres, plus
irrités, plus dédaigneux. Au lieu d'enthousiasme, les
dames ne manifestèrent que répugnance et épouvante,
tandis que les hommes m'interrompaient avec des cris
de réprobation et de mépris. « Insensé ! misérable !
fanatique ! ennemi de la société ! » telles étaient leurs
vociférations ; le monsieur qui m'avait lorgné ricana :

« Il dit que nous pouvons nous passer de pauvres.
Ha ! Ha ! la bonne histoire ! »

« Mettez-moi cet individu dehors ! » s'écria le père de
ma fiancée.

A ce signal, les hommes se levèrent de leurs sièges
et se dirigèrent vers moi.

J'éclatais d'angoisse en constatant que ce qui me
semblait si clair, si essentiel, était pour eux dépourvu
de signification, et que j'étais impuissant à leur faire
changer d'avis. Mon cœur était si plein de flammes, que
j'aurais espéré fondre des glaçons. Et après tout cela,
sentir le froid mortel figer mes propres fibres !

Je n'éprouvai pas de haine envers ceux qui se ruaient
sur moi ; rien que de la pitié pour eux et pour le
monde !

Quoique désespéré, je ne rendis pas les armes ; je
luttai quand même, des larmes ruisselaient de mes
yeux. L'émotion paralysa ma voix. Je suffoquai, je san-
glotai, je gémis ; l'instant d'après je me trouvai assis
sur mon lit, dans la maison du docteur Leete. Le soleil
du matin filtrait à travers mes fenêtres entr'ouvertes.
J'étais haletant ; les pleurs coulaient le long de mes
joues ; tous mes nerfs vibraient,

Tel un forçat évadé qui a rêvé qu'il a été rattrapé et
réintégré dans un cachot infect, ouvre enfin les yeux pour

apercevoir la voûte du ciel au-dessus de lui; telle fut
mon impression lorsque je me rendis compte que mon
retour au dix-neuvième siècle avait été le rêve et ma
présence dans le vingtième la réalité.

Les spectacles cruels dont j'avais été témoin dans ma
vision, et que je pouvais si bien confirmer par mon
expérience de ma vie d'autrefois, avaient, hélas! existé
et devaient, par le souvenir, toucher les cœurs compatissants jusqu'à la fin des temps ; mais, tout cela, Dieu
merci, était passé pour toujours. Depuis longtemps,
l'oppresseur et l'opprimé, le prophète et le contemp-
teur, étaient poussière. Des générations s'étaient suc-
cédé depuis que richesse et pauvreté étaient des mots
hors d'usage.

Mais, à ce moment, alors que je rêvais avec une gratitude ineffable à la grandeur du salut universel et à
mon bonheur d'en jouir, je sentis mon cœur trans-
percé par un sentiment de honte et de remords, qui me
faisait baisser la tête et souhaiter que la tombe
m'eût englouti avec mes semblables. Car, j'avais été
un homme de cette époque passée. Qu'avais-je fait
pour contribuer à la délivrance dont j'osais me réjouir
aujourd'hui? Moi, qui avais vécu dans ces jours cruels
et stupides, qu'avais-je fait pour y mettre un terme? Je
m'étais montré à tous égard aussi indifférent à la
misère de mes frères, aussi cyniquement rebelle à
l'idée d'un monde meilleur. J'avais été un adorateur
aussi infatué du chaos et de la nuit. Dans les limites
de mes forces, j'avais plutôt empêché que favorisé
l'affranchissement de l'espèce. De quel droit saluais-je
cette ère nouvelle qui me cinglait comme un reproche?
De quel droit me réjouir du jour, après avoir raillé
l'aurore?

« Mieux eût valu pour toi, me disait une voix inté-
rieure, que ce mauvais rêve eût été la réalité, et cette
belle réalité le rêve. Tu avais un plus beau rôle en
plaidant pour l'humanité crucifiée auprès d'une géné-

ration railleuse, qu'en t'abreuvant à des sources que tu n'as pas creusées, en cueillant des fruits d'arbres plantés par ceux à qui tu jetais des pierres! »

Et mon esprit répondit :

« Oui, cela eut mieux valu. »

Lorsque, enfin, je relevai la tête, j'aperçus, par la fenêtre, Edith, fraîche comme le matin et cueillant des fleurs au jardin. Je me hâtai de la rejoindre. Je me prosternai devant elle, et à ses pieds, le front dans la poussière, les yeux baignés de larmes, je confessai combien peu j'étais digne de respirer l'air de ce siècle doré, combien moins digne encore de boire le parfum de la plus belle fleur qu'il eût portée. Heureux celui qui, dans un cas aussi désespéré que le mien, rencontre un juge aussi plein de miséricorde !

FIN

IMP. NOIZETTE, 8, RUE CAMPAGNE-PREMIÈRE, PARIS